Mirjam Wiesemann kam als Tochter eines komponierenden Pianisten und einer schreibenden Malerin in Düsseldorf zur Welt. Schon durch die Leihbuch- und Tabakwarenhandlung ihres Opas Wilhelm, über der sie wohnte, befand sie sich von früher Kindheit an im Dunstkreis schwerer Zigarrenqualms und spannender Kriminalliteratur. Das Metropolkino gleich nebenan tat ihr Übriges, um den späteren Weg der Autorin zu prägen.

Einem breiteren Publikum wurde sie in den 90er-Jahren durch ihre Mitwirkung in diversen Serien und Filmen bekannt, u.a. als Edelfräulein in dem Kinofilm *Texas* von und mit Helge Schneider und als quirlige Agentin in der Talkshowparodie *T. V. Kaiser – die Talkshow, wo voll gut ist.* Durch ihre Aufnahme in der Agentur Ashera ist ein weiterer künstlerischer Traum für sie in Erfüllung gegangen: Ein neu aufgeblühter Lebensabschnitt als Schriftstellerin hat begonnen. Mirjam Wiesemann lebt und arbeitet in Düsseldorf, ist verheiratet und hat eine Tochter.

MIRJAM WIESEMANN

Gravebury Village

COSY CRIME

Tödlich charmant

Überarbeitete Neuausgabe Januar 2025

Copyright © 2024 dp Verlag, ein Imprint der
dp DIGITAL PUBLISHERS GmbH
Made in Stuttgart with ♥
Alle Rechte vorbehalten

Gravebury Village

ISBN 978-3-98998-638-1
E-Book-ISBN 978-3-98998-634-3

Covergestaltung: Janine Tusek
Umschlaggestaltung: ARTC.ore Design
Unter Verwendung von Abbildungen von
stock.adobe.com: © Anton, © firefly
Lektorat: Cara Kolb
Satz: dp DIGITAL PUBLISHERS GmbH
Druck und Bindung: Books on Demand GmbH, Norderstedt

Vorwort

Liebe Leserin, lieber Leser,

im September 2024 erhielt ich die erfreuliche
Nachricht von dp, dass mein Cosy Crime „Verstrickt
nochmal" sehr gut angekommen ist und es deshalb
Anfang 2025 eine überarbeitete Neuauflage mit
optimiertem Cover und neuem Titel geben soll.
Es gibt nichts Schöneres für mich als Autorin, als zu
sehen, dass mein Verlag stetig daran arbeitet,
inhaltlich und optisch das Beste aus einem
Buchprojekt herauszuholen, so dass es auch auf
längere Sicht Anklang findet und auf dem Buchmarkt
bestehen kann. Deshalb freue ich mich sehr, dass
mein humorig-schrulliger Kleinstadt-Krimi den Weg
zu dir gefunden hat und hoffe, dass du genauso viel
Spaß an dieser Neuauflage hast wie wir.

Deine Mirjam Wiesemann

Kapitel 1

„Weiße Lilien und rote Rosen, das wird ein besonders schöner Trauerkranz". Justine lächelte.

Die Kundin konnte sich Tränen der Rührung nicht verkneifen. „Zu Ehren meines verstorbenen Ex-Mannes", brachte sie hervor. „In ewiger Liebe, Deine Margret und Kinder. Könnten Sie diesen Text bitte auf die Trauerschleife drucken lassen?"

„Ja natürlich. Da wird er sich sicher freuen."

Solch ein Aufwand für den Ex-Mann, das musste man sich mal vorstellen. „Es sind die gleichen Blumen, die wir vor dreiundfünfzig Jahren für den Hochzeitsstrauß ausgewählt hatten."

„Seit wann sind Sie denn von Ihrem Verflossenen getrennt?", erkundigte sich Justine mitfühlend.

„Seit siebenunddreißig Jahren", antwortete die Lady und konnte einen weiteren Gefühlsausbruch nicht unterdrücken. „Ich kann es nicht fassen. Da wird sein toter Leib bald unter der Erde liegen und verrotten. Eine Schande! Er hatte so einen schönen Körper."

Justine setzte gerade an, über eine passende Antwort nachzudenken, als das Telefon klingelte. Es war ihre Mutter, die es wieder und wieder versucht hatte. Das war ungewöhnlich, normalerweise rief Grace ihre

Tochter nicht im Geschäft an, schon gar nicht mehrmals hintereinander. Justine bat die Trauernde um einen Augenblick Geduld und zog sich ins Hinterzimmer der Friedhofsgärtnerei zurück.

„Mum? Was gibt's denn, ich bin gerade im Kundengespräch ... Was? Nein! Das kann nicht sein. Wo? Nein! Ja ... Bis gleich!"

Justine verließ das Hinterzimmer, kehrte zurück in den Verkaufsraum und suchte neben der Kasse nach ihrem Schlüssel.

„Kann ich Ihnen irgendwie helfen? Sie sind ja leichenblass", erkundigte sich die Wartende besorgt. Justine hatte ihre Kundin in der Aufregung ganz vergessen.

„Entschuldigen Sie ... nein, vielen Dank. Also ..." Justine versuchte, sich für einen Augenblick zu sammeln. „Ich muss heute leider früher schließen. Ihre Bestellung habe ich aufgenommen. Wenn noch etwas sein sollte, kommen Sie gern morgen wieder vorbei. Sie erreichen mich auch telefonisch. Wenn Sie gestatten ..." Justine komplimentierte die Trauernde höflich, aber bestimmt hinaus. Irritiert über den Stimmungsumschwung redete die Dame noch eine Weile auf Justine ein, die lächelte und nickte, obwohl keines der vielen Worte bis an ihr Ohr drang. Sie war mit ihren Gedanken bei dem Anruf ihrer Mutter und der Hiobsbotschaft, die sie überbracht hatte. Ihr Vater war angeblich von der Natursteintreppe zwischen Siedlung und Friedhof gestürzt! Schädel-Hirn-Trauma! Wie konnte das passieren?

Kapitel 2

Das hübsche Eigenheim in Gravebury Village, in dem Justine gemeinsam mit ihren Eltern und ihrer Grandma Emily seit vielen Jahren wohnte, lag nur wenige Minuten von ihrem Arbeitsplatz entfernt in einer beschaulichen Siedlung gleich auf der anderen Seite des Friedhofs. Außer sich vor Sorge um ihren Dad lief Justine quer über die Grünfläche des Areals, bis sie über ein kleines Holzkreuz stolperte. Das war gestern noch nicht da gewesen. Oder? Wo genau befand sie sich überhaupt? Sie hatte sich verlaufen! Das war ihr noch nie passiert. Sie kannte jeden Quadratmeter ihres Friedhofs und seiner Umgebung in- und auswendig. Nun stand sie zwischen der Familiengruft der Godschlings, dem Doppelgrab ihres Großvaters William und der neu angelegten Urnenwiese. Sie hatte die falsche Abkürzung genommen. Doch wenn sie nun schon einmal dort war, würde sie kurz die Natursteintreppe begutachten. Sie wurde von Kennern der Umgebung und Anwohnern als Schleichweg zur Siedlung benutzt, auch von ihrem Dad. Jeden Tag auf dem Weg zur Arbeit und auf dem Rückweg nach Hause spazierte er durch das kleine Waldstück über diese Treppe, die am Rand des Friedhofs entlangführte, unweit von Williams letzter Ruhestätte. Justine betrachtete die flachen Stufen und lief eine nach der anderen ab. Sie waren weder rutschig noch sonderlich verschmutzt. Es lagen auch keine Gegenstände im Weg, über die man hätte stolpern können. Und selbst, wenn es so gewesen wäre, ihr Dad kannte diese Treppe in- und auswendig. Wieso sollte er derart unglücklich ohne jeden Grund gestürzt sein? Es war seltsam. Irgendetwas stimmte nicht. Sie ließ von ihrer Untersuchung ab und eilte nach Hause.

Ihre Mum stand ganz aufgelöst vor der offenen Haustür. Ihr Kleid wehte im Wind und eine Strähne ihres zurückgesteckten, brünetten Haares hatte sich über ihre Lippen gelegt. Sie sah aus wie die Protagonistin eines französischen Liebesfilms. Grace schien Justine sehnlichst erwartet zu haben. Hinter ihr zeigte sich Justines Grandma Emily in ihrer Lieblingsreiterhose, die sie immer noch gerne trug, obwohl sie ihren Reiterhof schon lange verkauft hatte und kaum noch mit Pferden in Berührung kam. „William ist gestürzt", rief Emily Justine schon von Weitem zu.

„Nein, Peter ist gestürzt!", entgegnete Grace außer sich. „Peter, mein Mann! Verstehst du, Emily? Dein Mann, der William, ist doch schon lange tot."

Justine sah ihre Mum vorwurfsvoll an. „Sprich nicht so mit ihr, sie kann doch nichts dafür", verteidigte sie ihre geliebte Grandma, deren fortschreitende Demenz ihr sehr zusetzte.

„Was ist denn nun eigentlich passiert?"

Grace rang nach Worten. „Ich weiß nichts Genaueres. Peter ist von der Treppe neben dem Friedhof gestürzt.

Seitdem ist er bewusstlos. Ein Krankenwagen war da. Und ein Polizist, der das Ganze kurz protokolliert hat. Er sagte, es gäbe keinen Grund für weitere Ermittlungen. Es sei bedauerlicherweise offensichtlich ein tragischer Unfall gewesen."

Emily weinte. Weil es Peter, ihrem Sohn, offensichtlich sehr schlecht ging. Weil Grace sie wieder einmal schmerzlich daran erinnert hatte, dass William, ihr geliebter Mann, tot war. Und weil sie wusste, dass sie sich verändert hatte. Sie war immer noch geistig fit genug, um sich im Klaren darüber zu sein, dass sie Dinge vergaß und durcheinanderbrachte. Das war schlimm für sie. Früher hatte sie alles im Griff gehabt. Das musste man auch, wenn man einen Reiterhof und eine Gaststätte zu leiten hatte. Sie war mit allem klargekommen. Mit wilden Pferden und betrunkenen Kerlen, die sich weigerten, ihren Pub zu verlassen. Die Kerle warf sie raus und die Pferde ritt sie ein. So einfach war das. „Schmeiß den Kerl raus!", rief sie plötzlich, ganz in ihrer Vergangenheit als Gastwirtin aufgehend. „Wen willst du denn rausschmeißen, Mum? Hier gibt's keinen Kerl mehr. Peter ist im Krankenhaus! Auf der Intensivstation." Grace versuchte, sich zu beherrschen, was ihr in ihrer Verzweiflung mehr schlecht als recht gelang.

„Im Krankenhaus? Das ist schlimm!" Alle Krankenhausszenen ihrer langen Vergangenheit spielten sich vor Emilys innerem Auge ab und sie war völlig überfordert mit der beklagenswerten Situation. Nicht nur sie, auch Justine.

Mutter Grace fuhr ins Krankenhaus und Justine blieb mit Emily und dem Chaos ihrer Gedanken zurück. Sie schloss die weiße Holztür hinter sich und machte es sich auf dem braunen Chesterfield-Sofa neben einem turmhohen Bücherstapel bequem. Emily gesellte sich zu ihrer Enkelin und zog ein bebildertes, großes Buch aus dem Stapel, der daraufhin krachend in sich zusammenfiel.

„Grandma, pass doch auf!", rief Justine entnervt.

„Entschuldige, Darling. Siehst du? Mein Buch über Jenseitskontakte. Darin möchte ich gerne lesen."

„Du hast deine Lesebrille gestern mit dem Hausmüll entsorgt, erinnerst du dich? Wir müssen dir erst eine neue besorgen. Ich werde dir vorlesen."

Emily interessierte sich für alles Spirituelle, das mit Magie zu tun hatte. In der Hoffnung, ihrem William auf die ein- oder andere Art wieder begegnen und mit ihm sprechen zu können, suchte sie ständig nach Möglichkeiten, mit ihm in Kontakt zu treten. Sie hätte nur zu gerne mit ihm über die schlimmen Neuigkeiten gesprochen. Jenseitskontakte waren das Letzte, wonach ihr zumute war. Sie stapelte die Bücher wieder aufeinander. Dabei fiel ihr ein Wälzer über Krafttiere im Schamanismus in die Hände. Justine schaffte es, Grandma für ein Kapitel über Einhörner zu interessieren. Sie las daraus vor, bis Grandma eingeschlafen war und Grace nach Hause kam.

Kapitel 3

Grace war aschfahl. „Peters Augen waren geöffnet.“

„Wirklich?“ Justine wollte sich schon freuen, sah ihrer Mum aber an, dass es keinerlei Grund dafür zu geben schien.

„Er hat durch mich hindurchgesehen. Wachkoma, sagen die Ärzte. Man muss abwarten.“

„Wieso denn abwarten?“, erwiderte Justine aufgebracht. „Man kann ihm doch bestimmt irgendwie helfen. Ich habe mal ein Buch über jemanden gelesen, der fünfzehn Jahre im Wachkoma gelegen hat. Fünfzehn Jahre! Weißt du, wie alt du in fünfzehn Jahren bist, Mum? Vierundsiebzig! Dad würde dich vielleicht gar nicht mehr wiedererkennen. Jedenfalls kann sich so ein Zustand ewig hinziehen.“

„Glaubst du, wir können etwas daran ändern?“ Grace wirkte erschöpft und niedergeschlagen. Derart still und in sich gekehrt erlebte man sie sonst selten.

„Hast du versucht, Kontakt mit Dad aufzunehmen, Mum?“, hakte Justine nach. „Hat er auf dich reagiert?“

„Ich weiß es nicht …“

Grace schwieg nachdenklich und Justine überschüttete sie mit Fragen. Verkehrte Welt. Normalerweise war Grace diejenige, die sich nach allem und jedem erkundigte und wie ein Wasserfall redete.

Justine brauchte Zeit für sich allein, entschuldigte sich bei ihrer Mutter und zog sich in ihr Zimmer zurück. Warum war ihr Dad gestürzt? Justine konnte nicht glauben, dass er ohne äußeren Anlass das Gleichgewicht verloren hatte. Ihre Gedanken drehten sich im Kreis, bis ihr schwindelig wurde. Wenn das Leben sie an den Rand des Wahnsinns trieb und ihre Gefühle sie zu überrollen drohten, hatte sie mehrere Möglichkeiten, ihr überreiztes Nervensystem zu beruhigen: Das Stricken, ihre Spaziergänge auf dem Friedhof oder ein Gespräch mit ihren Psychotherapeuten Thomas Cosy. Außerdem hatte sie ein Cello von einem entfernten Verwandten geerbt und es auf Anraten Cosys behalten, statt es zu verkaufen. Er meinte, dass Musik, insbesondere das Erlernen eines Instrumentes, der hochsensiblen Justine vielleicht helfen könnte, ihrem intensiven Gefühlsleben einen kreativen Ausdruck zu verleihen. Bislang war es ihr allerdings noch nicht gelungen, dem Cello mehr als ein paar Töne auf den leeren Saiten zu entlocken. Vielleicht würde sie es doch verkaufen und sich mit dem Hören von Musik begnügen.

Kapitel 4

Justine wählte die Nummer ihres Therapeuten, den sie glücklicherweise höchstpersönlich in seiner Praxis erreichte. Natürlich konnte sie nicht wissen, dass auch er sich in einer Ausnahmesituation befand. Er würde über Nacht in seiner Praxis bleiben, denn er war seit zwei Tagen ein Mann ohne festen Wohnsitz. Seine Frau hatte ihn an die Luft gesetzt, samt Albinofrettchen Wotan. Die weiße Fellnase war der endgültige Anlass für den Rauswurf gewesen. Dabei hatte Cosy seiner Tochter lediglich eine Freude zum Geburtstag machen wollen. Er hatte sich ihre leuchtenden Augen vorgestellt. Den Moment, in dem sie das bezaubernde Wesen sehen und ihrem Dad vor Glück in die Arme fallen würde. Mit diesem Geschenk hatte er alles wieder ausbügeln wollen, was er in den vergangenen Jahren vermasselt hatte. Es sollte all die Zeit wieder gutmachen, die er mit langweiligen, depressiven Hausfrauen und überarbeiteten, narzisstischen Managern verbracht hatte, statt sich um seine Familie zu kümmern. Leider war ihm die Überraschung nicht gelungen. Im Gegenteil. Das unerzogene Biest biss seine Tochter derart kräftig in die Nase, dass sie drei Tage lang nicht in die Schule gehen konnte. Außerdem führte es ein ausschweifendes Nachtleben. Nach einer schlaflosen Woche stand Cosys Frau mitten in der Nacht mit dem quiekenden Wollknäuel unter dem Arm vor seinem Bett und forderte ihn auf, das Haus mitsamt Frettchen auf der Stelle und für immer zu verlassen. Seitdem hatte Cosy sein Nachtlager vorübergehend in der Praxis aufgeschlagen und nicht länger als drei Stunden am Stück mehr durchschlafen können. Er hatte versucht, den Störenfried an seinen Besitzer zurückzugeben. Ohne Erfolg. Der war offensichtlich froh, das Tier losgeworden zu sein. Auch die Zoohandlungen lehnten Wotan ab.

So blieb der Therapeut auf der kleinen Nervensäge sitzen.

Er war geradezu glücklich, als seine Patientin Justine um einen Nottermin bat. Sie war eine willkommene Ablenkung von seiner eigenen Misere. Seine Lieblingspatientin. Eine seltsame, aber gerade deshalb interessante, hochsensible junge Frau. Thomas Cosy bestärkte sie in ihrem Anderssein. Ermutigte sie, zu ihren Eigenarten, ihren Neigungen und ungewöhnlichen Interessen zu stehen und sich nicht verbiegen zu lassen. Wenn er ehrlich war, sprach er auch für sich selbst. Er war kein einfacher Mensch. Ein Wunder, dass seine Frau ihn überhaupt so viele Jahre ertragen hatte. Nun ja, sie war ein harter Knochen und er das Weichei. Vielleicht war er der menschliche Anteil in ihrer Ehe, der ihr fehlte. Gefehlt hatte.

Der Therapeut machte sich ernsthafte Sorgen um Justine Blackwood. Derart aufgelöst wie in jenem Telefonat hatte er sie noch nie erlebt. Immerhin hatte sie ihn aufgrund eines tief liegenden Traumas aufgesucht, das sie bis heute belastete, und man konnte nie wissen, ob und wann es durch gewisse Umstände zu einer Retraumatisierung kommen konnte. Er gab ihr gleich den ersten Termin am kommenden Morgen und musste zugeben, dass er sich darauf freute, sie zu sehen. Wie immer.

Sie war eine größtenteils schwarz gekleidete, blasse, junge Frau mit großen, grauen Augen und kurzer Bob-Frisur. Alle paar Wochen experimentierte sie mit neuen Haarfärbemitteln. Sie wirkte sehr verletzlich und scheu, obwohl sie durchaus in der Lage war, ihre Meinung zu sagen und einen rauen Ton an den Tag zu legen.

Als sie Thomas Cosy an jenem Morgen gegenübersaß, bot er ihr erst einmal eine Tasse Tee an, was er sonst nie tat.

„Sie sind ja ganz aufgelöst. Was ist denn passiert?", fragte er behutsam. Justine erzählte vom Sturz ihres Vaters und schilderte seinen besorgniserregenden Zustand.

„Meine Mutter sagte, dass er die Augen geöffnet hatte. Er hat an die Decke gestarrt und nicht auf ihre Anwesenheit reagiert."

„Das ist schlimm. Was sagen denn die Ärzte?"

„Schädel-Hirn-Trauma. Wachkoma. Ich habe ihn noch nicht besucht. Das werde ich bald nachholen." Justine schaute ihren Therapeuten nachdenklich an. „Meiner Meinung nach stimmt da etwas nicht. Er ist zum tausendsten Mal über diese Treppe gelaufen. Die würde er auch im Halbschlaf und bei Nacht ohne Probleme bewältigen können. Da stürzt man nicht einfach so."

„Also, wenn ich mir die Bemerkung erlauben darf, die meisten Unfälle passieren im Haushalt. Aus den banalsten Gründen.“

„Die Treppe ist aber nicht in unserem Haushalt. Wenn meine Mutter sich die Finger in der Waschmaschine eingeklemmt oder sich am Wasserkocher verbrannt hätte oder wenn meiner Grandma ein unbekanntes Flugobjekt auf den Kopf gefallen wäre, hätte ich mich nicht gewundert, bestimmt nicht. Aber mein Vater? Er ist ein genauer, umsichtiger Mensch. Und kerngesund. Der Blutdruck war immer in Ordnung, Alkohol hat er nur Weihnachten und Silvester getrunken. Und er arbeitet beim Gesundheitsamt. So jemand stürzt nicht einfach so von der Treppe!“

„Was sagt denn die Polizei dazu? Die hat das Ganze doch sicher protokolliert, oder?“, forschte Thomas Cosy weiter nach.

„Die hat den Fall schnell ad acta gelegt und meiner Mutter klargemacht, dass wir uns mit der Tatsache abfinden sollen, dass so etwas geschehen könne, so schrecklich dies auch sei. Der Beamte schien froh gewesen zu sein, weiteren Fragen entkommen zu können.“ Justine hielt kurz inne, dachte nach und fuhr dann entschlossen fort: „Ich weiß, es klingt vielleicht nach einem Hirngespinst, aber ich bin mir absolut sicher, dass hier etwas nicht stimmt. Wenn mir niemand dabei helfen will, werde ich eben allein nachforschen müssen.“

„Und wie stellen Sie sich das vor?“, fragte Thomas Cosy.

Obwohl seine Patientin sehr bemüht war, einen gefassten Eindruck zu machen, war dem Therapeuten klar, dass sie unter Schock stand.

„Sie wissen ja, dass ich es nicht ausstehen kann, mich mit den Nachbarn und ihrem Small Talk zu beschäftigen, aber ich denke, ich werde mich mal umhören müssen. Vielleicht hat der eine oder andere etwas mitbekommen. Es ist ja bekannt, dass die Menschen ihre Augen und Ohren überall haben, wenn es darum geht, sich über den neuesten Klatsch und Tratsch auszutauschen", bemerkte Justine. Sie hielt nicht viel von den Menschen, das wusste Thomas Cosy nur zu gut.

Er bemühte sich, ihr seine volle Aufmerksamkeit zu schenken, obwohl er äußerst erschöpft war.

Seit der Trennung von seiner Frau war er nicht zur Ruhe gekommen, weder innerlich noch äußerlich. Durch seine Grübeleien und Wotans nächtliche Aktivitäten litt er unter massivem Schlafmangel.

Justine erschrak fürchterlich, als aus der hintersten Ecke des Raumes plötzlich ein zartes Niesgeräusch erklang.

„Was ist das?", erkundigte sie sich beunruhigt.

„Das ist Wotan, mein Albinofrettchen. Ignorieren Sie ihn einfach." Justines Schreck wich der Neugier. Wotans Niesen ging in ein Husten über.

„Ein Albinofrettchen?! Wie interessant. Es scheint erkältet zu sein", bemerkte sie.

„Nein, ich denke, es handelt sich eher um eine Hausstauballergie. Machen Sie sich keine Sorgen um ihn."

„Ich würde ihn gern sehen!"

„Ich denke, wir sollten die Stunde besser nutzen, um uns mit Ihnen zu beschäftigen. Ich kann Wotan auch in den Nebenraum bringen, wenn er Sie stört.“

„Natürlich stört er mich nicht. Ich würde ihn wirklich gern mal sehen.“

Gut. Das wars. Cosy hatte zurzeit ein hauchdünnes Nervenkostüm, wodurch er zu Ungeduld und Reizbarkeit neigte. Er riss sich jedoch zusammen und bot Justine an, ihm in eine dunkle Nische zu folgen. Ein großer Käfig wurde hinter dem halb zugezogenen Vorhang am Fenster sichtbar.

Zwei feuerrote Augen starrten Justine durch die Gitterstäbe an. Sie gehörten zu einem weißen Fellwesen von der Größe eines Eichhörnchens, das in einer winzigen Hängematte lag. Justine konnte ihren Blick nicht von ihm abwenden. „Was für ein niedliches Wesen.“

„Das täuscht, glauben Sie mir.“

„Darf ich ihn anfassen?“

„Besser nicht. Wotan beißt.“ Der Therapeut hielt ihr seine Hand entgegen. Die kleinen Bisswunden waren deutlich erkennbar.

„Und ich kann ihn nicht allein lassen. Er braucht Gesellschaft, aber mit seinen Artgenossen kommt er nicht klar. Ganz untypisch. Frettchen sind normalerweise sehr soziale Tiere.“

„Offensichtlich kommt er auch mit Ihnen nicht klar.“

Der Therapeut lachte ein wenig gequält. „Sie haben recht, er kann mich nicht leiden. Aber das sollte nicht Ihr Problem sein. Setzen wir uns wieder.“

Als Justine sich vom Anblick des Albinofrettchens losreißen wollte, stellte es sich auf die Hinterbeine und gab ein hektisches Quieken von sich. „Ich glaube, Wotan will mich aufhalten!", bemerkte sie erfreut.

„Ja, da werden Sie recht haben, Miss Blackwood. Er ist sehr ungestüm und spielfreudig. Ich habe zugegebenermaßen ein kleines Problem mit seiner einnehmenden Art. Bis zu ihrer nächsten Stunde werde ich ihn sicher irgendwo anders unterbringen können. Aber zurück zu Ihnen. Sie sind ja hier, um sich von mir helfen zu lassen und nicht umgekehrt. Ich würde vorschlagen ..."

Das Frettchen wollte nicht schweigen. Nun war das Quieken in ein sirenenhaftes Flöten übergegangen.

„Das macht er sonst nie! Entschuldigen Sie, Miss Blackwood."

„Ich glaube, er versucht, mich anzulocken. Darf ich ihn anfassen?"

Justine machte sich am Gitter zu schaffen.

„Ich habe Ihnen doch gesagt, dass er beißt", mahnte ihr Therapeut.

„Mich beißt er nicht, da bin ich mir ziemlich sicher. Er flirtet mit mir, hören Sie das?" Justine flötete sanft zurück, woraufhin Wotan mit dem Schwanz wedelte und erneut quiekte. Der Therapeut beobachtete die Annäherung der beiden mit leichtem Unbehagen. Was wäre, wenn Wotan Justine beißen würde? War ein solcher Fall versicherungstechnisch überhaupt abgedeckt? Er könnte in Teufels Küche kommen.

Die junge Frau kniete vor dem Käfig und betrachtete fasziniert das umtriebige Tierchen, das vor ihren Augen und vielleicht sogar zu ihren Ehren eine Art Begrüßungstanz vollführte.

„Frettchen sind keine Kuscheltiere, Miss Blackwood. Ich denke, Sie wären enttäuscht über seinen Charakter, wenn Sie Wotan näher kennenlernen würden.“

„Ich glaube, er freut sich, mich kennenzulernen.“

„Ich würde da nicht zu viel hineininterpretieren.“

„Warum nicht? Sie als Psychologe müssten sich doch für Interpretationen interessieren. Oder verlassen Sie sich ausschließlich auf das, was die Patienten Ihnen erzählen?“

„Natürlich nicht, Miss Blackwood.“

Cosy verkniff es sich, zu bemerken, dass er schlicht und ergreifend keinerlei Interesse an der Kommunikation mit Frettchen hatte.

Statt sich weiter aufzuregen, fasste er einen Entschluss. Er kramte aus der Schublade seines Schreibtisches ein Frettchengeschirr mit rosa Plüsch und Glitzersternchen hervor und holte eine schmale, geflochtene Lederleine aus seiner Tasche.

Justine betrachtete die kitschigen Accessoires interessiert. „Haben Sie das ausgesucht?“, fragte sie fassungslos und konnte sich ein verschmitztes Grinsen nicht verkneifen.

„Nein, natürlich nicht“, erwiderte ihr Therapeut, ohne sich zu näheren Erklärungen hinreißen zu lassen.

„Ich leine ihn an. Dann können Sie meinetwegen außerhalb des Käfigs Bekanntschaft mit ihm machen, wenn es Ihnen guttut. Aber passen Sie auf.“

„Wieso wollen Sie ihn anleinen? Er kann doch nicht weglaufen, wenn die Tür geschlossen ist. Ich würde übrigens nicht aufhören können, zu niesen, wenn man mir ein solches Puschelgedöns um den Hals legen würde.“

Thomas Cosy warf Geschirr und Leine zurück in die Schublade. Hätte er in diesem Augenblick seinen Mund geöffnet, wäre nichts Nettes dabei herausgekommen. Wieso waren ihm genau die weiblichen Exemplare so besonders sympathisch, die ihn mit ihrem bockigen Dickschädel und ihrem widerspenstigen Querulantentum in den Wahnsinn trieben?

Mister Cosy war nervös, Wotan hingegen schien freudig erregt. Das wendige Frettchen verließ voller Entdeckerfreude sein Gehege und erkundete in rasendem Tempo sein Umfeld. Offensichtlich hatte es Auslauf bitter nötig und drehte erst einmal einige Runden durch den Raum, über den Schreibtisch, die Stühle, den Schoß und die Schultern von Justine und an der Fensterbank entlang, wobei es einen sehnsüchtigen Blick nach draußen warf. Justine war begeistert. Was für ein lebhaftes, aufmerksames, verspieltes Wesen! Plötzlich hielt Wotan inne, begutachtete Justine und gab ein stinkendes, leicht moschusartiges Sekret von sich. Justine war entzückt. „Er mag mich!". Sie interpretierte seine ausgeprägte Reaktion interessanterweise als Zeichen der Zuneigung. Ihr Therapeut war mehr als erstaunt über das, was da vor sich ging. Wotan! Der Kriegsgott. Seine Frau hatte dem frechen Tier diesen Namen gegeben. Und es schien, als hätte sie vorausgeahnt, dass er der endgültige Anlass für ihr Zerwürfnis werden würde. Thomas Cosy wäre gern ein selbstsicherer, kerniger Mann gewesen wie sein Bruder. Der war bei der Army. Cosy hingegen war ein an sich selbst zweifelndes Weichei mit einer manchmal an Hysterie grenzenden Nervenschwäche. Verdammt unsexy und unmännlich. Auch all seine guten Eigenschaften waren eher weiblicher Natur. Sein Einfühlungsvermögen, die Emotionalität, seine Nachgiebigkeit. Deshalb war er auch Psychologe geworden und nicht Profiler. Fallanalytiker. Schlüsse auf Basis kriminalistischer und psychologischer Erkenntnisse ziehen. Das Zusammenspiel von sozio-ökonomischen Umständen, Indizien, DNA-Analysen, der Kriminalistik ... ein so komplexes Aufgabengebiet hätte ihn ungemein gereizt. Stattdessen ... nun ja, die Menschen und ihre Problemchen waren weit weniger interessant, als sie selbst im Allgemeinen annahmen. Und sehr viel weniger originell. Wenn er ehrlich war, musste er zugeben, dass er nach all den Jahren langsam anfing, sich in seinem Beruf zu langweilen.

Dabei war Cosy ein sehr guter Psychologe. Das lag nicht nur an seiner Empathie, sondern auch an seinen unkonventionellen Behandlungsmethoden. Er hatte sogar ein Buch geschrieben: *Das Überraschungsmoment als therapeutisches Mittel.* Ihm wurde bewusst, dass er soeben mit seinen eigenen Methoden schachmatt gesetzt worden war. Kein Wunder, dass seine Frau ihn knallhart abserviert hatte. Sie war das als Frau, was er nach seines Vaters Meinung als Mann hätte sein sollen: streitbar und streng. Harte Schale, harter Kern.

Wotan vollzog einen gewagten Sprung in Thomas Cosys Schoß. Der sprang auf wie von der Tarantel gestochen, und verließ den Raum. Im Affekt. Er brauchte einen Moment der Ruhe, um sich zu sammeln. Eine ganz und gar aus dem Ruder gelaufene Stunde. Er musste Haltung bewahren und sich wieder in den Griff bekommen. Nach mehrmaligem intensivem Durchatmen und Rückwärtszählen von zehn bis null öffnete er die Tür zum Behandlungszimmer, fest entschlossen, Wotan wieder hinter Gitter zu bringen und die Stunde mit Justine würdevoll zu beenden.

Der Anblick, der sich ihm bot, war unerwartet: Ms. Blackwood saß entspannt auf ihrem Stuhl, während Wotan auf ihrem Schoß lag und sich genüsslich von ihr kraulen ließ. Cosy musste zugeben, dass die beiden einen sehr erfreulichen Anblick boten, die in schwarz gekleidete junge Frau und das weiße, flauschige Frettchen. Einige Sekunden konnte er seinen Blick nicht von den beiden abwenden. Doch Justine riss ihn aus seiner Versenkung.

„Sie sagen, Wotan ist nachtaktiv?"

„Ja, allerdings."

„Das bin ich auch. Wenn Sie möchten, kann ich ihn probehalber zu mir nehmen."

„Ich glaube nicht, dass Ihre Mutter besonders erfreut über den neuen Mitbewohner sein würde."

„Wieso? Sie kennt doch ihr Buch. Das mit dem Überraschungsmoment als therapeutisches Mittel. So sehr dürften Ihre ungewöhnlichen Behandlungsmethoden sie also nicht verblüffen, oder?"

Cosy hielt einen Moment lang inne. Ihm gefiel sowohl die Idee, den kleinen Racker für eine Weile nicht bespaßen zu müssen, als auch der Gedanke, seiner Lieblingspatientin eine persönliche Freude machen zu können, die gleichzeitig aus therapeutischer Sicht Sinn ergab.

„Sie haben recht, Ms. Blackwood. Gerade in Ihrer besonderen Situation kann ein Haustier Wunder wirken. Und zum Seelenheil beitragen. Ich befürworte tiergestützte Therapieformen ausdrücklich. Und sie beide scheinen sich ja wunderbar zu verstehen."

„Das freut mich sehr, Mister Cosy!" Justine hätte ihren Therapeuten am liebsten umarmt, doch sie hielt sich zurück.

„Fürs Erste sollten wir das Ganze als Experiment betrachten. Sie können Wotan natürlich jederzeit zurückgeben, wenn er Ihnen Probleme bereitet."

Justine grinste. „Ich hoffe, Sie werden ihn nicht allzu sehr vermissen."

„Ich werde damit zurechtkommen", bemerkte Cosy und gab sich so nüchtern wie möglich.

„Den Käfig werde ich so bald wie möglich liefern, den werden Sie ja brauchen. In der Zwischenzeit können Sie ihn in dieser Transportbox unterbringen." Er holte eine graue Plastikbox mit Gittern unter seinem Schreibtisch hervor, reichte sie Justine und schaute diskret auf die Uhr, mit einem kurzen Blick, den Justine sofort bemerkte.

„Vielen Dank, Mister Cosy."

Justine stand auf und griff nach ihrer Jacke. Sie wollte so schnell wie möglich mit Wotan im Gepäck das Weite suchen, bevor es sich ihr Therapeut anders überlegte.

Als die Tür hinter Justine ins Schloss fiel, fühlte sich Thomas Cosy sehr allein. Er legte sich an jenem Abend früh in sein provisorisches Reisebett. Es war nicht gerade bequem, aber nachdem er sich eine Weile hin und her gewälzt hatte, schlief er endlich ein. Doch selbst im Schlaf fand er keine Ruhe. Ein unangenehmer Traum suchte ihn heim:

Thomas befand sich am Rande einer endlos langen Straße, die aussah wie die berühmte Route 66, umgeben von weiter Steppe und farbenfrohen Bergen und Felsen. Seine Ex-Frau fuhr in einem knallroten Porsche Cabriolet auf ihn zu. Er, Thomas, stand halbverdurstet und sonnenverbrannt am Wegesrand und versuchte sich als Anhalter. Mit letzter Kraft hatte er seinen Arm ausgestreckt und mit dem Daumen in ihre Fahrtrichtung gewiesen. Sie war in schnittigem Tempo an ihm vorbeigefahren, bremste jedoch, als sie ihn bemerkte, und fuhr ihm rückwärts entgegen. Er war sich nicht sicher, ob sie vorhatte, ihn zu retten oder zu überfahren, hatte aber aufgrund seiner Erschöpfung keine Chance, ihr auszuweichen. Seine Reaktionsgeschwindigkeit war die eines hochbetagten Dreifinger-Faultiers. Glücklicherweise hielt der Wagen neben ihm. Als er aufschaute, saß plötzlich Justine am Steuer, lächelte ihm zu und öffnete einladend die Beifahrertür. Thomas war froh, sie zu sehen und hievte seinen schlappen Körper erleichtert auf den Beifahrersitz. Da sprang Wotan plötzlich aus dem Hinterhalt direkt in seinen Nacken und biss sich an seinem Hals fest. Fast ohnmächtig vor Schreck stürzte Thomas aus dem Wagen und versuchte, den wilden Nager loszuwerden. Ohne Erfolg.

Um sich schlagend und schweißnass wachte Thomas auf und griff in seinen Nacken, um nachzufühlen, ob Wotan ihn noch umklammerte, was glücklicherweise nicht der Fall war. Langsam kam er zu sich, fand sich in der fahlen Gegenwart wieder.

Zum wievielten Mal hatte er diesen Traum so oder ganz ähnlich geträumt? Diesmal hatte Wotan ihn rücklings überfallen. Beim letzten Mal war es seine kleine Tochter gewesen, die vom Rücksitz aus mit den Holzschienen ihrer Lieblingseisenbahn auf ihn eingedroschen hatte, und die waren ganz schön hart.

Zum ersten Mal hatte Justine Blackwood am Steuer des Wagens gesessen. Ihre Geschichte schien ihm nahegegangen zu sein.

Thomas wusste nicht, wie er mit diesen Träumen umgehen sollte. Und mit den Szenen seiner Ehe, die ihn Tag und Nacht verfolgten, wie Werbe-Pop-Ups beim Online-Surfen. Plötzlich ploppten sie auf, begleiteten ihn in seinen kurzen Nächten und auf seinen Wegen durch das tägliche Einerlei, das ihm von Tag zu Tag uninteressanter wurde. Ein leichter Nebel hatte sich über alles gelegt, der nur verschwand, wenn plötzlich wieder diese Spots auftauchten, die sich ihm farbig und lebensecht vor seinem inneren Auge präsentierten. Ostern, mit der Familie am großen Esstisch, Weihnachten. Jahr für Jahr, alle Jahre wieder. Im Nachhinein sah alles anders aus. Er befürchtete, dass er nicht in der Lage sein würde, sie loszuwerden, diese Ehe-Pop-Ups. Zwölfeinhalb gemeinsame Jahre waren nicht so einfach wegzudenken, leider, so sehr er sich auch darum bemühte. Wie wenig ihm da sein Beruf half, war erschreckend. In eigenen Angelegenheiten war er ein absoluter Versager. Er kam sich neuerdings vor wie ein mieser Hochstapler, wenn er seinen Patienten etwas von Trennung verarbeiten, mit Schmerz umgehen und Gefühlen sortieren erzählte. Bei ihm selbst wollte es nicht funktionieren. Und es hörte einfach nicht auf. Es war präsenter als die Gegenwart, sein öder Praxisalltag und die vorhersehbaren menschlichen Begegnungen. So würde er sich seiner Umgebung nicht mehr lange zumuten können. Er stand eindeutig am Rande einer Depression. Dabei war er in den ersten Tagen nach der Trennung voller Elan gewesen. Er hatte an heiße Affären und Abenteuertrips nach Indien gedacht. Eben an eine filmreife Verarbeitung der Trennung, wie in *eat, pray, love* mit Julia Roberts. Aber er war nun einmal keine Filmfigur. Eher eine männliche Florence Nightingale. Seine selbstlose Gutmütigkeit grenzte, wenn er ganz ehrlich war, in manchen Fällen schon an Dummheit. Und das bei einem IQ von über hundertvierzig. Eine Schande. Sein weiches Wesen manifestierte sich inzwischen in einem immer verweichlichteren Körper. Hätte es einen Menschen gegeben, der sich in seinen Armen hätte ausruhen wollen – ein solcher war weit und breit nicht in Sicht, – hätte dieser sich höchstwahrscheinlich an ein Wasserbett erinnert gefühlt. Das Straffe an ihm war fort. Auch in seinem Alltag. Alles waberte dahin. Wer war er, was war von ihm geblieben in diesem Stadium seines nicht mehr ganz jungen und noch nicht alten Lebens?

Er war ein etwas überempfindlicher Psychotherapeut mit einem Hang zu Antriebslosigkeit und Grübelei. Das Leben zu Hause fehlte ihm. Obwohl er nicht einmal wusste, ob er seine Ex-Frau noch liebte oder jemals auf eine romantische Art und Weise geliebt hatte. Sie hatte ihn nicht gut behandelt und er war nicht glücklich gewesen. Aber vielleicht war er ja auch ein Mensch, der das Glück nicht brauchte. Glück würde seiner Meinung nach überbewertet. Ja, es war beinahe zum Zwang geworden. Er beschloss, sich diesem Joch des

Glücklichseinmüssens nicht zu unterwerfen. Er war Melancholiker. Vielleicht sogar ein masochistischer Melancholiker. Die Sticheleien und boshaften Kommentare seiner Ex-Frau, ihre schneidende Stimme und ihr Aktionismus, ihr immer wieder belebender Tritt in den Allerwertesten, durch den er sich aufraffen konnte, sein tägliches Leben in Angriff zu nehmen. Nun war die Luft raus. Geblieben war ein schlaffer Sack voller Selbstmitleid. Wenn er es recht überlegte, hatte es seit der Trennung nur wenige Momente gegeben, in denen er sich so richtig lebendig gefühlt hatte. Zugegebenermaßen gehörten die Begegnungen mit Justine Blackwood dazu.

Kapitel 5

Justine lief mit Wotan, der in Begleitung seines neuen Frauchens noch ein wenig aufgeregt zu sein schien, die Natursteintreppe hinter dem Haus treppauf, treppab.

Ganz korrekt war es wohl nicht, dass Justine sich nun um das Haustier ihres Therapeuten kümmern würde. Aber gerade diesen Sonderstatus, dass er ihr Wotan anvertraut hatte, betrachtete sie als eine besondere Ehre. Sie wusste, dass er seine professionellen Grenzen zu wahren versuchte. Aber allein dadurch, dass er Wotan in seinem Patientenzimmer einen Unterschlupf geschaffen hatte, waren diese deutlich überschritten. Und alle weiteren Grenzen sprengte Wotan mit Leichtigkeit. Justine hatte ja bereits erlebt, wie er in der Praxis sein Unwesen getrieben hatte. Aber einem Tier konnte man keinen Vorwurf daraus machen.

Sie lief noch einmal, nach Auffälligkeiten suchend, mit Wotan treppauf und treppab. Sie konnte nicht anders, und er genoss den Auslauf ganz offensichtlich.

Es musste eine Erklärung für den Sturz ihres Vaters geben. Justine spürte die Unregelmäßigkeiten der Stufen, schaute rechts und links in die Büsche und auf die angrenzende Wiese. Doch es war nichts zu sehen, was zu einer Lösung hätte beitragen können. Das aufgeweckte Tier schnüffelte interessiert an jeder einzelnen Stufe. Justine beobachtete ihn angespannt. Rührte seine Aufgeregtheit vielleicht auch daher, dass er Ungewöhnliches witterte? Sein Verhalten bestätigte ihr Gefühl, dass hier etwas nicht mit rechten Dingen zugegangen war. Was konnte sie unternehmen, um sich Klarheit zu verschaffen? Sie kümmerte sich normalerweise weniger um die Bewohner von Gravebury Village und ihrer kleinen Siedlung als um die Toten auf ihrem Friedhof, aber es war ihr nicht entgangen, dass es in der Nachbarschaft einige seltsame Gestalten gab. Mehrmals war sie schon unfreiwillige Zeugin heftiger Streitgespräche geworden. Deshalb hatte sie es auch bislang vorgezogen, sich aus den Querelen herauszuhalten und sich lieber mit der Verschönerung der Gräber zu beschäftigen. Hier war man sicher vor unliebsamen Begegnungen. Oder nicht? Wem könnte ihr Vater begegnet sein? Wotan quiekte laut, als wolle er sich über ihre Unaufmerksamkeit beschweren. Ob er etwas Interessantes entdeckt hatte? Sie kniete nieder, um die Stufen auf Augenhöhe mit Wotan genauer betrachten zu können und suchte jeden Millimeter akribisch ab, den er begutachtete. Außer Unkraut, das aus den Ritzen drang und ein paar trockenen Krümeln von Essensresten, die Wotan auf der Stelle verschlang, konnte sie nichts Auffälliges entdecken.

Oben am Ende der Treppe angelangt, zerrte er an der Leine Richtung Friedhof statt zur Siedlung. Justine gab nach, er war wirklich ein sehr willensstarkes Tier und wusste genau, was er wollte. Da sie ihm sowieso den Friedhof hatte zeigen wollen und es nicht eilig hatte, nach Hause zu kommen, führte sie ihn gern dorthin. Er fühlte sich offensichtlich pudelwohl zwischen den Grabsteinen und Blumenbeeten. Ja, er war vor Begeisterung ganz außer sich. Wunderbar, dachte Justine, nun hatte sie einen Begleiter gefunden für ihre nächtlichen Exkursionen, die sie regelmäßig unternahm, um Grandma Emily vom Grab ihres verstorbenen William abzuholen. Dieses pflegte die alte Dame, egal zu welchen Uhrzeiten, aufzusuchen, um in seiner Nähe zu sein. Sie vermisste ihn sehr. Manchmal vertrat Justine sich auch in ihren eigenen schlaflosen Nächten die Beine zwischen den Gräbern. Schließlich war der Friedhof neben der Siedlung ihr vertrautestes Terrain. Sie konnte nur schwer nachvollziehen, warum Friedhöfe bei so vielen Menschen Unbehagen auslösten. Der Tod war etwas völlig Natürliches und lebendige Menschen waren sehr viel wahrscheinlicher in der Lage, einem Leid zuzufügen als Verstorbene. Vielleicht hatte diese Beklemmung mit den vielen furchterregenden Filmen zu tun, in denen der Friedhof als Schauplatz des Schreckens herhalten musste. Vielleicht auch mit der Angst vor den Geistern der Toten. Justine jedenfalls empfand dort eher ein Gefühl des Friedens und der Ruhe. Meistens jedenfalls.

Plötzlich blieb Wotan wie versteinert vor einem der Gräber stehen, dem monströsen Familiengrab der Godschlings. Er schnüffelte, kratzte und grub. Justine musste ihm Einhalt gebieten. Ausgerechnet die Stelle, an der Benjamin Godschlings Mutter lag, hatte er auserkoren. Das emsige Frettchen sollte sie besser nicht ausbuddeln. Benjamin hatte lange genug gebraucht, um den Tod seiner Mutter zu verkraften. Viel länger als sein Vater, der Jäger Godschling. Die beiden wohnten gleich gegenüber vom Haus der Blackwoods. Ein seltsames Gespann.

Genauso seltsam nahm sich das Monstrum von Familiengrab aus, das alles andere als schön war. Ehrlich gesagt, es war absolut stillos. Aber pflegeleicht, immerhin. Ein wuchtiger Grabstein aus schwarzem Granit, der gute Chancen hatte, allen Arten von Naturkatastrophen standzuhalten, bildete das Zentrum. Granit entstand aus Magma, so viel wusste Justine. Kein Wunder, dass dieses Material jedem Härtetest gewachsen war. Das eher an ein Mahnmal, als an ein Denkmal erinnernde Monument war umgeben von einem graugesprenkelten Mäuerchen, das nicht einmal bis zu den Knien reichte. Als würde diese architektonische Untat einen Schutz gegen menschliche und tierische Besucher und potenzielle Grenzüberschreiter darstellen. Die große Fläche, unter der die Angehörigen des Jägers ruhten, war überwuchert von Bodendeckern aller Art, die pflegeleichteste Grabbepflanzung, die man sich vorstellen konnte, ideal für Menschen, die maximales Prestige mit minimalem Aufwand zu verbinden wünschten.

Zum Glück zog es Wotan weiter, direkt zum nächsten Komposthaufen neben dem Grab der verstorbenen Frau des Schriftstellers Johannes Johnson. Das Frettchen wälzte sich beglückt in der alten Pflanzenerde und den Blumenresten. Nelken, Lilien, Vergissmeinnicht. Die Lilien verströmten immer noch einen intensiven Duft. Manche waren noch nicht vollständig verblüht.

Gerade am Abend zuvor hatte Justine, wie so oft, eine Auswahl von Blumen, die sie nicht mehr verkaufen konnte, da sie bereits zu weit aufgeblüht waren, in einen Eimer mit Wasser gestellt. Sie würde sie in den leergebliebenen Vasen der unbetreuten Gräber verteilen. Eigentlich standen diese Blumen in der schönsten Blüte, aber die Leute wollten immer möglichst lange etwas davon haben. An der Dauer der Haltbarkeit wurde ihr Wert bemessen. Sie hatte das zu billigen, genauso wie Gemüsehändler die Tatsache zu akzeptieren hatten, dass ihre Kunden in den seltensten Fällen ungelenk verdrehte Gurken und außergewöhnlich geformte Kartoffeln zu kaufen bereit waren. Sie erinnerte sich an einen Bericht über einen riesigen Berg von Gurken, die entsorgt werden mussten, weil sie der optischen Norm nicht entsprachen. Wäre sie, Justine, eine Gurke, wäre sie längst auf einem solchen Berg gelandet. Alles, was ein wenig anders war, wurde misstrauisch beäugt. Justine kaufte bewusst die merkwürdig geformten Obst- und Gemüsereste. Seltsam, dass diese weniger wert sein sollten als die genormten, doch dies war nur ein winziges Detail all dessen, was Justine nicht verstand. Sie, der Zaungast auf dieser Erde.

Dies alles dachte sie, während sie vor dem Grab der Frau des Schriftstellers Johannes stand und Wotan bei seinen Ausgrabungen beobachtete.

Der buddelte sich maulwurfartig in die Untiefen des Komposthaufens vor. Fasziniert von seinem Gebaren wartete Justine gespannt, was er zutage befördern würde. Nach einer gefühlten Ewigkeit tauchte sein kleines, helles Köpfchen wieder aus dem Dreck auf. Im

Maul hielt er einen glitzernden Gegenstand, den er ihr stolz präsentierte. Es war ein silberner Armreif. Wer ihn wohl dort verloren hatte? Sie würde ihn wohl besser liegen lassen, wo er war. Was Wotan wohl noch alles ans Tageslicht befördern würde? Er war schwer aus seinem Vergnügen herauszureißen, aber nachdem sie ihn mit einem Hühnerherz, einer besonderen Leckerei, die Thomas Cosy ihr für das Tier mitgegeben hatte, bestochen hatte, gelang es ihr mühelos.

Justine setzte ihren Spaziergang mit dem neugierigen Frettchen, das am liebsten an jedem Grashalm geschnüffelt hätte, fort. Es waren noch einige Blumen übrig. Sie ging an einem ihr unbekannten, noch recht frischen Grab vorüber und erkannte einen besonders aufwendigen, schönen Kranz, den sie vor Kurzem noch gebunden hatte und der wunderbar aufgeblüht war. Wenige Meter weiter lag neben einem der großen Mülleimer für Kompostabfälle ein ähnlicher Kranz in seiner verblühten Version. Die vertrockneten Blüten ließen ihre blass gewordenen Köpfe hängen. Mit ein wenig Druck wären sie in Dutzende Teile zerfallen und wie Konfetti auf den Boden gerieselt. Alles hatte seine Zeit.

Auch Margret, die Kundin, die Jahrzehnte später noch über die Trennung von ihrem Ex-Mann trauerte, würde wahrscheinlich in wenigen Tagen vor dem inzwischen verwelkten Kranz niederknien und die Vergänglichkeit des Lebens und der Liebe beweinen.

Justine legte eine ihrer Blumen auf dem Kranz ab. Eine besonders schöne. Vielleicht würde es die Trauernden ein wenig trösten, wenn sie vorbeikämen.

Sie ging weiter am Hauptweg entlang. Wotan zog es zum Grab ihrer Nachbarin Daisy Parker, die tragischerweise vor Kurzem gestorben war. Justine hatte ihr einen ganzen Kranz gespendet. Sie war eine jener unerreichbaren, wunderschönen Frauen gewesen, für die Jägersohn Benjamin heimlich geschwärmt hatte. Daisy hatte Justine vor einiger Zeit anvertraut, dass Benjamin sie mit dem Fernglas beobachtete. Daraufhin hatte Justine ihn genauer in Augenschein genommen und festgestellt, dass er auch sie heimlich von seinem Zimmerfenster aus beschattete. Seitdem hielt sie ihre Vorhänge geschlossen, sobald es dunkel wurde und sie das Licht anzündete. Justine konnte durchaus verstehen, dass Benjamin für Daisy geschwärmt hatte, aber es war ihr schleierhaft, was er an *ihr* fand. Justine entsprach ihrer eigenen Einschätzung nach nicht dem Klischee einer hübschen Frau und schon gar nicht dem einer solchen, die sich als Projektionsfläche für die Tagträumereien eines jungen Mannes geeignet hätte. Daisy hatte damals allerdings entgegnet, sie könne sich durchaus vorstellen, dass Justines geheimnisvolle und zurückhaltende Art durchaus interessant für Benjamin sein könnte. Justine würde Daisy vermissen. Sie war eine der wenigen Nachbarinnen gewesen, mit der sie sich gerne von Zeit zu Zeit ausgetauscht hatte.

Ihr Grab war noch frisch. Ein Berg voller Kränze zeugte von der großen Schar an Trauergästen, die ihr die letzte Ehre erwiesen hatten.

Daisy war mit Kind, Mann und Hund rundum glücklich gewesen, bis an ihr Lebensende, das ganz jäh eintraf, als sie von einem Stuhl steigen wollte, den sie erklommen hatte, um einen ihrer Hängeschränke zu erreichen. In letzter Sekunde hatte sie gesehen, dass ihr Chihuahua genau dort auf sie wartete. Um ihren kleinen Liebling nicht zu gefährden, hatte sie sich am Wandschrank festgehalten, dessen Tür aus den Angeln brach. Rücklings waren beide, Daisy und die Tür des Wandschranks, auf die steinharten Fliesen des Küchenbodens gestürzt. Daisy war sehr unglücklich aufgekommen und auf der Stelle tot gewesen. Ihr Therapeut hatte schon recht, die meisten tödlichen Unfälle passierten im Haushalt. Es waren oft die banalsten Anlässe, die zu großen Dramen führten.

Kapitel 6

Ein Frettchen! Grace war nicht gefragt worden, sie wurde überrumpelt und war äußerst erstaunt über den Anblick Wotans, konnte aber kaum Nein zu dem niedlichen Tier sagen. Schließlich hatte sie ihrer Tochter die Therapie bei Thomas Cosy aufgrund seiner ungewöhnlichen Methoden vorgeschlagen. Wobei ein Albinofrettchen als neuer Mitbewohner ihr nicht in den Sinn gekommen wäre. Nun ja, wenn die Anwesenheit dieses Wesens Justine helfen würde, den schlimmen Zustand ihres Vaters zu verkraften, würde sie durchaus nichts gegen den neuen Mitbewohner einzuwenden haben. Auch für Grandma Emily würde Wotan womöglich eine gute Ablenkung sein. Grace fragte sich, ob das Frettchen wohl ihre Paleo-Gerichte mögen würde, im Gegensatz zu ihrer Tochter, die sich für die fleischlastige Steinzeiternährung nicht erwärmen konnte. *Vielleicht*, dachte Grace, *hatte sie selbst einen solch intensiven Hang zur Steinzeitkost, weil die beschauliche Kleinstadt, in der ihre Familie nun seit vier Generationen lebte, bereits zur Bronzezeit besiedelt war.* Ein kleiner geschmacklicher Überrest aus jener Zeit, der allerdings an ihrer wählerischen Tochter, die alles vom toten Tier verabscheute, vorübergegangen war. Umso erstaunlicher, dass sie das fleischfressende Frettchen, dessen Rasse ebenfalls bis in die Urzeit zurückreichte, als Mitbewohner zu tolerieren gedachte.

Vielleicht würde der kleine Kerl sogar die trockenen Kekse von Eleonore Dust, Peters Sekretärin, zu schätzen wissen. Es war bedauerlich, dass sie immer im Mülleimer landeten, da sie häufig schon in der kitschigen Plastikumhüllung zu Staub zerfielen, bevor man sie überhaupt angerührt hatte. Ganz abgesehen davon, dass die Anhänglichkeit der faden Person Grace ein wenig auf die Nerven ging. Ms. Dust scheute sich nicht, das Gebäck regelmäßig persönlich vor der Haustür zu deponieren, begleitet von handschriftlichen Genesungswünschen an „den werten Gatten". Wie konnte Peter es tagtäglich mit einer solch stocksteifen Person im Büro aushalten? Glücklicherweise wohnte die Sekretärin zwar in der Nähe der Siedlung, jedoch nicht unmittelbar in Reichweite des Blackwood´schen Hauses. Hinzu kam, dass sie ihre Gaben größtenteils unbemerkt von den Blackwoods hinterließ und es in den seltensten Fällen zu personlichen Begegnungen kam. Grace brachte es nicht übers Herz, ihr zu gestehen, dass ihre Kekse nicht auf Gegenliebe stießen.

Grandma Emily war begeistert von der Aussicht auf Familienzuwachs in Form des quirligen Haustiers. Sie konnte es kaum erwarten, mehr über die Symbolik der Frettchen zu erfahren, und griff nach ihrem Buch über schamanische Krafttiere.

Während Grace kochte, blätterte Emily in ihrem farbig illustrierten Buch und trank ihren lauwarmen

Cappuccino in der stilvollen italienischen Porzellantasse in drei Schlucken leer.

„Die Tasse ist viel zu klein, Grace, die paar Tropfen könnte ich mir ja gleich ins Ohr schütten. Gibst du mir bitte ein größeres Gefäß mit einem etwas stärkeren Kaffee?"

„Nein, Emily. Du hast schon vier davon getrunken, das reicht. Sonst kannst du heute Nacht wieder nicht schlafen."

„Wieso muss ich unbedingt nachts schlafen? Keiner zwingt mich dazu."

„Da hast du recht. Aber ich will nachts schlafen. Und das geht nicht, wenn du wach bist. Verstehst du?!"

„Nein." Emily konzentrierte sich wieder auf andere Dinge. Sie googelte für ihr Leben gern, beinahe alles. Gerade hatte sie den Suchbegriff *Frettchen* eingegeben und fand einiges hierzu.

„Gracy, wusstest du, dass Frettchen zur Familie der Marder gehören? Und dass das Wort *Frettchen* aus dem Lateinischen kommt und Dieb bedeutet?"

„Nein, Mum, das wusste ich nicht. Ich hoffe, es wird uns nicht auch noch ausrauben, wo wir jetzt schon von ihm überfallen worden sind", erwiderte Grace, die die Begeisterung ihrer Mutter für Tiersymbolik und Namensherkunft nicht teilte. Sie gab eine gute Portion Hirschgulasch für den Hauptgang ihres Paleo-Gerichtes zusammen mit Karotten, Sellerie, Knoblauch und Zwiebeln in einen großen Bräter. Alles naturbelassene Lebensmittel, die angeblich schon die Altsteinzeitmenschen zu sich genommen hatten.

„Sie existieren bereits seit über 10 Millionen Jahren, Schatz."

„Wer, Mum?"

„Die Frettchen! Kannst du dir das vorstellen?"

„Nein, Mum. Das will ich auch nicht."

Grace war bedrückt. Nichts konnte sie aufmuntern, nicht einmal der verlockende Duft ihres Gerichts. Und schon gar nicht Emily mit ihren vielfältigen Interessen.

„Hör mal Grace: *Ihre hellwachen Sinne nehmen jedes Detail in ihrer Umgebung wahr und erkennen intuitiv den für sie richtigen Weg. Aus diesem Grund werden sie auch als Jagdtiere gehalten.* Da müsste man Jäger Godschling mal nach seinen Erfahrungen fragen."

„Ich werde Jäger Godschling nicht nach seiner Erfahrung mit Frettchen fragen, Emily."

„Du hast aber auch eine Laune, Kind! Was ist denn los mit dir?"

Für einen Moment verlor Grace die Beherrschung und vergaß Emilys fortschreitende Demenz: „Nichts ist los mit mir! Mein Mann Peter, dein Sohn, liegt im Koma und ich weiß nicht, ob er jemals wieder aufwachen wird!"

„Warum schreist du mich so an? Ich habe dir nichts getan, Grace." Emily stand auf und bewegte sich Richtung Schlafzimmer. „Ich werde den faulen Hund mal wecken und ihm meine Meinung sagen."

Grace umklammerte das Handgelenk ihrer Schwiegermutter fester als beabsichtigt. „Peter ist nicht im Schlafzimmer. Er liegt doch im Krankenhaus."

Mit einem Mal erinnerte Emily sich. „Entschuldige Grace. Ich schäme mich für meine Schusseligkeit. Mein schlechtes Gedächtnis macht mir selbst sehr zu schaffen, glaub mir. Kannst du mir noch einmal genauer erklären, was die Ärzte gesagt haben?"

Es tat Grace leid, dass sie so wütend geworden war, gerade in jenem Augenblick, in dem ihre Schwiegermutter einen ihrer lichten Momente hatte und sich ihrer Erkrankung schmerzlich bewusst war. Aber die vom Leben verwöhnte Grace war mit der Situation vollkommen überfordert. Sie vermisste Peter und hatte panische Angst davor, dass er vielleicht nie wieder zu sich kommen würde. Und wenn, dass er vielleicht nicht mehr derselbe sein würde wie vorher. Oder dass gar die Möglichkeit bestand, dass er nicht überleben würde. Wie sollte sie ohne ihn zurechtkommen? Plötzlich war sie zuständig für Dinge, mit denen sie sich noch nie im Leben beschäftigen musste, und seien es auch nur kleinere Reparaturen oder Ämterangelegenheiten. Dies war der Nachteil, wenn man die alltäglichen Dinge ein Leben lang von anderen hatte erledigen lassen. Die überbordende Hilfsbereitschaft, die andere ihr entgegenbrachten, besonders die Männer, war Fluch und Segen gleichermaßen. Die Angst um ihren Mann konnte sie ihr nicht nehmen.

„Peter liegt im Koma, Emily. Keiner weiß, wann er wieder zu sich kommen wird."

„Das ist schlimm, Grace. Das ist sehr schlimm."

Emily, die sich plötzlich wieder in sich selbst zurückgezogen hatte, setzte sich vor ihren Laptop und googelte. Dies half ihr, sich zu beruhigen und auf andere Gedanken zu kommen. Sie las vor: *„Frettchen können sehr wütend werden und sind in der Lage, ihre Feinde mit einem Biss in den Nacken ernsthaft zu verletzen. Ganz wohl ist mir nicht dabei."*

„Wotan ist eine Leihgabe von Justines Therapeuten. Er wird geschult sein im Umgang mit Menschen."

„Wieso hat Justine einen Therapeuten? Muss ich mir Sorgen machen?"

„Nein, Emily! Sie unterhält sich nur ab und zu mit ihm, nichts weiter."

„Sie kann sich mit uns unterhalten. Dafür sind wir schließlich da. Wir sind doch eine Familie: Du, Justine, William, Peter und ich ..."

„William ist tot, Emily."

Die alte Frau war sichtlich schockiert. „Oh mein Gott, wie schrecklich, woran ist er denn gestorben?"

„An einem tödlichen Herzinfarkt. Aber er hat nicht lange gelitten."

„Zum Glück, da bin ich froh. Schade, dass er seine Enkel nicht mehr kennengelernt hat."

„Du hast keine Enkel, Emily."

„Ach, hat Justine keine Kinder?!"

Grace rührte in ihrem Hirschgericht.

„Nein, hat sie nicht."

„Keine Kinder? Wie traurig. Aber das kann ja noch werden. Was sagt denn ihr Mann dazu? Will der keine Kinder?"

„Justine hat auch keinen Mann, Emily."

„Wirklich nicht? Die arme Justine, sie muss sehr einsam sein."

„Wieso? Sie lebt mit uns. Man muss doch nicht einsam sein ohne Mann und Kinder. Es gibt noch andere Dinge auf der Welt, die einen glücklich machen können", widersprach Grace mit etwas zu viel Nachdruck. Vielleicht musste sie nicht nur Emily, sondern auch sich selbst davon überzeugen, dass Justine Dinge hatte, die sie glücklich machten.

Kapitel 7

Justine hatte sich mit Wotan in ihr Zimmer zurückgezogen und strickte an einem Jäckchen für ihren neuen Mitbewohner. Nachts war es immer noch recht kühl, obwohl der Frühling sich schon bemerkbar machte. Sie wollte dafür sorgen, dass Wotan nicht fror, wenn er sie auf ihren nächtlichen Spaziergängen begleitete. Justine arbeitete Symbole der westafrikanischen Dogon ein. Kein einfaches Muster, vor allem in der Größe. Es bestand aus acht schwarz-weißen Rechteckmustern, die auf acht Urahnen verwiesen. Justine war fasziniert vom Weltbild der Dogon. Das einzelne Lebewesen galt als Mikrokosmos der Welt und wurde von derselben Lebenskraft bewegt wie das komplette Universum. Die Dogon waren davon überzeugt, dass ein einziger Störenfried in der Lage sein könnte, die gesamte Schöpfung durcheinanderzubringen. Diese Erfahrung machte Justine nun im kleinen Rahmen am eigenen Leib: Ein einziges Lebewesen war in der Lage gewesen, das gewohnte Leben der Familie Blackwood auf den Kopf zu stellen: Ein unbekannter Störenfried, der ihren Vater fast das Leben gekostet hätte. Justine war nach wie vor davon überzeugt, dass es sich nicht um einen Unfall gehandelt haben konnte und sie war fest entschlossen, die Person ausfindig zu machen, die ihrem Vater das angetan hatte.

Der durchdringende Ton der Haustürklingel riss Justine aus ihren Gedanken.

Mister Beecroft aus der Nachbarschaft war herbeigeeilt, um die Waschmaschine zu reparieren. Grace hatte ihn verständigt. Das Wasser in der Maschine pumpte nicht ab. Der eifrige Helfer trank erst einmal einen Macha Latte mit Grace. Und gleich noch einen zweiten hinterher. Erst danach begab er sich an die Arbeit und beschäftigte sich mit dem defekten Gerät. Justines Mutter hatte stets Helfer zur Verfügung. In der Hinsicht hatte sie eine besondere Begabung oder auch eine Anziehungskraft, die dafür sorgte, dass die Menschen ihre Nähe suchten. Aber keiner von ihnen ersetzte Peter. Schon gar nicht jemand wie Mister Beecroft, der mit seiner sonnenbankgebräunten, fettigen Haut aussah wie seine Leibspeise, ein Spanferkel vom Grill. Er sprach, als hätte er ein ganzes Theater zu unterhalten. Gerade brüllte er aus der untersten Etage zu Grace hinauf:

„Das Wasser läuft immer noch nicht ab!"

„Ach du ... vielleicht sollte ich doch besser einen Reparaturservice kommen lassen", zwitscherte Grace zurück.

Das konnte Beecroft, der herbeigeeilt war, um Grace zu imponieren, nicht auf sich sitzen lassen.

Er werkelte so lange an dem nicht mehr neuen Gerät, bis es tatsächlich wieder abpumpte.

Grace summte und kochte. Sie war derart in Gedanken versunken, dass sie es versäumte, dem hilfsbereiten Nachbarn zu danken und offenen Auges ihr Ragout anbrennen ließ. Peters Zustand nahm sie sehr mit.

Mister Beecroft mähte nun den Rasen. Nicht nur, um Grace zu imponieren. Er hoffte insgeheim auch auf eine Einladung zum Essen. Dem Duft von Kokos-Spinatsuppe, Hähnchenbruschetta und Hirschragout konnte er, ungeachtet seiner Vorliebe für Schweinefleisch, ebenso wenig widerstehen wie dem natürlichen Charme der Köchin.

Grace begriff die schlichte Volksweisheit „Essen hält Leib und Seele zusammen" mehr denn je. Das Kochen beruhigte ihre Nerven, das Essen verlieh ihr die nötige Schwere, um die Bodenhaftung nicht zu verlieren. Und Beecroft war ganz außer sich vor Freude, dass immerhin seine Hoffnung auf eine reichhaltige Mahlzeit in Erfüllung gegangen war. Am liebsten wäre er gleich ganz geblieben. Aber ein paar Häuser weiter wartete seine Frau mit den abendlichen Wurstbroten und einer eifersüchtigen Schimpftirade über die unnötig lange Zeit, die er bei Grace verbracht hatte.

Justine hörte zu ihrer Erleichterung, wie die Tür ins Schloss fiel. Endlich war er fort. Sie mochte es nicht, wenn sich nahezu fremde Personen in ihrem Elternhaus aufhielten. Nicht, dass es etwas Neues für Justine gewesen wäre, dass sich das männliche Geschlecht für ihre attraktive Mutter interessierte, aber es gab da Abstufungen von angenehm bis unangenehm, von aufdringlich und übertrieben anhänglich bis unverbindlich flirtend. Jetzt, da Vater außer Gefecht war, scharten sich die potenziellen Retter aus ganz Gravebury Village um sie, als hätten sie auf diesen Augenblick gewartet, und buhlten um ihre Gunst. Neuigkeiten verbreiteten sich schnell in einem ereignislosen Ort wie diesem, in dem die Zeit stehengeblieben zu sein schien.

Es ging immer noch zu wie in der Steinzeit. Da war die Paleo-Diät der Mutter gerade die richtige Stärkung für das Spiel um Macht und Eroberung. Justine war klar, dass sie wie die ernüchterte Mutter ihrer eigenen Mutter und nicht wie deren Tochter klang. Aber sie hatte ihre Gründe dafür. Es behagte ihr nicht, dass Grace ihr Leben stets auf den Zuwendungen anderer aufbaute, sich an sozialen Gemeinschaften orientierte und sich nach deren Bedürfnissen und Entwicklungen ausrichtete. Vielleicht war das zweifelhafte Vorbild ihrer Mutter einer der Gründe für Justines besonderen Eigensinn und ihr Bedürfnis nach emotionaler Unabhängigkeit.

Ihre Grandma räumte lautstark auf, was den Geräuschen nach zu urteilen, wahrscheinlich nichts Gutes bedeutete.

Justine eilte zu ihr und entfernte Emilys Lesebrille aus dem Gefrierschrank, die Haarbürste aus der Besteckschublade und Graces Wildlederpumps aus der Waschmaschine, gerade noch rechtzeitig, bevor sie diese zusammen mit der Bettwäsche einem 60 Grad Waschgang ausgesetzt hätte.

Die Paketpost klingelte. Nie war es still in diesem Haus. Außer nachts. Mum konnte die Stille nicht ertragen. Justine brauchte sie wie die Luft zum Atmen.

Kapitel 8

Justine war schnell eingeschlafen. Plötzlich wurde die Tür zu ihrem Zimmer aufgerissen und das lautstarke Gepolter und Gebrüll ihrer Grandma riss sie aus ihrem Traum: „Alle aufstehen, es hat acht Grad! Wir müssen zum Friedhof, bevor wieder Nebel aufzieht."

Justine stand senkrecht im Bett. Wotan quiekte beglückt. Endlich Action in dieser bislang allzu langweiligen, ereignislosen Nacht.

„Oh. Jetzt schneit es!", mit dieser Feststellung des von ihr gefühlten Wetterwechsels zog Grandma sich wieder zurück in ihr Bett.

Justine und Wotan waren allerdings hellwach.

Zwei Uhr dreißig. Wotan machte Männchen und sah Justine mit seinen hinreißenden Knopfaugen an. Justine verstand seinen erwartungsvollen Blick. Auch ihr war nach einem Spaziergang zumute. Aus irgendeinem Grund war sie aufgeregt. In unbestimmter Erwartung, als habe sie ein Rendezvous mit einem Geheimnis, das sich ihr nur in der Stille der Nacht offenbaren konnte. Wotan war unter dem Lampenschirm ihrer Nachtbeleuchtung verschwunden. Seitdem Justine ihn aus seiner Reisebox befreit hatte, die Mister Cosy ihr zur Verfügung gestellt hatte, erkundete er voller Tatendrang Justines Schlafstätte und deren mannigfaltige Möglichkeiten. Justine mochte seinen Geruch, eine Mischung aus Kerzenwachs, würzigem Waldhonig und ofenfrischem Sonntagsbraten. Der weiße Wirbelwind war offensichtlich begeistert von den vielen Stoffschichten und Decken, aus denen er eine gemütliche, höhlenartige Behausung gestaltete, ganz für sich allein. Der kleine Kerl nahm ihr gesamtes Nachtlager ein. Justine würde nach Spielsachen für ihn suchen müssen, damit sie in Zukunft die Chance hatte, wieder ungestört in ihrem Bett schlafen zu können. Sie ließ das Frettchen einen Moment lang allein und schloss ihre Zimmertür, damit er nicht in die unüberschaubaren Weiten des zweistöckigen Einfamilienhauses entwischen konnte. Auf dem Weg zur Toilette hörte Justine sein Kratzen an der Zimmertür und sein beunruhigtes Quieken. Wotan war es offensichtlich nicht gewöhnt, allein zu sein. Sie würde sich beeilen müssen, bevor er versuchen würde, noch deutlicher auf sich aufmerksam zu machen.

Sonst würde Grandma womöglich wieder einmal aufwachen.

Kapitel 9

Justine beschloss, den ersten nächtlichen Spaziergang gemeinsam mit Wotan zu wagen. Sie würde mit ihm den Friedhof und den umliegenden Wald durchstreifen. Es war eine milde, klare Vollmondnacht. Wotan lief zielstrebig auf den ihm nun schon bekannten Komposthaufen zu und plusterte seinen buschigen, weißen Schwanz auf, was laut Justines Internetrecherche bedeuten konnte, dass er etwas Interessantes zu riechen schien, aufgeregt war oder sich erschrocken hatte. Mit der Zeit fiel es ihr immer leichter, seine Körpersprache auch ohne Übersetzungshilfe durch Fachleute zu verstehen.

Ein Igel genoss den Erdhaufen, der schon Wotan begeistert hatte. Ein Marder verschwand mit einem undefinierbaren Gegenstand im Maul hinter dem Grab der Schriftstellerfrau. Einige Kaninchen und eine Ratte flohen vor dem nächtlichen Besuch. Justine benötigte nicht einmal ihre Taschenlampe, so hell leuchtete der silberne Mond ihnen den Weg.

Plötzlich hörte Justine ein Geräusch, das ihr durch Mark und Bein ging. Hell, schrill, eindringlich und schmerzvoll. Es klang beinahe wie ein schreiendes Baby, so unwahrscheinlich diese Möglichkeit Justine auch zu sein schien. Das Blut gefror ihr in den Adern, doch sie zögerte nicht, geradewegs in Richtung der geheimnisvollen Laute zu eilen. Das Schreien war in ein wehklagendes Weinen übergegangen. Auch Wotan schien das Ganze nicht geheuer zu sein. Er gab ein schrilles Quietschen von sich, das Justine wie ein Angstlaut erschien. Sie würde zu Hause jedoch noch einmal nachschauen, was dieser Laut zu bedeuten hatte. Hinter der Grabstätte der Familie Godschling erblickten Justine und ihr Frettchen die Ursache: Zwei Katzen gaben sich lautstark schreiend einem Liebesakt hin. Wotan war zwar nicht so gesellig wie die meisten seiner Artgenossen, aber hier hätte er offensichtlich schon gern mitgemischt:

Er hüpfte und sprang wie ein wild gewordener umher und lief rückwärts, mit aufgerichtetem Schwanz und aufgerissenem Maul. Ganz eindeutig eine Auf-forderung zum Spiel, so viel hatte Justine bereits herausgefunden.

Dabei war der Liebesakt der Katzen kein Spaß für die Beteiligten. Im Gegenteil. Angeblich schrien sie nicht vor Lust, sondern vor Schmerz. Diesen besonderen Schrei nannte man in der Fachwelt den Begattungsschrei. Darüber hatte ihre Nachbarin Vreni Seematter Justine einmal aufgeklärt. Sie wurde in der Siedlung die „Katzenfrau" genannt, weil sie seit vielen Jahren mit etlichen, auch immer einmal wieder wechselnden Katzen zusammenlebte, die von ihr gerettet worden waren. Allerdings machte die spröde und verschlossen wirkende, scheue Schweizerin, die sich besonders Männern gegenüber eher abweisend gab, selbst den Eindruck, als befürchte sie einen ähnlichen Stress bei der Begattung unter Menschen und habe es deshalb erst gar nicht gewagt. Dabei hatte sie jahrelang in einer Beziehung gelebt. Man wusste nicht, was in den Schlafzimmern der Nachbarn vor sich ging, und das war auch gut so. Justine rief sich selbst zurück bei diesem Gedanken. Sie hatte sich vorgenommen, mit ihren Vorurteilen und unwillkürlichen Einschätzungen vorsichtiger zu werden. Sie wusste selbst, wie man darunter zu leiden hatte. Ihr passierte es immer wieder, dass Menschen sie für eine seltsame Person hielten. Eine junge, nicht liierte, kinderlose junge Frau, die hauptberuflich Trauerkränze band, nachts über den Friedhof spazierte, mit ihren Eltern und einer dementen Grandma zusammenlebte, die am Grab ihres verstorbenen Gatten Wiedererweckungsrituale ausprobierte: Dies alles war vielen verständlicherweise nicht geheuer. Justine sollte also auch ihnen gegenüber Toleranz üben, was konnte sie sonst im Gegenzug erwarten?

George Godschling, der Jäger, wäre wahrscheinlich entsetzt gewesen über den rohen Geschlechtsakt zweier Raubtiere auf dem hehren Familiengrab. Vielleicht hätte er sie gar mit der Schrotflinte verjagt?

Justine nutzte den Weg zurück nach Hause, um über die Eindrücke der letzten Tage nachzudenken. Sie war nach wie vor fest überzeugt davon, dass jemand den Sturz ihres Dads herbeigeführt haben musste. Es gab zwar keine handfesten Beweise, aber Justines innere Stimme ließ sie spüren, dass hier etwas nicht stimmte. Die Absurdität dieses Unglücks machte ihr zu schaffen. So sehr sie es auch versuchte, sie konnte ihre Gedanken hierzu nicht abschütteln. Selbst, wenn dies den

Gesetzeshütern niemals reichen würde, um dem Fall nachzugehen, für sie gab es kein Zurück, sie konnte nicht anders.

Zu Hause angekommen, schob sie den durch die vielen neuen Eindrücke völlig erschöpften Wotan sanft in Thomas Cosys Reisebox. Er fiel sogleich in einen tiefen Schlaf.

Kapitel 10

Als Justine ihren Dad am nächsten Morgen in der Klinik besuchte und seine Zimmertür öffnete, tat sich eine andere Welt für sie auf. Die Ruhe, die sie umgab, war nicht bloße Abwesenheit von Lärm, sondern Anwesenheit von etwas Geheimnisvollem. Die Stille einer Welt zwischen Leben und Tod. Die Luft stand, als hätte die Zeit ihre bewegten Partikel in Erstarrung versetzt. Justine lauschte. Ließ ihren Blick durch den Raum schweifen, ohne die Einzelheiten wahrzunehmen. Vaters Augen waren geöffnet. Sie schauten in eine Weite ohne Ziel. Als sie näherkam, ging sein Atem schneller. Sie studierte sein Gesicht und meinte zu erkennen, dass seine Pupillen mit großer Anstrengung versuchten, ihren Schritten zu folgen. Pathologische Reflexe, keine Reaktivbewegungen, sagten die Ärzte. Doch Justine spürte, dass in ihm das Leben tobte. Sein Gesicht hatte sich verändert. Es war verletzlicher geworden. Glatter. Weicher.

Justine hatte sich so an seine dauernde Anspannung, seinen täglichen Stress und seine permanente Überarbeitung gewöhnt, die seinen Gesichtsausdruck im Familienalltag geprägt hatten, dass ihr erst jetzt auffiel, wie wenig zugänglich er gewesen war. Man hatte immer Rücksicht auf ihn nehmen müssen. Wenn er an den Abenden heimkam, war er weniger anwesend gewesen als die Geister der Toten auf ihrem geliebten Friedhof. Umso erstaunlicher, dass er nun, da er im Koma lag, für Justine zum ersten Mal wirklich zugänglich war. Schon allein die Tatsache, dass er Tag und Nacht in diesem Zimmer anwesend war, brachte eine neue Dimension in ihr Leben. So viel Zeit hatte sie noch nie in seiner Nähe verbringen können. Sie entdeckte Falten in seinem Gesicht, die ihr nie zuvor aufgefallen waren, lauschte seinem Atem, betrachtete seine Augen, die nun starr geradeaus blickten. Ob er ihre Anwesenheit wohl wahrnahm? Ob er etwas empfand und wenn ja, wie sich seine Bewusstlosigkeit anfühlte. Sich ein Nichts vorzustellen, fiel ihr schwer.

Plötzlich erinnerte sie sich an einen Traum, der sie schon öfter in verschiedenen Variationen heimgesucht hatte.

Er hatte in seinen Hauptbestandteilen immer den gleichen Ablauf. Justine hatte auch mit Thomas Cosy darüber gesprochen, der ein tief verankertes Lebensgefühl des nicht zugehörig seins hinter ihren Traumbildern vermutete.

Justine war ungefähr fünf Jahre alt. Sie lief am weiten, weißen Strand eines Meeres entlang. In einer Bucht, umgeben von Felsen, gab es eine eingefriedete Stelle, einen kleinen Tümpel, gefüllt mit Meereswasser. Sie stieg hinein und fühlte sich wunderbar geborgen. Plötzlich fand sie sich unter Wasser wieder. Sie versuchte, die Oberfläche zu erreichen. Es gelang ihr nicht. Sie wusste nicht mehr, wo oben und wo unten war. Strampelte panisch, der Sauerstoff ging ihr aus.

Mit einem Mal wurde sie ganz ruhig. Sie hörte auf zu kämpfen, betrachtete die geheimnisvolle Unterwasserwelt, Umrisse von Felsen, Fisch-schwärmen und Algen. Ein Lichtstrahl tauchte die Szenerie in wunderschöne grünlichblaue Farben. Einen so friedlichen und anmutigen Augenblick hatte sie noch nie in ihrem Kinderleben erlebt. Sie wünschte sich, dass es für immer so bleiben würde. Doch plötzlich griff eine kräftige Hand nach ihr, auf die Art, wie Hundeeltern ihre Welpen im Nacken packen, und zog sie an Land. Sie fühlte sich wie ein Fisch auf dem Trockenen, nicht in ihrem Element. Seitdem versuchte sie, im realen Leben einen ähnlichen Ort zu finden. In ihrem Traum war sie dem Tod näher gewesen als dem Leben. Und in gewisser Weise hatte sich das nicht geändert. Vielleicht fühlte sich der Komazustand ihres Vaters annähernd gleichartig an.

Kapitel 11

Obwohl sie nicht sicher sein konnte, dass er überhaupt etwas verstehen würde, erzählte sie ihrem Vater von ihrem Spaziergang in der vergangenen Vollmondnacht. Von den giftigen Engelstrompeten, die einen besonders intensiven Duft von Vanille und Zitrone verströmten und im Lichtschein des Mondes aufblühten. Sie hielt Vaters Hand und badete mit geschlossenen Augen im Licht der Sternmagnolien und der zitronengelben Nachtkerzen, der weißen Flammenblumen und der Madonnenlilien, in den Düften der Mondwinde und des Nachtjasmins. Auch Justine blühte auf und begann zu leuchten im Schutz der Dunkelheit.

Kapitel 12

Auf ihrem Weg nach Hause kam Justine bei Jäger Godschling vorbei. Er wohnte gleich gegenüber von den Blackwoods, zusammen mit seinem erwachsenen Sohn Benjamin. Vor einigen Jahren hatten Mr. und Mrs. Godschling sich getrennt. Seitdem hatte man Godschlings Gattin nie wieder gesehen. Sie war von einem auf den anderen Tag verschwunden. Manchmal plagte Justine ein schlechtes Gewissen, weil sie nie nach ihr gefragt hatte. Es wurde einfach akzeptiert, dass sie nicht mehr da war. Keiner der Nachbarn, nicht einmal die schwatzhafte Damla, wusste etwas über den Verbleib von Mrs. Godschling, die Geschichte der Beziehung und deren Ende. Bis plötzlich eine Traueranzeige in der Zeitung gestanden hatte, aus der hervorgegangen war, dass sie gestorben war und im engsten Kreis beigesetzt würde. Sie lag auf Justines Friedhof und die fragte sich, ob die Verstorbene das Geheimnis ihrer Geschichte wohl mit ins Grab genommen hatte. Wieder eine Geschichte, die ihr nachging, obwohl sie sicher nichts mit Dads Unfall zu tun hatte. Wenn Justine einmal anfing, sich mit den Menschen zu beschäftigen, konnte sie kaum noch davon ablassen. Auch über Benjamin machte sie sich Gedanken.

Er war einmal hübsch gewesen, als Kind. Irgendwann ging es steil bergab mit ihm. Er wurde dicker und dicker, immer schweigsamer und zurückgezogener. Man erzählte in der Nachbarschaft, dass er in der Grundschule gemobbt worden war und sein Vater den armen Benjamin dafür ausgeschimpft hatte, weil er überzeugt war, dass Benjamin die Schmach verdient hatte.

Benjamin schien sich in seine eigene kleine Welt zu flüchten, zu der auch das Beobachten von Justine mit dem Feldstecher gehörte. Das hatte sie zu ihrem Leidwesen schon vor Jahren bemerkt. Seitdem hielt sie ja die Vorhänge in ihrem Zimmer, das gleich gegenüber von Benjamins lag, meistens geschlossen. Seitdem Vater im Koma lag, ging Justines Fantasie immer wieder mit ihr durch, besonders, was ihre Mutmaßungen in Bezug auf die Nachbarschaft betraf. So konnte sich Justine plötzlich vorstellen, dass Benjamin mit dem Sturz ihres Vaters zu tun hatte. Und falls das der Fall sein sollte, würde sie sich wünschen, dass er endlich dort unterkommen würde, wo er ihrer Meinung nach hingehörte: in eine Wohngruppe für psychisch kranke, junge Erwachsene. Wieder einmal ertappte sie sich dabei, sich Vorurteile über andere zu machen. Sie rief sich selbst zur Ordnung und sah ein, dass eine Frau, die nachts mit ihrem Frettchen über den Friedhof spazierte, sich kein derart hartes Urteil über einen jungen Mann erlauben sollte, der mit seinem Feldstecher am Fenster saß.

So viele einsame Gestalten.

Auch Benjamins Vater hatte wenig Kontakt zur Nachbarschaft. Wahrscheinlich, weil er alle Hände voll mit dem Schleifen seiner Waffen-, Messer- und Scherensammlung zu tun hatte. Damla hatte Justine davon erzählt.

Während Justine noch zu Benjamins Fenster hochsah und an die Eigenarten der schwatzhaften Damla dachte, wurde sie beinahe von deren fünf Kindern überrannt, die zusammen mit ihrer Mutter auf dem Weg zum Siedlungsspielplatz waren. Damla begrüßte Justine ganz aufgeregt. „Oh mein Gott, Justine, ich habe gehört, was mit deinem Vater passiert ist! Der Arme! Wie konnte das passieren!" Justine hatte keine Zeit, sich zu fragen, woher Damla dies wieder in Überschallgeschwindigkeit erfahren hatte, da sie von der lebhaften Kinderschar vollständig vereinnahmt und auf den Spielplatz gezerrt worden war.

Sie wurde vom ältesten Sohn unsanft auf eine der dortigen Bänke gestoßen, während Damla ihre Jüngste auf die Schaukel setzte und sie mit einem Stups in Schwung brachte.

Kapitel 13

Damla, ein Name, der so viel wie „ein Tropfen"
bedeutete und aus dem Türkischen kam. Damlas
vollständiger Name war Damla Smith-Kurt, was zu
häufigen Missverständnissen führte. Denn Kurt war
nicht etwa ein deutscher Männervorname, sondern ihr
türkischer Nachname. *Kurt* hieß im türkischen *Wolf*
und Damla hatte darauf bestanden, ihren Mädchen-
namen beizubehalten. Sie war eine Frau, die Wert auf
ihre familiären Wurzeln legte. Damla war eher der
Tropfen, der das Fass zum Überlaufen bringen konnte,
nicht jener auf dem heißen Stein, der nicht das
Geringste zu bewirken vermochte. Sie war mit John
verheiratet, einem gutaussehenden Iren, Mitte vierzig,
Mutter ihrer chaotischen fünf Kinder und gelernte
Kosmetikerin, die gern auch unerbetene Schminktipps
gab.

Wenn man Informationen zur Hand hatte, die sich
möglichst schnell herumsprechen sollten, war man bei
ihr an der richtigen Stelle. Innerhalb weniger Tage
wusste die gesamte Nachbarschaft über die
Neuigkeiten Bescheid. Damla legte sehr viel Wert
darauf, anerkannt und beliebt zu sein. Und wenn man
zu ihr kam, um über die Nachbarschaft zu reden, war

sie überglücklich. Etwas über die anderen zu wissen, gab ihr das Gefühl, dazuzugehören. Etwas über sie zu verbreiten, gab ihr ein Gefühl von Macht und über andere ihre Meinung kundzutun ein Gefühl von Kompetenz.

„Justine, du siehst heute wirklich sehr, sehr blass aus!", erlaubte sich Damla, zu bemerken, und setzte sich schwungvoll zu ihrer Nachbarin auf die Bank. „Kein Wunder, nach dem, was du Arme alles erlebt haben musst. Ich habe gesehen, dass die Polizei da gewesen ist. Was sagt die denn zu dem Ganzen? Gibt es schon einen Verdächtigen?"

„Die haben leider überhaupt nichts gedacht. Für die war das ein ganz normaler Unfall. Sie haben den Vorfall zwar aufgenommen, aber ich bin mir sicher, dass sie die Sache eine Minute später schon vergessen hatten."

„Unverschämtheit! So etwas muss doch ganz genau überprüft werden. Wozu ist die Polizei denn heutzutage überhaupt noch da? Die kümmert sich nicht um die Einbrüche, nicht um die Verkehrsverstöße. Nur, wenn meine Kinder mal eine Scheibe mit dem Fußball einwerfen oder versehentlich kleine Kratzer in Autos machen, dann sind sie plötzlich da. Immer muss man sich selbst um alles kümmern. Hast du denn schon einen Verdacht? Übrigens, ich kann dir ein gutes Rouge empfehlen. In letzter Zeit scheinst du mir noch blasser zu sein als sonst. Apropos blass: Ich glaube, der Godschling hat einige Leichen im Keller."

„Wie kommst du denn darauf?", fragte Justine neugierig.

„Weißt du, was er da alles an den Wänden hängen hat? Riesige Gewehre! Er behauptet, die seien funktionsuntüchtig, aber er hat mir dabei so zugezwinkert. Ich weiß nicht, ob er flirten wollte oder was auch immer. Der Mann ist auf jeden Fall eine Waffe, die man entschärfen sollte, soviel ist klar.

Na ja, er wird schon nicht Amok laufen und die gesamte Siedlung über den Haufen schießen.“

Erstaunlich, welche Dimensionen von Abgründen Damla fantasierte und zu beobachten geglaubt hatte.

„Du weißt schon, dass er verliebt in mich war?!“, flüsterte Damla Justine hinter vorgehaltener Hand zu. „Nicht nur in mich. Auch in deine Mum. Aber in Grace ist ja ganz Gravebury Village verliebt.“

Plötzlich sprang Damla auf. Ihre kleine Tochter Lucy war von der Schaukel in den Sand gefallen und schrie, als sei sie in eine Kaktusplantage gestürzt.

Dies hinderte die engagierte Mutter nicht daran, Justine lauthals und ungeniert über den Platz zuzurufen: „Dein Vater ist übrigens auch zum Verlieben. Der Jäger ist ja nicht so mein Typ, aber Peter … Ich glaube, dass jede Frau aus der Siedlung, die einigermaßen bei Sinnen ist, irgendwann einmal in ihrem Leben in ihn verliebt war. So ein großer, starker, attraktiver Mann! Der hat so eine natürliche Autorität, da hätte selbst ein Jäger Godschling trotz seiner vielen Waffen es niemals gewagt anzudeuten, dass er dessen Frau sexy findet. Dazu hat er zu großen Respekt vor ihm.“

Justine schaute von der Bank aus dem Spiel der Kinder zu und ließ den Sand aus einem kleinen Plastikeimer durch ihre Hände rinnen. Es war nicht einfach, mit einem Elternpaar zurechtzukommen, das ständig die Aufmerksamkeit auf sich zog, schon allein aufgrund seiner Attraktivität.

Damla hatte die jammernde und zappelnde Lucy unter ihren Arm geklemmt und trug sie im festen Würgegriff zu Justine auf die Bank.

„Und mit Kindern kann er auch gut umgehen, der Peter", bemerkte Damla nebenbei, während sie ihre restlichen Blagen einsammelte und die kreischende Lucy neben Justine sitzen ließ.

Justine wunderte sich. Wieso sollte ihr Vater gut mit Kindern umgehen können? Sie hatte ihn nie mit Kindern aus der Siedlung gesehen. So viel sie wusste, interessierten ihn kleine Kinder herzlich wenig. Selbst für sie, seine eigene Tochter, hatte er sich erst so richtig angefangen zu interessieren, als man „endlich vernünftige Gespräche mit ihr führen konnte", wie er einmal sagte.

Lucy hatte eine Handvoll kleiner Kieselsteine aus ihrer Hosentasche gefischt und schleuderte sie Justine mitten ins Gesicht.

Bevor Justine sich darüber aufregen konnte, schnappte Damla sich ihr ungezogenes Gör, rauschte von dannen und rief Justine noch über die Schulter zu: „Wir müssen nach Hause, Lucy hat Sand in den Augen und einen Ratscher am Fuß. Ich steck dir einen Flyer in den Briefkasten, mit Infos über eine neue tolle Kosmetiklinie. Wegen des Rouges für deine blasse Haut, okay? Und pass gut auf dich auf!"

Während Damla mit ihrem lebhaften Anhang um die Häuserecke bog und verschwand, saß Justine, von plötzlicher Stille umgeben, allein auf der Bank und starrte auf die Schaukel, auf der Lucy eben noch gesessen hatte. Die Schaukel schwang geisterhaft nach. Eine graue Katze streifte um Justines Beine.

Gedankenverloren blickte die junge Frau zu den Hausfassaden hoch, die sie in dichten Reihen umzingelten, blieb noch einen Augenblick sitzen und streichelte die Katze, die auf ihren Schoß gesprungen war. Eine der zutraulicheren unter den vielen Exemplaren, die sich bei Vreni, der Katzenfrau, tummelten. Sie musste inzwischen mindestens zehn von ihnen haben. Die Nachbarn ließen sie nur ungern gewähren. Manche der Tiere waren Hauskatzen und machten keinen Ärger. Andere entpuppten sich als wahre Raubkatzen. Die waren in der Siedlung natürlich nicht gern gesehen. Vater war einer der eindeutigsten Kritiker Vrenis und ihrer Massentierhaltung. Die Katze schien Justine umgänglich und ein wenig schüchtern zu sein. Vielleicht war es ihr erster Ausflug in der Siedlung, Justine hatte sie noch nie gesehen.

Sie dachte an ihren Dad. Damla schien ihn ja geradezu anzuhimmeln. Davon hatte Justine nichts gewusst. Ob er jemals wieder erwachen würde, und wenn, würde er noch derselbe sein, der er vorher war? Wer war er überhaupt? Sie wusste sehr wenig über ihn. Er hatte nie viel über sich erzählt. Meistens hatten sie über die alltäglichen Dinge gesprochen, wenn er von der Arbeit kam. Obwohl ihre Beziehung nie eine besonders innige gewesen war, empfand sie seine Abwesenheit als Leere. Doch gleichzeitig entstand viel Raum. Raum, den Vater durch seine bloße Anwesenheit eingenommen hatte, seine Ausstrahlung und seine einnehmende Art. Raum für Justine selbst. Raum, der frei wurde, um mit den Nachbarn über ihn sprechen zu können, um erstmals zu erkennen, welche Wirkung er, aber auch Justines Mutter, auf die Gemeinschaft und auf das jeweils andere Geschlecht ausübten. Raum, um über ihre eigene Beziehung zu ihm nachzudenken, die sie nie hinterfragt hatte, weil sie eben so war, wie sie war.

Wenn Justine Damlas immer ein wenig überdrehten Worten Glauben schenken durfte, war die lebhafte Fünffachmutter nicht die Einzige, die für Peter schwärmte. Aber wie weit ging diese Schwärmerei? Warum hatte Damla die Gefährlichkeit des Jägers derart betont? Wollte sie von sich ablenken? In welcher Weise sollten Godschlings Waffen mit Vaters Unfall in Zusammenhang stehen? Er war ja nicht angeschossen worden. Justine ertappte sich dabei, dass sie nahezu jeden aus der Nachbarschaft misstrauisch beäugte und insgeheim verdächtigte.

Plötzlich fühlte Justine sich von allen Seiten beobachtet. Als säße sie im Epizentrum der Siedlung, den Blicken der Nachbarn ausgeliefert. Sie musste sich eingestehen, dass es im Grunde nicht ihr Ideal war, in dieser unmittelbaren Nähe zu ihren Nachbarn zu leben. Sie hatte sich im Laufe ihres Lebens lediglich daran gewöhnt. Lieber wäre ihr ein anonymes Mietshaus gewesen, in dem keiner sich um die Angelegenheiten des anderen gekümmert hätte. Hier war man Teil einer großen Gemeinschaft, ob man wollte oder nicht. Dennoch kannte sie kaum einen ihrer Nachbarn näher, weil sie sich bis zu diesem Augenblick mehr für ihren Friedhof als für die

Menschen in ihrer Umgebung interessiert hatte, mehr für die Toten als für die Lebenden. Wie konnte es sein, dass sie so anders war als ihre Eltern? Manchmal haderte sie mit sich und ihrer Persönlichkeit. Mit der Tatsache, dass sie sich so oft überwältigt fühlte von ganz alltäglichen Sinneseindrücken. Einer stark befahrenen Straße, einer überfüllten Bahn, dem schrillen Klang eines Martinshorns, einem Raum mit greller Neonbeleuchtung. Sie liebte und brauchte den regelmäßigen Rückzug in ihr stilles, dunkles Zimmer. Besonders nach geschäftigen und hektischen Tagen im Geschäft lagen ihre Nerven blank. Auch wenn Spannung zwischen ihren Eltern oder anderen Menschen in der Luft lag, hatte sie schon als Kind das Gefühl gehabt, selbst ein Teil davon zu werden. Sie hatte keine Empfindung dafür, wo die Grenze zwischen ihr selbst und ihrer Umwelt lag und fühlte sich manchmal wie ein Tropfen, der sich im Ozean des Lebens auflöste. Manchmal half Musik. Gerade schenkte die auf ihrem Schoß liegende, schnurrende Katze ihr einen Moment der Ruhe.

Ein ihr unbekanntes junges Paar bog Hand in Hand in ihre Straße ein. Die beiden waren offensichtlich frisch verliebt. Sie blickten sich gegenseitig an, als sei der jeweils andere die pure Verkörperung paradiesischer Verheißung. Justine hatte, soweit sie sich erinnern konnte, noch nie wirklich Verliebtheit empfunden. Zum Glück, dachte sie im selben Augenblick. Wer sich so weit in himmlische Höhen wagte, konnte nur tief fallen.

Sie gab der inzwischen auf ihrem Schoß eingeschlafenen Katze einen leichten Stups, woraufhin sich diese ein wenig beleidigt erhob und von dannen stolzierte. Justine tat es ihr gleich und machte sich auf den kurzen Heimweg.

Sie war vor ihrer Haustür angekommen, drehte sich noch einmal um und sah zu Benjamins Fenster hinauf, bevor sie aufschloss. Sie würde ihn im Auge behalten müssen.

Etwas irritiert fragte sie sich selbst, warum sie gerade jetzt, im Zusammenhang mit Verliebtheit, an Benjamin dachte. Er und sein seltsames Verhalten waren ihr doch eher verdächtig. Sie war es ja gewöhnt, dass er sie beobachtete. Aber plötzlich erschien ihr alles, was seit dem Unfall ihres Vaters geschah, in einem anderen Licht. Jedes Wort, jeder Blick, jede Handlung wurden von ihr auf die Goldwaage gelegt. Schon immer hatten sich die Nachbarn in dieser Siedlung voller Überzeugung die irrsinnigsten Geschichten erzählt. Man wusste nie, ob sie der Wahrheit entsprachen oder nicht.

Doch früher hatte sie das Gerede nicht interessiert. Ihr wurde einmal mehr bewusst, warum sie den Friedhof so liebte. Dort gab es keine Geschwätzigkeit. Sie spürte die Essenz der Dinge. Die geheimnisvolle Atmosphäre zwischen Leben und Tod. Die friedvolle Stille. Worte waren nur allzu oft eher Stolpersteine als Verständigungsmittel, dachte Justine.

Plötzlich tauchte Damla noch einmal hinter ihrem Rücken auf. Justine zuckte erschrocken zusammen. Ohne Einleitung und Übergang, als habe es nach ihrem Gespräch keine Pause gegeben, redete Damla lebhaft auf Justine ein: „Überleg doch mal, Justine. Er hat Waffen im Haus, einen Waffenschein und die

Gelegenheit. Auch wenn er behauptet, seine Waffen seien nicht geladen. Manchmal überlege ich - das bleibt bitte unter uns! - ob er seine Frau nicht getötet und in seinem Keller eingemauert haben könnte?"

„Aber sie ist doch auf unserem Friedhof beigesetzt worden." Justine war verwirrt. Damla schaffte es immer wieder, sie ratlos zurückzulassen.

„Klar ist sie beigesetzt worden. Ganz plötzlich. Hast du jemals ihren Leichnam gesehen? Vielleicht ist das Ganze ein großer Fake gewesen. Ich würde dem Godschling alles Mögliche zutrauen."

„Ja, das weiß ich, Damla", murmelte Justine nachdenklich. Sie versuchte, von Damlas halsbrecherischen und ausschweifenden Theorien über die Taten und Untaten der Nachbarschaft das Thema wieder auf ihren Vater zu lenken.

„Du hast doch so viele Kontakte im näheren Umkreis."

„Das stimmt allerdings", bemerkte Damla, nicht ohne einen gewissen Stolz. Es war offensichtlich, dass ihr die soziale Anerkennung und Anbindung an die Gemeinschaft sehr wichtig war.

„Vielleicht gibt es jemanden, der etwas gesehen hat. Ich meine, was den Sturz meines Vaters betrifft."

„Ich werde mich selbstverständlich umhören, meine Liebe."

Das glaubte Justine ihrer eifrigen Nachbarin unbesehen. Wenn sie einmal ein Thema unter die Lupe nahm, dann gründlich.

„Wie hieß die Frau des Jägers noch mal?" Damla kam wieder vom Thema ab.

„Das weiß ich leider nicht."

„Jetzt erinnere ich mich! Ihr eigentlicher Name war Minna. Mister Godschling hat sie immer Minnie genannt. Ich fand das unmöglich. Minnie. Die eigene Frau so kleinzureden. Dabei war sie rein körperlich gesehen sogar größer als er."

„Ja, die kleinen Männer", wusste Justine beizutragen.

Sie wollte Damlas ungezügelten Redefluss nicht unterbrechen, um sie als wertvolle Informationsquelle nicht zu vergraulen, doch sie hörte kaum noch zu. Das plötzliche Verschwinden der Jägergattin würde wohl nicht im Geringsten mit dem folgenschweren Unfall ihres Vaters in Zusammenhang stehen. Wieso also sollte sie sich für deren vermeintliches Schicksal interessieren? Obwohl sie sich nun fragte, ob die Asche in der billig wirkenden, schlichten Urne, in der Minnie damals beigesetzt wurde, tatsächlich aus den Überresten der Verstorbenen bestand. Das Gefäß war Justine damals aufgrund seines besonders einfallslosen und pragmatischen Designs aufgefallen. Wären beispielsweise drei bis vier der fetten Lieblinge der Katzenfrau verbrannt worden, wäre dabei wahrscheinlich ebenso viel Asche übriggeblieben wie bei der dürren Minnie. Und es wäre garantiert nicht aufgefallen, da die Viecher sich wie die Karnickel vermehrten.

Justine musste aufpassen. Ihre Fantasie ging wieder einmal mit ihr durch, insbesondere, seitdem sie sich mit dem Klatsch und Tratsch des Siedlungslebens beschäftigte.

Ihr wurde erneut bewusst, warum sie sich lieber mit den Toten als mit den Lebenden umgab. Das Verhalten der Lebenden war ihr einfach zu anstrengend. Und es nahm sie nun beinahe rund um die Uhr in Beschlag. Über jede kleinste Bemerkung, jede Andeutung, jedes noch so alltäglich erscheinende Ereignis machte sie sich Gedanken. Es war ihr unheimlich, was da so alles an ihr Ohr drang und wie sehr sie die Beschäftigung damit in Beschlag nahm.

Irgendwann hatte Damlas Redefluss ein Ende, da glücklicherweise eines der Kinder nach ihr rief. Justine konnte sich endlich von ihr losreißen, die Haustür hinter sich schließen und sich um Wotan kümmern, der sie freudig begrüßte.

Kapitel 14

In der Nacht nach dem Gespräch mit Damla konnte Justine nicht schlafen. Manche Sätze saßen wie Stacheln. Was hatten Damlas Bemerkungen über ihren Vater zu bedeuten? Was war mit der Frau des Jägers geschehen? Wer waren die Menschen um sie herum wirklich? Justine wurde abermals bewusst, wie sehr sie sich in den vergangenen Jahren zurückgezogen hatte.

Sie erinnerte sich plötzlich, dass sie schon einmal im Haus der Godschlings gewesen war, zu einer Zeit, als Benjamins Mutter noch lebte und er ein hübscher, fröhlicher Junge war. Der Geruch der leicht vergilbten Tapete stieg ihr in die Nase, eine Kopie der Siedlungstapeten aus den 1920er-Jahren. Damit kannte sich Justine aus. Damals waren die Architekten überzeugt davon gewesen, dass moderne Menschen weiße Wände mit dezenten Mustern benötigten.

Justine hatte sich eine Zeit lang, als sie ihr Zimmer wieder einmal umgestalten wollte, mit historischen Tapetenmustern beschäftigt. Sie liebte alles rund um die Gestaltung von Wänden. Die eigenen vier Wände stellten in ihren Augen eine zweite, schützende Haut dar, eine erweiterte, räumliche Aura.

Ob die Godschlings sich immer noch mit der alten Tapete umgaben oder diese inzwischen erneuert hatten?

Eine alte Tapete von der Wand zu kratzen war wie eine Art Häutung. Was verbarg sich unter der alten Schicht? Welche Art von Untergrund würde sich zeigen?

Vielleicht würde sie es Benjamin nachtun und sich ebenfalls einen Feldstecher zulegen, mit dem sie die Menschen und ihre Räume genauer betrachten konnte. Damla hatte sie mit ihrem Getratsche neugierig gemacht auf das Innenleben der Häuser und ihrer Bewohner.

Wessen Haus würde sie gern von innen sehen? Das der Godschlings war nicht das Einzige. Im Haus der Katzenfrau würde sie sich gern umschauen. Es würde sie interessieren, ob es wirklich derart verdreckt und ungepflegt war, wie es sich die Nachbarn vorstellten.

Die vier Wände der Ms. Dust interessierten sie zu ihrem eigenen Erstaunen ebenfalls. Sie hatte nicht die geringste Ahnung, wie diese Person lebte, ob sie ein Haustier hatte und wie sie eingerichtet sein könnte. Sie stellte sich die vor Unscheinbarkeit beinahe unsichtbare Frau am Herd stehend und ununterbrochen Kekse backend vor.

Justine war ganz durcheinander durch die vielen Erzählungen und wilden Mutmaßungen Damlas. Und von der ungewohnt intensiven Beschäftigung mit dem Gerede über andere. Zu viel davon führte bei ihr unweigerlich zu Kopfschmerzen und Reizbarkeit. In diesem Moment hätte sie ihren Therapeuten gut gebrauchen können. Sie sehnte den nächsten Termin herbei. Justine würde Mister Cosy berichten können, dass sich Wotan wunderbar bei ihr eingelebt hatte. Auch der Käfig war in der Zwischenzeit angekommen, doch das umtriebige Frettchen bevorzugte es, Justines gesamtes Zimmer einzunehmen. Sie liebte seine verspielte und abenteuerlustige Art, sein Umfeld zu entdecken und zu erobern.

Aber nun setzte sie ihn in seinen Käfig. Justine musste sie sich ausruhen. Sie war nun einmal eine jener Personen, die sich nach längeren Gesprächen mit Menschen zutiefst erschöpft fühlten und Ruhepausen benötigten. Ganz im Gegensatz zu ihrer extrovertierten Mutter Grace. Die blühte im Zusammensein mit anderen geradezu auf. Je länger und intensiver die Begegnungen sich gestalteten, desto besser. Manchmal beneidete sie ihre Mutter um diesen Charakterzug. Und nicht nur darum.

Kapitel 15

Am nächsten Tag kochte Grace ihr neuestes Paleo-Gericht, ein Lowcarb-Keto-Hirschragout, eine selbst erdachte Kreation. Es duftete nach Thymian, Sellerie und Wacholderbeeren. Und prompt tauchte Mister Beecroft wieder auf. Er hatte anscheinend einen sechsten Sinn für die speziellen Düfte von nebenan, ob es sich nun um die offenbar besonders ausgeprägten Lockstoffe des natürlichen Körpergeruchs von Grace oder die ihrer raffinierten Steinzeitgerichte mit herb würzigem Wildtieraroma handelte, blieb dahingestellt. Justine fragte sich neuerdings, woher ihre Mutter eigentlich das teure Fleisch bezog. Ob der Jäger Godschling seine Kontakte spielen ließ, um Grace zu beeindrucken? Oder gar selbst die Hirsche für ihr Ragout erlegte? Tatsächlich, wie in der Steinzeit.

Wotan, der naturgemäß noch weit feinere Sensoren für Düfte und Nahrungsgerüche hatte als Mr. Beecroft, hatte sich ebenfalls in der Küche eingefunden und Männchen gemacht. Grace hatte schnell herausgefunden, womit sie das Frettchen beglücken konnte, und hatte ihm einige Köstlichkeiten kredenzt.

Justine war ihre Kopfschmerzen vom Vortag dank der ihr unangenehmen Fleischausdünstungen, die sich im ganzen Haus ausbreiteten, noch nicht losgeworden. Dennoch war sie Wotan in die Küche gefolgt, um ihren Rucksack mit seinen Lieblingsgerichten zu füllen, bevor sie mit ihm zum Blumenladen ging. Wotan, der zu Graces und Beecrofts Füßen saß, nagte selig an seiner rohen Hühnerbrust und dem Rest einer Innerei. Vielleicht war es das Herz eines Rehs, die Zunge eines Kalbes oder der Magen eines Huhns. Justine wusste es nicht. Nicht nur, was die Frequenz der Besuche betraf, sondern auch ernährungstechnisch war dieser Haushalt eine Herausforderung für sie. Sie war die einzige Vegetarierin in der Familie. Justine konnte den Gedanken an Massentierhaltung nicht ertragen, an die Tatsache, dass Tiere von Menschen viel schlimmer behandelt wurden als deren Gegenstände. Küken, die geschreddert wurden wie altes Papier, Rinder, die im Sekundentakt auf grausame Weise getötet wurden, Schweine, die Todesängste in überfüllten Transportern ausstanden. Dabei waren gerade die Schweine den Menschen so ähnlich. Sie hatte davon gehört, dass Patienten mit irreparablen Herzschäden inzwischen sogar Schweineherzen eingesetzt werden konnten. Ob sie mit einem Schweineherz auch fühlen würden wie ein Schwein? Wotan konnte sie dessen naturgegebene Lust auf Tierisches natürlich nicht übelnehmen.

Grace erwähnte nebenher, dass sie das zu Recht sündhaft teure Fleisch vom Biobauern bezog. Also nicht vom Jäger. Grace war begeistert, dass Wotan ihrer Steinzeitkost derart viel abgewinnen konnte, und gab ihm immer reichlich davon.

Justine wollte so schnell wie möglich dem unangenehmen Fleischgeruch entfliehen, um ihn gegen den Duft ihrer Blumen einzutauschen. Warum vergaß Mum eigentlich immer wieder, dass sie Vegetarierin war? Kochte sie lieber für die Männer aus ihrer Nachbarschaft oder für ein Frettchen als für die eigene Tochter? Unsinn. Auch was derartige Unterstellungen betraf, sollte sie sich zurückhalten. Justine war über dreißig Jahre alt und für sich selbst verantwortlich, da musste die Mutter sich nun wirklich keine Gedanken mehr um deren Ernährung machen.

Kapitel 16

Inzwischen war Wotan seit über einer Woche ihr ständiger Begleiter und sie konnte sich schon jetzt ein Leben ohne ihn kaum noch vorstellen. In ihrem Blumenladen angekommen, legte sie die mitgebrachten Rinderherzen, Hühnermägen und gekochten Möhren in den Kühlschrank ihres Hinterzimmers. Das Fleisch musste gut gekühlt werden. Bevor Wotan in ihr Leben trat, hätte sie sich nicht vorstellen können, Innereien von Tieren überhaupt in die Hand zu nehmen. Für ihn tat sie es. Nicht nur das: Sie hatte aus einer Rankhilfe einen provisorischen, paraventähnlichen Käfig für ihn aufgestellt, in dem sie Spielzeuge und einen einfachen Kletterparcours aus unterschiedlich großen Hölzern aufgebaut hatte. Er sollte sich nicht langweilen, während sie ihre Kundinnen und Kunden bediente.

Am ersten Tag hatte er ihre Blumentöpfe zu Buddelkästen umfunktioniert. Dabei war einiges zu Bruch gegangen. Sie konnte ihm auch das nicht verübeln. So war er und sie mochte es, wie er den Raum erkundete. Auf natürliche Art und Weise und ohne jede Absicht, außer jener, seine grundlegenden Bedürfnisse zu erfüllen, zu denen auch das Spiel gehörte.

Viele ihrer Kundinnen und Kunden kamen inzwischen nur, um Wotan zu sehen und nahmen nicht selten, bevor sie wieder gingen, ein paar Blumen mit, die sie sonst vielleicht nicht gekauft hätten. Seine Anwesenheit war also alles andere als geschäftsschädigend.

Als sie gerade die Rinderherzen im Kühlfach verstaute, vernahm sie eine Stimme, die ihr sehr vertraut war.

„Hallo? Justine?"

„Mister Cosy? Was machen Sie denn hier?" Justine war sichtlich überrascht. „Ist etwas passiert?"

Thomas Cosy lachte. „Wieso?"

„Immerhin haben Sie soeben einen Blumenladen für Trauerfloristik betreten. Es könnte also durchaus sein, dass Sie einen Todesfall zu beklagen haben."

„Ach so, ja, da haben Sie natürlich recht. Nein, ich war nur gerade in der Nähe und wollte mich von Ihnen beraten lassen."

„Sie von mir, das ist ja eine schöne Abwechslung." Justine lachte. „Ich hoffe, ich erweise mich als kompetent. Womit kann ich Ihnen denn weiterhelfen, Mister Cosy?"

„Ich möchte etwas Schwung in meine Praxis bringen, etwas Leben."

„Sie kommen in ein Trauerfloristikgeschäft, um Leben in ihre Praxis zu bringen?" Die junge Frau konnte sich ein spitzbübisches Grinsen nicht verkneifen.

Thomas war beinahe ein wenig beleidigt, er fühlte sich ausgelacht. Dabei hatte er diese Begegnung so geschickt einfädeln wollen. Aber außerhalb seiner

Praxis schien er Schwierigkeiten damit zu haben, seine eigenen Theorien und Ratschläge umzusetzen. Er wusste, dass er nicht der Einzige war, dem es so ging. Wie viele Lehrer scheiterten pädagogisch, wenn es um ihre eigenen Kinder ging? Wie viele beherzte und kompetente Ärzte ermutigten ihre Patienten zu Operationen, starben aber selbst Tausend Tode, wenn es darum ging sich in die Hände von Kollegen zu begeben?

„Mister Cosy? Alles in Ordnung?" Justine holte ihren Therapeuten die Gegenwart zurück.

„Ja natürlich. Also ich würde meine Praxis gern mit einigen Blumen und Grünpflanzen aufpeppen. Sie kennen die Räume ja sehr gut, vielleicht könnten sie mich beraten."

„Natürlich gern. Ich bin ein bisschen erstaunt, ich dachte immer, Pflanzen und Tiere seien Ihnen ein Dorn im Auge. Oder zumindest absolut gleichgültig."

„Vielleicht war das so. Ich habe vor, mich zu verändern."

„Verstehe. So, wie manche Menschen ihre Frisur ändern, um den alten Trott zu durchbrechen?"

„Genau. Ein dürftiger Grund für einen Therapeuten, ich weiß."

„Für mich eine reizvolle Aufgabe. Ich stelle Ihnen etwas zusammen. Was haben Sie denn noch vor zu verändern?"

Thomas Cosy freute sich über ihre Offenheit und ihr Interesse, das sicher auch der Tatsache geschuldet war, dass Justine sich in ihrer vertrauten Umgebung befand. Sie bewegte sich in ihrem Geschäft viel selbstbewusster und gelöster als in der Praxis. Der Therapeut mochte es, sie in ihrer Umgebung zu erleben. Er ließ sich Zeit mit der Antwort, während er sich in ihrem Laden umschaute. Einige begonnene Gestecke und Kränze lagen auf den Arbeitstischen, an den Seiten und im Hinterraum. Er entdeckte eine Schleife mit der Aufschrift: „Gott schenke dir Flügel". Was mochte der Trauernde, der diesen Text ausgewählt hatte, wohl damit gemeint haben? Vielleicht eine Variante des Spruches „Spring, und ich verleihe dir Flügel?" Würde er, Thomas Cosy, es wagen, zu springen? Abzuspringen aus seinem bisherigen Leben? Er würde seiner Patientin nun die entscheidende Frage stellen müssen. Deshalb war er schließlich gekommen. „Ms. Blackwood, ich möchte Ihnen einen Vorschlag unterbreiten. Vielleicht klingt es ungewöhnlich, aber ... Sie sind doch nach wie vor damit beschäftigt, den potenziellen Täter oder die Täterin ausfindig zu machen, der oder die Ihren Vater von der Treppe gestoßen haben könnte?!"

„Ja, leider bin ich noch keinen Millimeter weitergekommen. Jeder und keiner in unserer Siedlung hätte es gewesen sein können."

„Verstehe. Ich stelle es mir heikel vor, in der eigenen Umgebung zu recherchieren", bemerkte Thomas Cosy. „Vielleicht war es auch jemand außerhalb der Siedlung. Gravebury Village ist klein.

Justine war neugierig geworden. „Was für einen Vorschlag wollten Sie mir unterbreiten?"

Ihr Therapeut wollte gerade zu einer Erklärung ausholen, da schnellte Wotan aus seinem Kletterparcours und folgte einem der kleinen Bälle, der versehentlich aus der Umzäunung gerollt war.

Allerdings nur, bis die lange Leine ihn daran hinderte, weiterzukommen. Da befand er sich gerade vor Thomas Cosys weißbesockten Füßen, die in bequemen Ledersandalen steckten. Sie waren für einen Menschen mit einigermaßen gutem Geschmack alles andere als anziehend, Justines Meinung nach, doch auch die Äußerlichkeiten der Menschen betreffend, arbeitete sie geflissentlich daran, ihre Vorurteile zu überprüfen. Wotan schien im Gegensatz zu ihr eine Schwäche für die Fußbekleidung des Therapeuten zu haben. Vielleicht hielt er sie für ein zähes, sehniges Stück Fleisch. Jedenfalls nagte er intensiv an ihnen herum und Thomas Cosy hatte die wahrscheinlich berechtigte Sorge, dass der kleine Störenfried die Nagerei womöglich auf seine Füße und Waden auszudehnen gedachte, weshalb er sich von ihm entfernte. Den Therapeuten überfiel eine intensive Dankbarkeit für die Tatsache, dass dieses lästige Tier bei seiner Lieblingspatientin untergekommen war.

Bislang war er ausschließlich in der Arbeit mit seinen Patienten bereit gewesen, sich auf gewisse Herausforderungen einzustellen, nicht aber in seinem eigenen Leben. Bis zu diesem Zeitpunkt. Er spürte, dass sich etwas ändern musste.

Fürs Erste hatte ihn allerdings der Mut verlassen. Wotan hatte im entscheidenden Moment dazwischengefunkt und das gerade begonnene Gespräch mit Justine durchkreuzt.

Er würde es zu einem anderen Zeitpunkt noch einmal versuchen. Idealerweise doch besser in der Praxis. Dort würde er die Oberhand behalten und das Gespräch besser zu lenken wissen. Er war schon jetzt aufgewühlt. Wie würde Justine reagieren?

Diese hatte inzwischen einige Pflanzen und Blumen zusammengestellt. Thomas Cosy bemerkte, dass sie einen Hang zu ungewöhnlich exotischen Pflanzenarten hatte, mit denen er nichts anzufangen wusste. Ob die Idee mit den Pflanzen eine so gute Idee gewesen war? Wie würde Justine reagieren, wenn sie zu den Sitzungen erschien und feststellen müsste, dass ihre Pflanzenlieblinge unter seiner Obhut hoffnungslos einzugehen drohten? Natürlich war diese Bestellung nur ein Vorwand gewesen, um außerhalb der Praxis in Kontakt mit Justine zu treten. Er hatte geglaubt, dass es besser gewesen wäre, sein eigentliches Anliegen in ihrer gewohnten Umgebung zu unterbreiten. Doch nun war er noch nicht einmal ansatzweise auf sein eigentliches Thema zu sprechen gekommen.

„Schauen Sie, Thomas, wie gefällt Ihnen meine Auswahl?"

„Sehr interessant, Justine, ich kenne mich nicht aus mit Pflanzen, vielleicht erzählen Sie mir etwas darüber? Hoffentlich sind sie nicht zu empfindlich oder anspruchsvoll in der Haltung."

„Ein bisschen Mühe werden Sie sich schon geben müssen, sie sind immerhin Lebewesen. Jedes Lebewesen braucht Zeit und Aufmerksamkeit."

„Ja, da haben Sie recht. Und außergewöhnliche Lebewesen sind mir besonders lieb und teuer, da bin ich bereit, einiges zu investieren," erwiderte Thomas und sah Justine eine Sekunde länger an als nötig, was er in derselben Sekunde bereute. Eine private Sympathiebekundung, die als Flirtversuch gewertet werden könnte, sollte er als Therapeut sich nicht erlauben. Seine Patientin stellte die Pflanzen mit geübten Griffen vom Boden auf die Theke.

„Schauen Sie, Mister Cosy, dies ist eine Dracula simia, eine sogenannte Affen-Orchidee. Ich nehme an, der Grund für diesen Namen erschließt sich Ihnen von selbst?“

Thomas war mehr als erstaunt. Aus der Mitte der Orchideenblüte schaute ihm die perfekte Blütenzeichnung eines grimmigen Affengesichts entgegen.

„Faszinierend“, brachte er heraus. „Wo ist diese Pflanze zu Hause?“

„Tja, seien Sie froh, dass Sie bei mir so leicht an sie herankommen. Normalerweise müssten Sie hoch hinaus, um sie zu Gesicht zu bekommen. Sie ist im Andengebirge zu Hause. In den Nebelwäldern Ecuadors.“

„Ich danke Ihnen, Justine. Hoffentlich ist sie nicht zu anspruchsvoll. In meiner Praxis werde ich die Atmosphäre der Nebelwälder Ecuadors nicht rekonstruieren können.“

„Ich kann Ihnen eine reichhaltige Blumenerde mitgeben, speziell für diese Spezies. Dann wird sie sich schnell an ihre neue Umgebung gewöhnen.“

„Interessant. Und was haben Sie mir noch zusammengestellt?“

„Eine Glücksfeder, ein Fangblatt, eine rosa Zwergbanane und ein rotes Liebesgras.“

„Oh. Mir scheint, für all diese Exoten bräuchte ich noch einige Erklärungen zu Herkunft und Pflege.

Vielleicht können wir in der nächsten Therapiestunde ein paar Minuten darauf verwenden …"

Thomas Cosy hatte für einen Moment den Gedanken, dass Justine ähnlich beschaffen war wie ihre exotischen Pflanzen: Sie brauchte eine besondere Umgebung und Pflege, um zu gedeihen und schien ihm aus einer fernen, ihm fremden Welt zu stammen.

Er hatte bemerkt, dass inzwischen ein weiterer Kunde und eine Kundin den Verkaufsraum betreten hatten, unterbrach sich und verabschiedete sich eilig.

„Soll ich Ihre Pflanzen mitbringen oder liefern lassen?", rief Justine ihm hinterher. Doch er war bereits um die Ecke verschwunden.

Kapitel 17

„Stell dir vor, Mister Beecroft ist erst vor einer halben Stunde gegangen. Weißt du, was er mir erzählt hat? Du wirst es nicht glauben!" Grace schnitt einen großen Weißkohlkopf in der Mitte durch, den sie zu einem deftigen Krautsalat verarbeiten würde.

Justine war nach einem langen Tag im Geschäft müde und sprechfaul. Noch vor Kurzem hätte sie nichts weiter geantwortet als: „Das ist mir egal, Mum, mich interessiert der Klatsch und Tratsch aus der Nachbarschaft nicht."

Doch heute antwortete sie: „Was denn, Mum?"

Sie war wesentlich neugieriger geworden, seitdem sie versuchte, Näheres über den Sturz ihres Vaters herauszufinden.

Grace konnte es kaum erwarten zu erzählen: „Stell dir vor, er behauptet, dass er vor einiger Zeit eine Affäre mit Minnie gehabt hätte!"

„Mister Beecroft? Nein! Wirklich?! Was Minnie wohl an dem gefunden haben könnte?"

„Na ja, man weiß nie, was so einer für besondere Talente hat." Justines Mum holte drei Gläser aus dem Schrank und stellte eine Flasche Wasser auf den Tisch. „Manchmal haben die Unscheinbarsten es faustdick hinter den Ohren." Grace grinste. „Ganz abgesehen davon glaube ich ihm kein Wort. Ich nehme an, er wollte mir imponieren, indem er mir weiszumachen versuchte, dass er gute Chancen bei den Frauen hat."

„Das ist zwar dumm, aber ich traue ihm einen solchen Fehler durchaus zu", erwiderte Justine.

Sie wollte gar nicht wissen, an welche Bereiche ihre Mutter in Bezug auf Mister Beecrofts Talente konkret dachte. Erst recht nicht wollte sie darüber nachdenken, wie es sein konnte, dass ihre Mutter sich eingehend mit Nachbarn beschäftigte, die ihr Avancen machten, während ihr Ehemann im Koma lag. Ihre Eltern waren ein seltsames Paar. Wahrscheinlich hätten sie wunderbar in die 1968er-Jahre gepasst. In eine jener Kommunen, in denen die freie Liebe zum politischen Programm gehörte und jeder mit jedem anbändeln konnte ohne moralische Bedenken, frei nach dem damaligen Macho-Motto: "Wer zweimal mit derselben pennt, gehört schon zum Establishment." Justine stellten sich die Nackenhaare zu Berge, wenn sie an die Möglichkeit einer solchen Lebensform auch nur dachte. Für sie wäre es der absolute Albtraum gewesen, mit derart vielen Menschen, die nicht zu ihrer Familie gehörten, auf engstem Raum zu leben. Zumal sie gelesen hatte, dass zur Krönung des Ganzen die Türen zu den einzelnen Zimmern ausgehängt worden waren. Mit diesem Akt wollten die Mitglieder der freizügigen

Wohngemeinschaften demonstrieren, dass sie keinerlei Privatsphäre nötig hatten.

Anscheinend war Justine die verklemmte Spießerin im Hause Blackwood. Zumindest hatte sie diesen Eindruck von sich selbst. Es konnte doch nicht angehen, dass ihren Eltern, die theoretisch bereits Großeltern hätten sein können, ein aktiveres und ausschweifenderes Liebesleben genossen als Justine, die in ihren besten Jahren war. In anderen Kulturen wäre sie bereits über das sogenannte heiratsfähige Alter hinaus gewesen. Es lag nicht an einem Mangel an Chancen, dass sie keine Beziehung hatte. Sie scheute sich schlichtweg davor, sich ganz auf einen anderen Menschen einzulassen. Im Grunde wollte sie es vermeiden, sich verletzbar zu machen. Sie wusste, dass sie, sobald sie ihr Herz für jemanden öffnete, äußerst verwundbar war. Dem wollte sie sich nicht ausliefern. Es war ihr wichtig, die Kontrolle über ihr Leben zu behalten.

Ein lauter Knall riss sie aus ihren Gedanken. Mum hatte mit einer allzu schwungvollen Geste das große Messer, mit dem sie eben noch den Kohlkopf zerkleinert hatte, versehentlich zu Boden geschleudert.

Justine schüttelte ihre Gedanken ab und griff das Thema Minnie und Beecroft wieder auf.

„Wahrscheinlich hatte Damla ja doch recht …“, sinnierte sie laut.

„Womit?“

„Du weißt ja, wie sie ist, Mum. Keine Fantasie ist ihr zu abwegig.“

Grace lachte. „Allerdings. Wahrscheinlich würde Mister Beecrofts Behauptung sie jetzt wieder zu allen möglichen Theorien über Minnas Todesursache inspirieren.“

„Allen voran, dass der böse Jäger sie höchstwahrscheinlich aus Rache erschossen und irgendwo verbuddelt hat", ergänzte Justine in Erinnerung an ihr Gespräch mit Damla und deren haarsträubende Mutmaßungen.

Langsam hielt auch sie so gut wie alles für möglich. Sogar, dass Mister Beecroft als Täter nicht auszuschließen war. Wenn er sich derart für Justines Mum begeisterte, lag die Vermutung nicht fern, dass er insgeheim eifersüchtig auf Justines Dad war. Vielleicht war er Peter am Abend der mutmaßlichen Tat zufällig auf der Natursteintreppe begegnet. Voller Wut. Oder Frustration. Nach einem Streitgespräch mit seiner Gattin? Weil sie ihn wieder einmal mit billiger Wurst zum Abendessen abspeisen wollte oder ihm eine Szene gemacht hat, nachdem er sich allzu lang bei Grace aufgehalten hatte?

Mum unterbrach Justines Gedankenspiele. „Liebes, es freut mich natürlich, dass du neuerdings so interessiert an den Angelegenheiten unserer Nachbarn bist, aber ich würde schon gerne wissen, was dahintersteckt. Ist es, weil die Sitzungen bei Mister Cosy etwas bewirken oder wegen Dad?“

„Ich weiß nicht, Mum. Ich bin müde. Ist das Essen fertig? Mir reicht eine Portion Weißkohl, du weißt ja, dass ich das Fleisch nicht anrühren werde. Soll ich Grandma zum Essen holen?“ Justine wurde das Gespräch mit ihrer Mutter unangenehm. Sie fühlte sich von ihr meistens durchschaut und manchmal gar bloßgestellt. Grace meinte es nicht böse, sie hatte einfach diese Art von Intuition, die jemandem zu eigen ist, der die Gesellschaft anderer liebt und durch die reichhaltige Erfahrung mit den verschiedensten Charakteren eine gute Menschenkenntnis entwickelt hat. Justine fehlte ebendiese Übung im Umgang mit anderen. Obwohl sie sehr sensibel für deren Stimmungen war, konnte sie nicht annähernd so unbefangen und gewandt kommunizieren wie ihre Mum. Oft ging ihr der Gesprächsstoff aus, wodurch eine unangenehme Stille zwischen ihr und ihrem Gegenüber entstand. Das passierte ihrer Mutter nie. Ihre Gespräche flossen auf natürliche Weise und ohne jegliche Mühe von Thema zu Thema. Und wenn Pausen entstanden, wurden sie durch gastfreundliche Gesten, Blicke oder ein einnehmendes Lächeln angenehm gefüllt.

Justine mochte es nicht, dass sie unwillkürlich besser über ihre Mutter dachte als über sich selbst. Dies lag sicherlich auch daran, dass Justine einige ihrer Eigenschaften und Charakterzüge bereitwillig gegen die besonderen Stärken ihrer Mutter eingetauscht hätte. Wie gern wäre sie ein bisschen unkomplizierter gewesen, gesellschaftskompatibler, gefälliger. Auch wenn sie sich oft erfolgreich einredete, dass es ihr gutes Recht war, nicht pflegeleicht und ein wenig verschroben zu sein.

Sie dachte an den auf völlig andere Art absonderlichen Jäger George Godschling. Vielleicht hatte Damla mit ihrer überbordenden Fantasie in Bezug auf ihn ja richtig gelegen. Man sollte die gesprächige Nachbarin nicht unterschätzen. Sie hatte eine gewisse Bauernschläue und eine gute Spürnase.

Auch Justines Meinung nach war dem Jäger einiges zuzutrauen.

Grace hatte inzwischen eine gute Portion Hackfleisch in die Pfanne gegeben und war gerade im Begriff, den Kohl dazuzugeben.

„Mum, denkst du daran, mir eine Portion Gemüse getrennt von dem Fleisch übrig zu lassen?"

Grace hielt im letzten Moment inne und füllte einen Teil des Kohls in eine separate Schale.

Währenddessen eröffnete sie Justine weitere Neuigkeiten aus der Siedlung.

„Weißt du, wer ihren Mann verlassen hat? Hals über Kopf, von einem Tag auf den anderen?"

„Nein, das weiß ich nicht."

„Olivia."

„Wer ist Olivia, Mum?"

Grace half ihrer Tochter auf die Sprünge:

„Die Hübsche, Dunkelhaarige aus dem Eckhaus, gleich neben dem Friedhofseingang."

„Ach so. Und? So etwas passiert ja alle Tage. Gibt es da eine Besonderheit?" Justine geriet langsam an die Grenzen ihrer Aufnahmefähigkeit für die Schicksale all dieser Menschen in ihrer Umgebung. Sie würde ihre Recherche in dieser Intensität nicht durchhalten können, so viel war klar. Andererseits wollte sie weder ihre Mutter noch Damla ständig belangen, wenn sie Fragen zu den Nachbarn hatte. Sie würden nur für weiteren Klatsch und Tratsch sorgen und Justine war nicht mehr in der Lage, die vielen Informationen und Mutmaßungen nach Wichtigem und Unwichtigem zu unterscheiden. Und sie wollte keinesfalls Teil der Gerüchteküche werden. Aus diesem Grund hielt sie sich normalerweise erfolgreich aus den Angelegenheiten der anderen heraus. Doch ihre Mutter erzählte weiter, während sie in der brutzelnden Hackfleischpfanne rührte:

„Olivia ist eigentlich Schauspielerin, hat aber zurzeit keine Engagements und verdient ihr Geld mit Werbung. Sie hat genau das hübsche und etwas südländische Gesicht, das die Werbemanager für exotische Produkte bevorzugen."

„Na klar, das übliche Klischee", bemerkte Justine.

„Da hast du recht. So etwas hält sich hartnäckig. Ihr Mann ist übrigens Walter Brown, der Journalist, erinnerst du dich an ihn?"

„Ja, er hat doch vor Jahren mal etwas über unsere Siedlung geschrieben. Und war in ein Gerichtsverfahren verwickelt.

Mehr weiß ich nicht. Und von einem Tag auf den anderen hat Olivia ihn verlassen? Woher weißt du das, Mum?"

„Man unterhält sich doch mit den Nachbarn. So etwas spricht sich herum wie ein Lauffeuer. Außerdem hat Walter mich zum Essen eingeladen. Er hat sich am Telefon bei mir ausgeweint. Offensichtlich langweilt er sich ohne Olivia."

„Nimmst du die Einladung an?"

„Nein, wahrscheinlich nicht. Walter langweilt wiederum mich. Auf den ersten Blick ist er einer der interessanteren Nachbarn, aber bei näherer Betrachtung bleibt nichts davon übrig."

„Was heißt *bei näherer Betrachtung*, Mum?"

„Ich war schon einmal auf eine Tasse Kaffee bei ihm zu Hause, Darling. Vor ein paar Wochen. Er ist ein seltsamer Mensch. Damals hatte er sich unglaublich über den Schriftsteller Johannes aufgeregt. Der hatte einen Psychothriller mit dem Titel „Deadline – Die Todeslinie" geschrieben. Seine Charaktere erinnerten an so manche Nachbarn, aber er hatte die Details, durch die man sie hätte identifizieren können, raffiniert umschrieben, sodass ihn niemand hätte belangen können. Obwohl jeder, der gemeint war, sich selbst in den Schilderungen wiedererkannte. Und zwar derart entblößend und entlarvend beobachtet, dass alle das Gefühl hatten, öffentlich entkleidet worden zu sein.

Nur Walter konnte nachweisen, dass einer der Protagonisten ihm derart ähnlich war, dass jeder ihn hätte identifizieren können. Ähnlichkeiten mit lebenden Personen hatte Johannes angeblich nicht beabsichtigt, aber Walter hat geklagt und recht bekommen. Eine finanzielle Katastrophe für den Verlag, der hatte das Projekt zurückziehen müssen. „Das Ganze hat nicht nur Johannes und Walter, sondern auch Olivia sehr mitgenommen. Ob das der einzige Grund für die Trennung war, weiß ich allerdings nicht. Olivia hatte nur Andeutungen gemacht."

„Irgendwie bist du unmöglich, Mum. Manchmal kommst du mir vor wie eine Teenagerin, die gerade die ersten Erfahrungen mit Männern macht und kein anderes Thema im Kopf hat. Denkst du eigentlich auch manchmal an Dad?"

„Natürlich denke ich an Dad! Den ganzen Tag, rund um die Uhr. Ich versuche lediglich, mich abzulenken, damit ich vor Angst und Sorge nicht durchdrehe. Aber ich interessiere mich eben auch für meine Mitmenschen. Für die Lebenden wohlgemerkt."

„Ja, vor allem für die Männer", ergänzte Justine und aß einen großen Löffel voller Kohl aus der Schüssel, die Mum ihr abgefüllt hatte.

In der Pfanne zischte und brutzelte es.

„Ah je, jetzt wäre das Hackfleisch um ein Haar angebrannt. Ich muss besser aufpassen." Grace sprach mit sich selbst und wandte sich, nachdem sie ihr Essen in letzter Minute gerettet hatte, ihrer Tochter zu.

„Du redest manchmal mit mir wie die spießige Mutter einer ungehorsamen Teenagerin, Darling. Vielleicht solltest du mit Mister Cosy darüber sprechen."

Justine war gekränkt über die in ihren Ohren abfälligen Worte ihrer Mum. „Nenn mich nicht Darling, Ma, erst recht nicht, wenn du mich gerade einen Augenblick vorher beleidigt hast. Worüber hätte ich denn deiner Meinung nach mit Mister Cosy zu sprechen? Vielleicht solltest du mal überlegen, ob mit dir etwas nicht in Ordnung ist. Du bist knapp sechzig. Kurz vor dem Renteneintrittsalter. Weißt du, was andere in dieser Lebensphase machen?"

„Wieso sollte mich das interessieren, Justine?"

„Ich weiß nicht. Aber ich sage dir, wie die meisten meines Wissens einen Großteil ihrer Zeit verbringen: Sie sprechen über vergangene Zeiten, pflanzen Rhododendren und Apfelbäumchen in ihrem Garten. Sie verbringen den Winter auf den Balearen oder den Kanaren, weil das Klima dort besser ist, und schauen sich die Fotoalben der letzten vierzig Jahre an."

„Woher nimmst du all diese Klischees, Justine? Von mir hast du das nicht. Wenn du auf die sechzig zugehst, wirst du hoffentlich auch feststellen, dass das Leben nach wie vor nicht nur aus Erinnerungen besteht."

Grace kostete genüsslich von ihrem Hackfleischgericht.

„Hervorragend! Ich werde Emily holen, sie hat sicher Hunger."

„Mum!" Grace hielt inne und sah ihre Tochter, deren ungewöhnlich strenger Ton sie zurückgehalten hatte, erstaunt an.

„Dad liegt erst seit wenigen Tagen im Koma, und schon stehen die Nachbarn Schlange bei dir. Du flirtest, was das Zeug hält, probierst ständig neue Gerichte aus, willst Mister Beecroft das Kochen beibringen, damit er die billige Fleischwurst seiner Frau nicht mehr essen muss und scheinst dich mehr für das Schicksal der Anwohner als für Dads Zustand zu interessieren. Was ist los mit dir?!"

Grace sah mit einem Mal sehr unglücklich aus. „Ich habe das Zeitgefühl verloren, Darling. Mir kommt es vor, als wäre Peter schon seit einer Ewigkeit fort. Ich lenke mich ab, damit ich nicht verrückt werde vor Angst. Ich weiß gar nicht, wie ich ohne ihn zurechtkommen könnte. Wir sind ein eingespieltes Team, seitdem ich denken kann. Und glaub mir, er hätte nichts dagegen, dass ich mich in dieser Situation ein wenig zerstreue."

„Wie können zwei verwandte Menschen wie du und ich derart unterschiedlich sein?", Justine stocherte gedankenversunken in ihrem Gemüse. „Ich denke an nichts anderes mehr und beschäftige mich ohne Pause mit seinem Zustand und dem rätselhaften Unfall, und du versuchst, zu vergessen und zu verdrängen."

Grace hatte ganz vergessen, Emily zu holen. Das Gespräch mit ihrer Tochter hatte sie aufgewühlt. Die Sache mit Peter setzte ihr außerordentlich zu, trotz aller Ablenkung.

Wotan war soeben erfrischt aus seinem komaähnlichen Tiefschlaf erwacht und stand erwartungsvoll schnuppernd und Männchen machend an den Gitterstäben seines Käfigs.

Schau ihn dir an, wie gierig er die Witterung aufnimmt." Justine lächelte amüsiert. „Wenn ich ihn aus dem Käfig lasse, wird er womöglich noch vor Hunger in die heiße Pfanne springen."

„Das werden wir zu verhindern wissen. Bevor er in die Freiheit entlassen wird, ist die Pfanne leer. Wir sollten Emily endlich zum Essen holen. Man sieht und hört nichts von ihr, vielleicht ist sie eingeschlafen."

„So früh? Sie ist doch sonst eine Nachteule." Justine wunderte sich. Seit dem Unfall ihres Dads schienen alle Bewohner dieses Hauses in einem mehr oder weniger desolaten Zustand zu sein.

„Ich glaube, sie war erschöpft. Sie hatte wieder ihre Krise wegen William. Es ist schlimm, ihr immer von Neuem erklären zu müssen, dass dein Grandpa tot ist.

Übrigens, wenn du dich so für die Toten interessierst, weißt du wahrscheinlich auch, wer gestorben ist …"

„Nein Mum, ich interessiere mich erst für sie, wenn die Beerdigung bevorsteht und die Hinterbliebenen ihre Trauerkränze bei mir bestellen."

„Die Mutter von Damla hat das Zeitliche gesegnet. Hat Damla dir das nicht erzählt?"

„Nein, Mum." Justine war mehr als erstaunt. Sie hatte Damla doch gerade erst gesprochen.

Wie als Antwort auf ihre Gedanken sinnierte Grace: „Wahrscheinlich ist sie davon ausgegangen, dass du Bescheid weißt."

Ja, so war das, dachte Justine, ein wenig melancholisch, beinahe resignativ. Sogar über die Toten wusste ihre Mum besser Bescheid, als sie.

Damla war sicher traurig gewesen über den Tod ihrer Mutter und Justine hatte es nicht bemerkt. Sie hatte offensichtlich mehr Begabung darin, die Körpersprache und Mimik ihres im Koma liegenden Vaters zu deuten als die Gesichtsausdrücke und dahinterliegenden Gefühle ihrer quicklebendigen, kerngesunden Nachbarn und Nachbarinnen. Zwar hatte sie ein untrügliches Gespür für Stimmungen, für untergründig schwelende Spannungen oder Unausgesprochenes. Aber sie konnte diese oft nicht zuordnen, geschweige denn deuten.

Ob sie ihr Interesse an außergewöhnlichen Bewusstseinszuständen und an den Geheimnissen jenseitiger Welten von ihrer Grandma geerbt hatte?

Was die Recherche bezüglich der Lebenden betraf, hätte Justine nichts weiter unternehmen müssen, als mit ihrer Mum im Gespräch zu bleiben. Auf diese Weise würde sie wahrscheinlich mehr erfahren, als sie jemals selbst herausfinden könnte. So war sie eben, die offene, gesellige Grace. Sie brauchte den Menschen, egal ob Mann oder Frau, nur interessiert in die Augen zu blicken, schon erzählte das Gegenüber seine gesamte Lebensgeschichte und war meistens am Ende noch verliebt in sie.

Wotan meckerte.

Er hatte diverse Spielzeuge, vom faltbaren 3-Wege-Tunnel bis zu Kratzkugeln aus Sisal und Katzenbällen mit LED-Lichtern, mehrfach ausprobiert und machte lautstark darauf aufmerksam, dass er sich nun langweilte und nach neuen Anregungen suchte.

Kapitel 18

Das anspruchsvolle Frettchen schien Auslauf zu wünschen. Justine hatte nichts dagegen, in die sternenklare Vollmondnacht zu entschwinden und in Ruhe nachzudenken.

Sie streifte Wotan sein Geschirr über, nahm ihn an die lange Leine mit den Strasssteinen, die dem Leuchten des Mondes ernsthaft Konkurrenz machten, und begab sich auf den Weg Richtung Friedhof.

Kurz bevor sie das kleine Tor erreichten, das zu den Gräbern führte, sah Justine den verlassenen Journalisten Walter Brown, der wie ein einsamer Wolf scheinbar ziellos um die Häuser streifte und keinerlei Notiz von Justine und ihrer Begleitung nahm. Er war nur einen Häuserblock entfernt. Sein Gesicht war bleich wie der Vollmond. Justine stellte sich vor, wie er tagelang in seinem Arbeitszimmer im düsteren Souterrain an seinen journalistischen Texten gearbeitet hatte und nun gerade zum ersten Mal wieder aufgetaucht war. Er wirkte geistesabwesend und sehr allein. Es würde vermutlich eine Weile dauern, bis seine gesunde Gesichtsfarbe zurückgekehrt wäre.

Vielleicht würde sie ihn zu einem günstigeren Zeitpunkt einmal aufsuchen, um ihn zu befragen. Als

Täter kam er ihrer Meinung nach nicht in Betracht. Er war zwar ein wenig seltsam und schien seine Frau Olivia vergrault zu haben, aber was hatte das schon mit ihrem Vater zu tun? Ihr Gehirn produzierte gegen ihren Willen in rasendem Tempo gleich wieder Verdachtsmomente: Was wäre, wenn auch er es insgeheim auf ihre Mum abgesehen hatte? Vielleicht hatte er in seiner erdrückenden Einsamkeit, nach der Trennung von Olivia, eine Manie entwickelt und sich in das dringende Verlangen hineingesteigert, Grace um jeden Preis erobern zu wollen. Und sei es, indem er alles daransetzte, Peter beiseitezuschaffen?

Unsinn! Eine völlig haltlose, unlogische Vermutung. Aber als Lokaljournalist wusste er sicher einiges über die Menschen aus der Siedlung zu berichten. Oder er hatte etwas Interessantes beobachtet, ihren Vater betreffend.

Wenn die Menschen zu lange mit sich allein waren, konnten in ihren Köpfen die merkwürdigsten Gedankenwelten entstehen und ein Eigenleben entwickeln. Schluss! Justine hatte genug von ihren abstrusen Mutmaßungen.

Sie hatte mit dem hellwachen Wotan an der Leine den Friedhof erreicht und betrat ihn durch das kleine Törchen, das Tag und Nacht geöffnet war.

Sie würde dringend mit ihrem Therapeuten über ihre zwanghaften Tätergedanken und ihre schlimmer werdenden Albträume sprechen müssen. Selbst in diesen tauchten neuerdings die Nachbarn auf und bedrohten ihre Familie auf die unterschiedlichsten Arten: Peter wurde von Damla mit dem Gewehr verfolgt, Vreni, die Katzenfrau, hetzte ihre Tiere auf

George Godschling, die Sekretärin Ms. Dust steckte das Haus der Blackwoods in Brand, Grandma hatte eine derartige Angst vor ihrer Familie, dass sie sich im Keller versteckte, Grace kochte ein Paleogericht aus den Kleidern eines Verehrers und Justine stieß ihren Vater in einen geöffneten Sarg, wo er sogleich zu Staub zerfiel. Ja, sie würde dringend mit Thomas Cosy sprechen müssen. Sie erinnerte sich an seine Andeutungen im Geschäft. Was er ihr wohl zu sagen hatte?

Nach all den Informationen, die sie im Laufe des Tages schon erhalten hatte, war sie angefüllt bis obenhin mit Gedanken und Mutmaßungen und wollte niemanden mehr sehen und hören.

Ihre Familie verlangte ihr schon mehr als genug ab, was das soziale Miteinander betraf. Immer wieder dachte sie darüber nach, ob es nicht besser für sie wäre, endlich auszuziehen. Sich in eigene vier Wände zurückziehen zu können, so oft sie wollte, unbehelligt von Postboten, Bekannten, Freunden, Verwandten, Nachbarn, Versicherungsvertretern und Hausärzten, die alle bei Grace Schlange standen - eine reizvolle Vorstellung, dies alles nicht mehr zwangsläufig miterleben zu müssen! Andererseits hing sie sehr an der Lage ihres Hauses, besonders an dessen unmittelbarer Nähe zum Friedhof und zu ihrem Geschäft. Und sie liebte ihre Grandma über alles. Emily war immer für ihre einzige Enkelin da gewesen und nun wollte Justine für sie da sein. Besonders, seitdem sie an Demenz litt. Wer wusste, wie lang sie ihre Enkelin noch wiedererkennen würde? Justine wollte die verbleibende Zeit mit ihr genießen. Sie brachte es nicht übers Herz, sie zu enttäuschen, geschweige denn, sie zu verlassen.

Sie schaute sich auf ihrem Friedhof um und ein warmes Gefühl der Geborgenheit durchrieselte sie.

Hier hatten die Überreste der Verstorbenen ihre eigenen vier Wände, in denen sie in Ruhe vergehen konnten und ihre Geister kamen und gingen nach Belieben. Hier wurde kein Wort gesprochen und in der Stille entstanden die Bilder der jeweiligen Schicksale vor Justines innerem Auge. Hier wohnten die Erinnerungen von Angehörigen und Freunden, hier zerfielen die Körper von Obdachlosen und feinen Herrschaften gleichermaßen, da machte die Natur keinen Unterschied. Der Tod war gerecht. Hier galten höhere Gesetze, die über die menschliche Kleingeistigkeit erhaben waren und Justine täglich daran erinnerten, was wirklich wichtig war. In ihrer Wohnsiedlung hingegen war ihr bislang vieles belanglos erschienen. Im Moment verschwammen die Grenzen zwischen dem Wesentlichen und Unwesentlichen allerdings. Jedes bislang bedeutungs-lose Detail konnte zur Klärung des Unfalls ihres Dads beitragen. Justine war regelrecht besessen davon, das Unglück aufzuklären. Eine solche Hartnäckigkeit war ungewöhnlich für sie. In manchen Momenten, wenn ihr wieder einmal bewusst wurde, dass es bislang keinerlei konkrete Anhaltspunkte für eine Straftat gab, fragte sie sich, warum sie sich ihrer Sache so sicher war.

Während Wotan nach anregenden Düften und spannendem Getier Ausschau hielt, dachte Justine wieder an Grandma. Letztens hatte sie plötzlich geweint, Justine hilfesuchend angesehen und mit kaum hörbarer Stimme gesagt: „Bitte behalte mich immer so in Erinnerung, wie ich einmal gewesen bin. Ich habe Angst, dass mir mein Leben entgleitet." Dieses Geständnis war Justine unter die Haut gegangen. Sie dachte an früher, als Grandma in ihren besten Jahren und Justine noch ein Kind war. Damals verbrachte sie den größten Teil ihrer Zeit auf Emilys Reiterhof, zwischen den Ställen der Reithalle und der Gastwirtschaft, in Gesellschaft von versoffenen Familienvätern, wartenden Müttern und aufgedrehten Jugendlichen. Sie hatte die Stimmung auf dem Hof geliebt. Und Grandmas burschikose Art. Bei ihr fühlte sich das hochsensible Mädchen sicher und geborgen. Grandma Emilys Stimme war damals derart durchdringend gewesen, dass es gleich mucksmäuschenstill wurde, wenn sie lauthals kundtat, dass ihr etwas missfiel.

Justine war ein stilles und zartes Kind gewesen, das sich schwer damit tat, ihren Gefühlen und Meinungen Ausdruck zu verleihen. Umso wichtiger war ihr der Schutz durch ihre Grandma gewesen. Inzwischen hatte sich das geändert. Nun beschützte Justine sie.

Justine war zwar die Jüngste im Hause Blackwood, fühlte sich aber, was den Reifegrad und den Lebenswandel betraf, wie die Älteste. Mit Abstand. Grandma hatte auch sehr klare Phasen, in denen sie war wie früher. Doch in besonders schlimmen Momenten war sie unberechenbar, kindisch und manchmal geradezu paranoid. Letztens hatte sie Grace verdächtigt, ihr Gift in den Kaffee gestreut zu haben. Vor Kurzem ist sie beinahe handgreiflich geworden, nur weil sie ihre Lesebrille nicht gefunden hat. Sie war kaum zu beruhigen. Justine hatte zufällig gehört, wie ihr Dad mit Mum über einen eventuellen Umzug Emilys in ein Heim gesprochen hatte. Wären da nicht ihre glasklaren Momente, in denen Justines Grandma wie früher war - scharfsinnig, voller Tatendrang und mit ironischem Humor – hätte Justine diese Idee vielleicht für vernünftig gehalten, aber so ... sie konnte sich die lebhafte, agile Emily nicht in einem langweiligen Altenheim vorstellen. Obwohl man inzwischen aufpassen musste, was sie anstellte. Seit geraumer Zeit klickte sie Verkaufsseiten im Internet an und bestellte, was ihr in den Sinn kam. Viele der Pakete, die mehrmals in der Woche das Haus erreichten, waren Emily zu verdanken. Man konnte sie nicht daran hindern, denn arm war sie nicht und sie hatte nach wie vor die Vollmacht über ihr eigenes Konto. Justines Eltern hatten schon überlegt, ob man dies überhaupt noch verantworten konnte, da immer absurdere Gegenstände zum Vorschein kamen, mit denen sie ihre Räumlichkeiten vollstellte, darunter eine Siegmund-Freud-Actionfigur mit beweglichen Gelenken, eine Dose mit der Aufschrift „Einhornfleisch", in der sich ein Plüscheinhorn verbarg, ein Raumspray mit der Duftnote „Pizza Salami", eine Pferdedecke, Reiterstiefel, die ihr viel zu klein waren und ein aufblasbares Planschbecken mit Flamingo-Schwimmreifen. Emily argumentierte, sie hätte es schon zu Zeiten der Tante-Emma-Läden geliebt, Bestellungen aufzugeben. Grace schien diese Angewohnheit angenommen zu haben, sie orderte für ihre Paleo-Gerichte mindestens jeden dritten Tag neue Zutaten von Websites, die verlockende Angebote im

Programm hatten. Seitdem Wotan im Haus war, bestellte sie für ihn gleich mit, was der kleine Racker sehr zu schätzen wusste.

Plötzlich zog Wotan derart heftig an der Leine, dass Justine über eine große, grüne Gießkanne stolperte, die ein Friedhofsbesucher mitten auf dem Weg stehengelassen hatte und deren abgestandenes Wasser sich über ihre Schuhe ergoss. Verärgert schaute sie in Wotans Richtung. Sie erblickte in einiger Entfernung ein flackerndes Leuchten und einen irrlichternden Schatten, der einen bizarren Tanz aufführte. War es die Silhouette eines Menschen? Eines Tieres? Wotan schien keine Angst zu haben, er drängte weiter in Richtung der seltsamen Erscheinung. Der silbrige Vollmond tauchte die Bäume, Grabsteine und Schotterwege in ein geheimnisvolles Licht, das die Szenerie beinahe unwirklich erscheinen ließ und ihr durch einzelne Grablichter und äußerst lebendig zuckende Lichtreflexe einen surrealen Charakter verlieh.

Sie wagte es, ermutigt durch Wotan, sich näher heranzupirschen, als eigenartige Laute an ihr Ohr drangen, die ihr durch Mark und Bein gingen. Nicht etwa, weil sie ihr fremd oder unheimlich erschienen, im Gegenteil, sie waren ihr sehr vertraut. Ein tief aus dem menschlichen Bauchraum erklingendes Tönen durchdrang die gesamte Umgebung und stammte eindeutig aus der Kehle ihrer Grandma. Mum hatte vermutet, dass sie schlafen würde, was offensichtlich nicht der Fall war. Justine erkannte bei genauerem Hinhören Emilys Mantren aus deren Meditationsübungen für Tier und Mensch, die sie regelmäßig mit

Wotan praktizierte. Der schien auch gleich in einen tranceähnlichen Zustand zu fallen. Anders konnte Justine sich nicht erklären, dass er in Schlangenlinien wie durch Nebel gleitend und melodisch zischend auf die tanzende Lichtgestalt zuwankte. Vielleicht hatte Justine inzwischen nicht nur paranoide Züge entwickelt, sondern auch Halluzinationen aufgrund von Stress und Schlafmangel. Es war allerdings tatsächlich Grandma, die aus dem wirren Lichtermeer auftauchte und einer achtarmigen indischen Göttin glich. Durch ihre Bewegungen und die vielen Schatten und Reflexe hatte Justine den Eindruck, ein ganzer Eingeborenenstamm beschwöre das Grab ihres Großvaters William. Plötzlich erkannte Justine einen Fuchs, der Granny in etwa zehn Meter Entfernung umkreiste. Auch einige Wildkaninchen hatten sich angenähert. Es raschelte im Unterholz. Justine konnte nicht erkennen, ob es sich um Igel, Ratten oder anderes Kriechgetier handelte. Vielleicht regte sich zwischen den Bodendeckern auf dem Grab Williams ja tatsächlich dessen Geist. Jedenfalls schien Granny eine gewisse Begabung zur Beschwörung von was auch immer zu haben. Zumindest die Tierwelt war sehr beeindruckt, allen voran Wotan.

Emily beendete ihren Tanz mit einem entschiedenen Urlaut, griff zu einem tibetischen Gong, den sie auf dem Grabstein abgelegt hatte, und vertrieb mit einem dröhnenden Donnerschlag das erschrockene Getier. Nur Wotan ließ sich nicht beirren und schaute weiter neugierig zu.

Mit schlafwandlerischer Sicherheit umkreiste Granny das Grab ihres geliebten William. Wotan wollte erfreut auf Emily zueilen, doch Justine hinderte ihn daran, um zu verhindern, dass Grandma erschrak. Stattdessen beobachtete sie diese weiter unauffällig und fasziniert. Emily hatte einen federleichten Campinghocker und eine gefüllte Tragetasche im Gepäck, die sie am Rand des Grabes abgestellt hatte. Körperlich war sie nach wie vor sehr rüstig. Sie klappte den Hocker auf und leerte die Plastiktüte. Einige weiße Kerzen kamen zum Vorschein. Des Weiteren eine kleine Handtrommel, ein bunter Schal, verschiedene Hölzer und zu Justines Entsetzen zwei gedrehte Tierhörner größeren Ausmaßes. Emily steckte sie aufrecht mit den Spitzen nach oben in die weiche Erde des Grabes. Justine befürchtete, dass sie echt waren. Sie konnte es nicht fassen. Auch die unglaublich hässliche Brille und die dritten Zähne des Großvaters holte Grandma hervor und steckte mit feierlicher Geste das Gebiss auf die Spitze des einen Tierhorns und die Brille auf das dicke Ende des anderen. Justine fand, dass Granny eindeutig zu weit ging mit ihren Beschwörungskünsten. Und dennoch konnte sie den Blick nicht von ihr lassen. Ihre Grandma hatte sich, praktisch veranlagt wie sie nun einmal war, eine Stirnleuchte angelegt, um mit beiden Händen ans rituelle Werk gehen zu können.

Justine schreckte auf, als sie erneut einen jaulenden Singsang anstimmte und in ihrem violett geblümten Nachtgewand barfuß um das Grab trippelte. Sie schien sich erneut mit zwei brennenden Kerzen in den Händen in Trance zu tanzen. Zu Justines Erstaunen blieb Wotan ruhig und beobachtete das Geschehen ebenso aufmerksam wie sie. Zwei Krähen kamen näher. Granny hatte Talent, so viel war klar. Bislang hatte es allerdings leider noch nicht zur Wiedererweckung ihres geliebten William gereicht. Als Grandma ihr Ritual beendet hatte, knipste sie ihre Stirnleuchte aus und irrte ein wenig desorientiert um die Gräber. Es war deutlich dunkler geworden. Eine Wolke hatte sich vor den Mond geschoben.

Justine sah sich gezwungen, einzugreifen, um Grandma, die offensichtlich noch nicht vollständig aus ihrer Trance erwacht war, nicht zu Tode zu erschrecken. Sanft nahm sie ihre Hand, die Emily dankbar ergriff, um sie nach Hause zu geleiten.

Für ein paar Sekunden hatte Justine ganz vergessen, dass sie den Friedhof in Begleitung Wotans aufgesucht hatte. Sie folgte der langen Leine wie einem rosa Faden und entdeckte den kleinen Nager auf dem Grab ihres Großvaters, wo er neugierig dessen Gebiss beschnüffelte. Sie würde diese allzu persönlichen Gegenstände nicht dem Tageslicht preisgeben wollen und steckte sie schnell zurück in Grandmas Plastiktüte.

Die beiden Krähen hatten sich neugierig zu Wotan gesellt. Wotan machte nicht die geringsten Anstalten, den Platz freiwillig zu verlassen, obwohl ihm mit dem Gebiss ein reizvolles Spielzeug entzogen worden war. Justine musste ihn regelrecht wie einen Fisch an der Angel, an seiner Leine ziehend, von seinen mysteriösen schwarzgefiederten Gefährten trennen. Das eigensinnige Frettchen war alles andere als begeistert. Justine blieb nichts anderes übrig, als ihn wie ein verwöhntes Schoßhündchen unter den Arm zu klemmen.

In dem Moment riss sich Emily von ihr los und schrie wie am Spieß. Die Krähen flogen auf und Wotan befreite sich erschrocken zappelnd aus Justines Umklammerung.

Emily schien vollständig aus ihrem Trancezustand erwacht zu sein und blickte Justine an, als sei sie das leibhaftig auferstandene Böse in Menschengestalt.

„Was hast du mit meinem Sohn gemacht? Und ich hab dir vertraut", schrie sie entsetzt und versuchte, Justine zu entkommen. Die war derart entgeistert, dass sie einige Sekunden lang wie erstarrt dastand in Ermangelung einer Idee, wie sie mit dieser unerwarteten Situation umgehen sollte.

„Gib es zu, du hast ihn noch nie gemocht!"

Justine war außer sich vor Schreck. Es schien wirklich immer schlimmer zu werden mit Grandmas Stimmungsschwankungen und paranoiden Anfällen. Bisher hatte sie ihre Enkelin noch nie attackiert, doch nun schienen auch diese letzten Schranken gefallen zu sein.

„Grandma, ich bin's doch, Justine. Beruhige dich. Als könnte ich Dad jemals etwas antun. Ich liebe ihn, genau wie du. Wir gehen jetzt nach Hause und ruhen uns aus, okay? Ich glaube, dein Ritual hat dich viel Kraft gekostet."

„Gut, das machen wir. Du hast recht, Justine. Es tut mir leid." Tränen rannen über ihre Wangen. „Schrecklich, diese Heulerei, ich erkenne mich selbst nicht wieder." Emily lachte. Sie hatte ihren Ausbruch offensichtlich überstanden und wirkte klar und ruhig.

„Hast du mein neuestes Ritual mitverfolgt? Hat William sich bemerkbar gemacht?", erkundigte sich

Emily und schaute sich suchend nach ihrem verstorbenen Liebsten um.

„Nein Grandma, aber du hast es immerhin zustande gebracht, die gesamte Tierwelt aufzuscheuchen. Ich hatte schon Sorge, dass du in eines der offenen Gräber stürzt. In letzter Zeit sind einige ausgehoben worden. Seltsamerweise sterben gerade jetzt, wo die Natur zu neuem Leben erwacht, viele Menschen.“

„Jaja. Und so viele sind schon da unten. Oder da oben, wer weiß“, sinnierte Emily und starrte in die Dunkelheit.

„Komm, ich bringe dich nach Hause, du hast jetzt Ruhe verdient.“

„Es freut mich, dass du meine Arbeit zu schätzen weißt.“

Kapitel 19

Als sie in der Siedlung ankamen und in ihre Gasse einbogen, bemerkte Justine, dass hinter Benjamins Fenster trotz der späten Stunde noch Licht brannte. Sie ertappte sich dabei, wie sie darüber nachdachte, was ihn wohl umtrieb. Diesen jungen Mann, von dem sie nicht viel mehr wusste, als dass er ein ziemlich stümperhafter Voyeur war.

Benjamin hatte eine Flasche Bier und die kalten Reste einer Pizza vom Vortag aus dem Kühlschrank geholt. Wieder einmal war er hellwach und glich den permanenten Schlafmangel durch nächtliche Heißhungeranfälle aus. Er hasste sich für seine Willensschwäche, seine Weltflucht, sein Äußeres. Manchmal, wenn er an seinem aufgedunsenen Körper herabblickte und seine fahle, schlecht durchblutete Haut mit dem bläulichen Schimmer registrierte, stellte er sich vor, als nackte Wasserleiche am Ufer eines Sees gestrandet zu sein. Er betrachtete seinen gefühllosen Körper von oben, sah, wie eine Gruppe von Geiern sich auf ihm niederließ und sein totes Fleisch verzehrte. Ein natürliches Bestattungsunternehmen und zudem nützlich. Es verhinderte, dass lebloses Gesinde, wie er, die Erde verseuchte. Er verabscheute sich selbst mit einem gewissen masochistischen Genuss.

Benjamin hatte noch nie eine Freundin gehabt. Er zog es vor, sich mit unerreichbaren Schwärmereien zufriedenzugeben. Begonnen hatte das alles mit seiner heimlichen Liebe zu Justine, die kein Auge für ihn hatte. Dann folgte Daisy, in die er sich ebenso unglücklich und aussichtslos verliebte. Nachdem sie gestorben war, war die Anzahl der Frauen, denen er seine heimlichen Fantasien widmete, rasch angestiegen. Benjamin hatte auf der Festplatte seines Computers ganze Verzeichnisse mit Hunderten von Bildern schöner Frauen aus Zeitschriften und dem Internet angelegt, die er regelmäßig betrachtete. Doch es gab nur eine einzige weibliche Person in seinem ereignisarmen Leben, die er nach wie vor aus nächster Nähe anhimmelte: Justine Blackwood. Sie war alles, was eine Frau für ihn sein musste: geheimnisvoll, fantasieanregend, etwas morbide und androgyn. Eine seltsame Mischung, die im wirklichen Leben sehr selten anzutreffen war, und wenn, dann für jemanden wie ihn unerreichbar zu sein schien. Er legte sogar Wert darauf, dass sein jeweiliger Schwarm weit außerhalb seiner Möglichkeiten und Chancen lag. Eine wirkliche Beziehung mit einer auch nur einigermaßen seinem Geschmack entsprechenden Frau einzugehen, hätte er niemals gewagt, geschweige denn, es sich zugetraut.

Wieso sollte eine selbstbewusste, attraktive Frau seines Geschmacks Gefallen an einem dicklichen, mittelmäßigen, verschlossenen und erfolglosen Mann wie ihm finden?

Also schraubte er seine Ansprüche derart hoch, dass keine Gefahr bestand, jemals mit einer realen Begegnung auf Augenhöhe konfrontiert zu werden. Einmal hatte ein heimlicher Schwarm, ein Mädchen aus seiner Klasse, das er anhimmelte und dem er anonyme Liebesbriefe geschrieben hatte, herausgefunden, dass die Briefe von ihm stammten und ihm gestanden, dass sie seine Liebe erwiderte. Er war derart überrascht und überwältigt gewesen, dass er weder in der Lage war, sich über ihr Geständnis zu freuen, noch sie zu küssen oder gar Sex mit ihr zu haben, was sie ihm unverblümt angeboten hatte. Es hätte sein erstes Mal werden können, doch er hatte hoffnungslos versagt. Sie hätte seine erste Liebe werden können, ein Traum wäre in Erfüllung gegangen. Er konnte jedoch nicht glauben, dass sie ihn, den wertlosen, hässlichen Jungen, wirklich mochte. Und so erteilte er ihr eine Abfuhr und zog es vor, weiter vom Unerreichbaren zu träumen. Er gestand sich sogar ein, dass er das Mädchen nicht mehr begehrte, als sie erreichbar geworden war. Er dachte, wenn sie etwas von ihm wollte, konnte sie nicht so kostbar und großartig sein, wie er sich eingebildet hatte. Wieso würde sie sich sonst auf einen Loser wie ihn einlassen? Nein, sie war sicherlich keinen Cent wert, wenn sie es nötig hatte, ihn anzusprechen. Sie mochte ihn, irgendetwas stimmte nicht mit ihr. Es minderte ihren Wert, da er so wertlos war. Sie stieg auf seine Stufe hinab, wenn sie ihn liebte. Und dort unten, wo er war, konnte er sie nicht mehr lieben. Solche wie er waren die Schlimmsten. Solche wie er richteten den meisten Schaden bei seinen Mitmenschen an. Vor allem bei denen, die ihn zu lieben versuchten.

Justine war mit Wotan und Grandma inzwischen an ihrer Haustür angelangt und versuchte, den Haustürschlüssel aus ihrer Hosentasche zu ziehen, ohne dass ihr Wotan oder Grandma entwischten.

Währenddessen zogen längst vergessen geglaubte Erinnerungen durch ihre Gedanken. Justine kannte vor Jahren ein Mädchen, das Benjamin tatsächlich einmal geliebt hatte. Justine wusste es von ihrer Mum und die hatte es von Damla erfahren. Das Mädchen war damals todunglücklich gewesen. Niemand hatte verstanden, warum Benjamin sie abwies, nachdem er sie zuvor so unbedingt gewollt hatte. Er war schon immer ein schwieriger Mensch gewesen. Wie viel abgründiger und komplizierter die Beschäftigung mit den Lebenden doch war, als die mit den Toten.

Benjamins Schatten huschte hinter seinem goldgelb angeleuchteten Vorhang vorüber. Wäre sie Schriftstellerin gewesen, hätte sie eine Geschichte über ihn geschrieben mit dem Titel: *Das geheime Leben des Benjamin Godschling.* Doch sie war froh, keine Autorin zu sein. Schon jetzt, seitdem sie sich mehr als jemals zuvor mit ihren Nachbarn beschäftigte, besetzten die Gedanken an das Leben und die Geheimnisse ihrer Mitmenschen sie rund um die Uhr. Wie musste es erst jenen ergehen, deren Beruf es war, Charaktere und deren Geschichten zu entwickeln und ergründen?

Justine setzte Wotan zu Boden und schloss die Haustür auf. Sie verfrachtete die erschöpfte Grandma in ihr Bett und steckte Wotan in seinen Käfig.

Endlich konnte sie zur Ruhe kommen. Sie setzte sich auf ihren Bettrand und starrte erschöpft Richtung Fenster. In diesem Augenblick sah sie, wie gegenüber der Schatten Benjamins an seinen geschlossenen, nicht ganz blickdichten Vorhängen vorbeihuschte.

Ob er Justine wieder einmal ausspähen wollte?

Schon länger dachte sie darüber nach, wie sie den lästigen Voyeur mit seinen eigenen Waffen schlagen könnte.

Plötzlich kam ihr in den Sinn, warum sie es Benjamin nicht gleichtun sollte: Sie hatte zu eigenen Recherchezwecken ein Profi-Fernglas erstanden, da sie vorhatte, die Siedlung und den Friedhof genauer unter die Lupe zu nehmen, um Auffälligkeiten aufzudecken und ihrem eigentlichen Ziel näherzukommen: Den Unfallverursacher des Sturzes ausfindig zu machen. Der Zustand ihres Vaters hatte sich nicht wesentlich gebessert und sie machte sich große Sorgen um ihn.

Das Fernglas eignete sich besonders gut für Beobachtungen in der Dämmerung und versprach eine hervorragende Reichweite. Es wurde als *speziell für die Jagd geeignet* beschrieben. Und im Grunde befand sie sich ja auf der Jagd.

Warum sollte sie es nicht auf der Stelle an Benjamin ausprobieren? Immerhin hatte er sie durch seinen Voyeurismus auf die Idee gebracht, und sie musste daher kein schlechtes Gewissen haben. Zudem zählte Justine ihn nach wie vor zu den Verdächtigen. Warum eigentlich? Es gab keine konkreten Anhaltspunkte, die ihn mit der mutmaßlichen Tat in Verbindung gebracht hätten. Im Grunde verdächtigte sie ihn einzig und allein deshalb, weil er ein seltsamer Zeitgenosse war. Merkwürdig. Durch ihre Ermittlungen lernte sie sich selbst von einer anderen, nicht immer rühmlichen, Seite kennen. Ihre Vorurteile, die Angst vor wirklicher

Nähe, ihre versteckte Eifersucht auf die Freizügigkeit und Lockerheit ihrer Eltern, eine untergründige Wut auf beide, die sie nicht einzuordnen wusste und über die sie mit Mister Cosy würde sprechen müssen, all dies beschäftigte sie. Sie öffnete den blickdichten Vorhang ihres Zimmers ein wenig, schaute durch ihren Feldstecher zum gegenüberliegenden Fenster und erschrak derart, dass sie das teure Stück lautstark fallenließ: Benjamin hatte sein Fernglas im selben Moment auf Justine gerichtet und ließ es zur gleichen Sekunde ebenso erschrocken fallen wie sie. Beide schlossen in Sekundenschnelle, wie im Reflex, ihre Vorhänge, wahrscheinlich in der Hoffnung, dieses entlarvende, peinliche Erlebnis so schnell wie möglich wieder aus ihrem Gedächtnis streichen zu können. Justine ließ den Feldstecher in einer Schublade verschwinden und entschied sich, ihn postwendend zurückzugeben. Diese Form der Bespitzelung konnte doch allzu unangenehme Folgen haben.

Kapitel 20

Entlarvt! Auge in Auge, ausgerechnet mit ihr, Justine. Ihr Gesicht war zunächst von einem dunklen Gegenstand verdeckt gewesen. Benjamin erkannte, dass auch sie ein Fernglas in ihren Händen gehalten hatte, das sie blitzschnell fallen gelassen hatte, als sie sich offensichtlich ebenso von ihm ertappt gefühlt hatte wie er sich von ihr. Ihre Augen hatten ihn direkt angeblickt. Es waren Augen wie goldenes Muranoglas. Beinahe durchsichtig, verletzlich. Dann war der Vorhang gefallen. Benjamin wusste, dass seine heimliche Nähe zu ihr in Zukunft nicht mehr möglich sein würde. Ein schmerzlicher Verlust, da der abendliche Blick durch sein Fernglas, hinüber zu Justine, zu seinen täglichen Ritualen gehört hatte wie das Essen und Schlafen. Sie war ihm durch diese Regelmäßigkeit derart vertraut geworden, dass sie ohne ihr Wissen zu einem Teil seines Lebens geworden war.

Erst nachdem Benjamin den ersten Schreck über die unverhoffte Enttarnung und das peinliche Gefühl des Ertapptseins überwunden hatte, fragte er sich, warum sie ihn wohl beobachtet hatte.

Kapitel 21

In dieser Nacht träumte Justine von dem Film *Shining*.
Von einer schattenhaften Gestalt, die mit der Axt hinter
ihr herrannte, in diesem einsamen, eingeschneiten
Hotel, in dem sie ihm ganz ausgeliefert war. Und dann
war es nicht Jack Nicholson, der sie töten wollte,
sondern Benjamin Godschling. Sie erwachte schweißnass und rettete sich auf diese Weise gerade noch vor
seinem Zugriff.

Kapitel 22

Noch benommen von ihrem Traum griff Justine nach ihrem Strickzeug, um sich zu beruhigen. Sie versuchte sich zurzeit an einem Sommerjäckchen für Wotan. Seitdem er im Hause Blackwood lebte, machte Justine das Stricken besonders viel Freude. In seinem kleinen Kleiderschrank, den sie für ihn angefertigt hatte, hingen bereits zwei gelungene Exemplare für verschiedene Anlässe und Jahreszeiten. Doch in dieser Nacht wollte es ihr nicht gelingen, mit dem neuesten Modell weiterzukommen. Nachdem sie sich zweimal hintereinander hoffnungslos verstrickt hatte, gab sie es fürs Erste auf.

Ein Kleidungsstück, das bei ihrem ersten Strickversuch zu groß für Wotan geraten waren, hatte Justine Vreni, der Katzenfrau geschenkt. Vreni, die es eher gewöhnt war, wegen ihrer vielen Tiere angefeindet zu werden, statt Geschenke zu erhalten, hatte sich gefreut und versprochen, das bestrickende Mäntelchen an ihren Katzen auszuprobieren und für Justine entsprechende Fotos zu machen, sollte die Anprobe von Erfolg gekrönt sein.

Justine warf einen Blick auf die Pflanzen, die sie Thomas Cosy am nächsten Morgen zu ihrer

Therapiesitzung, die sie kaum erwarten konnte, mitbringen würde. Sie hatte sie auf einer hölzernen Ablage abgestellt. Wotan hatte die exotische Orchidee in seiner ungestümen Art zu Boden geworfen und ihr Affengesicht blickte noch grimmiger drein als zuvor.

Kapitel 23

Als Thomas Cosy Justine die Tür öffnete, konnte er außer ihrem schwarzen Haarschopf hinter der wuchernden Blätterwand aus all den Affengesichtern, Fangblättern und Liebeskräutern, kaum etwas von ihr erkennen.

Statt sie, wie sonst üblich, in einen seiner beiden Therapieräume zu bitten, stand er wie Falschgeld im Flur seiner Praxis und rang um Atem, vielleicht auch um Worte der Begrüßung, sie wusste es nicht. Er schien nervöser zu sein als sonst.

Sie hatte das dringende Bedürfnis, die schwer in ihren Armen lastende Pflanzenpracht loszuwerden.

„Möchten Sie ablegen?", fragte Thomas Cosy ungelenk, als habe er noch nie zuvor eine Patientin in seiner Praxis begrüßt. Was war nur los mit ihm?

„Nein, aber es wäre mir lieb, wenn ich die Pflanzen endlich abstellen dürfte. Sie können es gar nicht erwarten, ihren Platz in ihrem neuen Zuhause kennenzulernen", antwortete Justine, in der langsam eine gewisse Ungeduld aufstieg.

„Natürlich, legen und stellen Sie alles ab, wie und wo Sie möchten", stammelte ihr sonst so wortgewandter Therapeut und sah sich ein wenig ziellos nach einem angemessenen Platz für die anspruchsvollen tropischen Neuankömmlinge um. In ihm brodelte es. Wie sollte er ihr seinen ungewöhnlichen Vorschlag unterbreiten, ohne auf Abwehr zu stoßen? Der Versuch in ihrem Geschäft war ja bereits misslungen, heute würde er Nägel mit Köpfen machen und seine Idee endlich konkret formulieren müssen. Justine schlug kurzerhand die geschützte Nische, in der Wotans Käfig gestanden hatte, als geeigneten Ort für die Pflanzen vor. Dort würde Thomas Cosy – in seiner jetzigen Verfassung wäre einiges zu befürchten – zumindest nicht über die empfindlichen Schützlinge stolpern können.

So, wie es aussah, stand eine sperrige Sitzung bevor. Dabei hatte sie sich vorgenommen, über dringliche Themen mit ihm zu sprechen. Über ihre seltsamen Nachbarn beispielsweise und ihre vielen unausgegorenen Verdachtsmomente, die eher Mutmaßungen ohne konkrete Anhaltspunkte waren und sich langsam zu einer fixen Idee entwickelten. Über ihre ungelenke Art, auf Menschen zuzugehen. Ihre Vorurteile. Gewisse Klischeevorstellungen. Plötzlich erwachende Ängste und Sehnsüchte. Eine für sie neue, irrationale, unterschwellige Wut auf ihre Eltern. Es gab so viel zu besprechen wie noch nie zuvor, und ausgerechnet an einem solchen Tag verhielt er sich derart seltsam, dass sie sich fragte, ob diese Stunde für solch komplexe Themen überhaupt geeignet sein würde.

Schon nach den ersten Sätzen war ihr eigentlich die Lust vergangen, mit ihm über diese Themen zu sprechen. Sie spürte eine gewisse Ernüchterung.

Eigentlich hätte sie in ihrer Situation ausnahmsweise einmal einen starken Retter und Beschützer gebraucht, eine Führungspersönlichkeit, die ihr helfen könnte, sich im Durcheinander der vielen menschlichen Ungereimtheiten zurechtzufinden. Für diese Position war er vermutlich nicht geeignet, erst recht nicht in seiner aktuellen Verfassung.

Eine unerklärliche, etwas ängstliche Unruhe stieg in Justine auf. Sie spürte einfach alles. Das war Fluch und Segen gleichermaßen, zumal sie die Stimmungen, die in der Luft lagen, nicht immer richtig zu deuten wusste.

„Wie geht es Ihnen, Mister Cosy? Sie machen einen nervösen Eindruck", wagte sie sich vor.

„Ich denke, das wären meine Fragen gewesen, Ms. Blackwood."

„Oh Entschuldigung." Er nannte sie wieder Ms. Blackwood. Als er Wotans Käfig vor ihrem Haus abgeliefert hatte, hatte er sie unwillkürlich Justine genannt und das klang viel richtiger.

„Möchten Sie sich nicht setzen?", fragte Mister Cosy formeller als sonst.

Ja, etwas lag in der Luft. Derart distanziert hatte sie ihren Therapeuten selten erlebt. Ob sie wohl irgendetwas falsch gemacht hatte? Und wenn schon, sie war Patientin, sie hatte das Recht, Fehler zu begehen. Schließlich war sie wegen ihrer Macken, Mängel und Marotten in Behandlung.

„Ms. Blackwood, ich möchte Ihnen eine ganz persönliche Frage stellen."

„Oh. Ja. Gut. Bitte."

„Bringen unsere Sitzungen Sie weiter? Also, wirklich weiter?"

„Ja, natürlich, wieso fragen Sie? Ich habe mich nicht beschwert, oder?"

„Nein, seien Sie unbesorgt. Ich habe schlicht und ergreifend den Eindruck, dass ich Ihnen nicht grundlegend weiterhelfen kann. Als Therapeut. Sie sind meines Erachtens eine äußerst reife und im Grunde sehr gesunde Persönlichkeit, leiden an keiner psychischen Auffälligkeit, wenn man von Ihrer Hochsensibilität absieht, die ich weniger als einen Mangel denn als eine Ressource erachte. Also dachte ich mir ..."

„Entschuldigen Sie", entgegnete Justine ungehalten, „aber mein Vater liegt im Koma! Gerade jetzt brauche ich Ihre Hilfe ganz besonders!"

„Genau darauf wollte ich hinaus. Ich glaube, was Ihnen wirklich fehlt, ist eher ... wie soll ich sagen ... konkrete Unterstützung. Kein Gerede, wenn ich das mal salopp formulieren darf."

Damit hatte Justine nicht gerechnet.

Was beabsichtigte ihr Therapeut? Sie sah ihm eindringlich in die Augen.

„Jetzt machen Sie mir langsam Angst, Mister Cosy. Was sollen wir denn sonst miteinander tun, außer zu reden?" Wenn Justine ehrlich war, beschlich sie nicht nur Angst, sondern auch eine gewisse Aufregung, wie vor einer Fahrt in der Achterbahn. Es lag Spannung in der Luft.

„Gut, ich komme jetzt zur Sache." Er atmete tief durch und nahm sichtlich Anlauf. „Ms. Blackwood, meiner Meinung nach, bräuchten sie zurzeit weniger einen Therapeuten als einen Agenten. Einen Undercoveragenten."

Justine war verblüfft. Und, gelinde gesagt, verwirrt. Ihr gingen tausend Gedanken gleichzeitig durch den Sinn.

„Eine interessante Idee, Mister Cosy. Aber selbst, wenn ich einen Undercoveragenten bräuchte, würden mir weitere Gespräche mit Ihnen doch nicht schaden. Ich hätte einigen Redebedarf. Tatsächlich komme ich mit meinen Recherchen nicht so recht weiter. Inzwischen erscheint mir so gut wie jeder aus der Siedlung verdächtig. Andererseits wäre es keine erstrebenswerte Begleiterscheinung meines Engagements, wenn ich am Ende niemandem mehr über den Weg trauen würde. Ganz abgesehen davon: Hätten Sie denn überhaupt jemanden im Sinn, der als Undercoveragent infrage käme?“

„Sie haben mich nicht ganz verstanden, Justine. Ich persönlich könnte mich Ihnen als Undercoverermittler zur Verfügung stellen.“

„Wie bitte?“ Justine war sprachlos und starrte ihren Therapeuten entgeistert an. „Wieso denn Sie?“

„Warum denn nicht?“, erwiderte Mister Cosy und ergänzte eifrig: „Wussten Sie, dass ich eine Polizeiausbildung absolviert habe, als ich ein junger Mann war? Ich hatte damals Profiler werden wollen. Ein alter Jugendtraum.“

„Was ist ein Profiler noch mal genau, Mister Cosy? Ich kenne den Begriff nur aus amerikanischen Krimiserien.“

„Ein Profiler fertigt, wie der Name schon sagt, Profile von unbekannten Straftätern an, um auf diese Weise bei der Suche zu helfen. Im Grunde ist der Begriff auch nicht ganz korrekt. Jeder kann sich so nennen, der

Begriff ist nicht geschützt. Fallanalytiker wäre die richtige Bezeichnung. Um sich so nennen zu dürfen, bedarf es allerdings einer jahrelangen Ausbildung.“

„Sie wären als Psychologe doch sicher gut geeignet für eine solche Tätigkeit.“

„Nein, das nicht. Ein Fallanalytiker erstellt keine Täterprofile, die in erster Linie auf psychologischen Erkenntnissen beruhen. Es geht eher um Indizien, um die soziologischen und ökonomischen Umstände der Tat. Darum, Muster des Täterverhaltens zu erkennen. Natürlich hätte ich ganz gute Voraussetzungen für einen solchen Job. Aber ich habe den etwas weniger aufreibenden Beruf gewählt. Ich bin nicht der Typ für solch nervenaufreibende Ermittlungen. Es ist eben nicht jeder zu Größerem geboren.“

Justine war nun vollkommen irritiert. „Das klingt frustriert.“ Sie hatte das Gefühl, ihn aufbauen zu müssen. „Schade, dass Sie Ihre Arbeit nicht mögen, ich finde, Sie machen das ganz gut.“

„Ja, wirklich? Vielen Dank für die Blumen.“

„Für welche?“, fragte sie und warf einen Blick auf die eigenwillige Pflanzenpracht, die sich in der ehemaligen geheimen Nische Wotans wohlzufühlen schien. Die vom Transport etwas müde herabhängenden Gräser richteten sich bereits wieder auf.

„Sie wissen ganz genau, was ich meine. Aber vielen Dank für ihr Kompliment“, unterbrach er ihre Betrachtung. „Nur, im Grunde können Sie meine Fachkompetenz nicht wirklich beurteilen.“ Jetzt war Justine beleidigt. „Natürlich kann ich das. Sie sind mein Therapeut.“

„Das hat nichts zu sagen. Sie sind die perfekte Patientin. Wissen Sie, wie oft ich mich langweile während der Sitzungen mit anderen Klienten? Wie oft ich ein Gähnen unterdrücken muss? Nicht in Ihrer Gegenwart. Aber die meisten Menschen quälen sich mit den immer gleichen Themen herum. Und ausgerechnet diejenigen mit den gewöhnlichsten Problemen nehmen sich oft allzu wichtig.“

„Ich meide die Menschen normalerweise, wo ich kann. Was nicht bedeutet, dass ich Sie langweilig finde. Im Gegenteil, sie sind mir oft einfach zu anstrengend.“

„Ich kann Sie gut verstehen, Ms. Blackwood. Und dieses ständige Reden. Alle reden und reden. Ich bräuchte endlich einmal meine Ruhe. Was glauben Sie, warum ich seit Jahren unter einem Tinnitus leide? Lange Rede, kurzer Sinn: Ich biete mich Ihnen als persönlichen Undercoveragenten an.“

„Ein Undercoveragent mit Tinnitus, der seine Ruhe haben will! Sie meinen das nicht wirklich ernst?!“

„Warum nicht? Die Arbeit würde doch hauptsächlich auf dem Friedhof stattfinden?“ Mister Cosy grinste.

„Jetzt schlagen Sie als ehemaliger Polizist wahrscheinlich noch Wotan als Spürhund vor, oder?“

„Na ja, der Spürhund wäre doch eher ich selbst!“, bemerkte der Therapeut schelmisch. „Ich würde Ihnen schlicht und ergreifend ein wenig bei den Nachforschungen in ihrer Umgebung helfen. Mein Bauchgefühl sagt mir, dass Sie recht haben könnten. Da stimmt etwas nicht rundum den Vorfall mit Ihrem Vater. Ich denke, sein Sturz könnte durchaus durch Fremdeinwirkung ausgelöst worden sein.“

Justine war mehr als erstaunt. Was für ein Angebot. Was für ein unerwartetes Gespräch. Ihr Gefühl zu Beginn dieser Stunde hatte sie nicht getäuscht, doch sie hatte es völlig falsch interpretiert. Ihr Therapeut hatte sie keinesfalls loswerden wollen. Ganz im Gegenteil. Er hatte vielmehr die überraschende Absicht, den Patientenstatus aufzulösen und seinen persönlichen Kontakt zu ihr zwecks Recherche zu intensivieren. Justine war gleichzeitig erfreut und erschreckt. Natürlich würde sie ihn als Therapeuten vermissen. Andererseits gab es gute Gründe, sein Angebot anzunehmen. Nur, würde ein solcher Rollenwechsel funktionieren? Er, Thomas Cosy, als ihr persönliches Navigationsgerät durch das Labyrinth menschlicher Verirrungen und Verwirrungen? Thomas... Tom...Wie würde sich die neue gemeinsame Aufgabe auf ihre Beziehung auswirken? War ein solcher Wechsel überhaupt erlaubt? Ungewöhnlich erschien ihr das Ganze allemal. Plötzlich kam ihr in den Sinn, dass es einen Hersteller von Navigationssystemen namens TomTom gab. Thomas Cosy als ihr TomTom...

„TomTom...“ Justine bereute sogleich, dass sie ihren Gedanken laut geäußert hatte.

„Wie bitte?“, fragte Thomas Cosy irritiert.

Justine sah ihren Therapeuten verlegen an. „Sollte ich ihr Angebot annehmen, wäre ich versucht, sie TomTom zu nennen. Wie das Navi. Entschuldigen Sie, natürlich nur, wenn Sie nichts dagegen hätten. Es war auch nichts weiter als ein kurzer Gedanke. Ich wollte nicht allzu persönlich werden.“

Cosy lächelte. „Nein, das klingt doch gut. Ich verwende das Navigationssystem TomTom in meinem

Auto und es funktioniert wunderbar. Wäre das nicht ein gutes Omen für unsere Zusammenarbeit?"

Wieder zweifelte Justine. Sie stellte sich vor, wie sie in Begleitung Thomas Cosys vor ihrer Mum stünde und sagen würde: „Hallo Mum, das ist Thomas Cosy alias TomTom, mein Therapeut. TomTom, wie das Navi. Er hat eine Polizeiausbildung, einen Tinnitus, ist Misanthrop, frisch getrennt von seiner Frau, steckt mitten in der üblichen Midlife-Crisis und arbeitet ab sofort als Undercoveragent für uns. Wir wissen zwar nicht, ob es überhaupt einen Täter oder eine Täterin gibt und haben bislang keinerlei konkrete Anhaltspunkte, aber wir sollten nicht aufgeben. TomTom liebäugelt übrigens damit, Wotan als zusätzlichen Spürhund einzusetzen. Manchmal wird er wahrscheinlich auch bei uns übernachten, wenn es um Einsätze bei Dunkelheit geht."

Grace wäre wahrscheinlich, trotz der seltsamen Vorstellung des neuen Gastes, sehr angetan von einem weiteren Besucher in ihrem Hause. Auch Grandma wäre vermutlich rundum entzückt und vor Begeisterung aus dem Häuschen, in der Hoffnung, einen weiteren Mitstreiter im Kampf um die Wiederherstellung ihres komatösen Sohnes und vielleicht gar um die Wiederauferstehung ihres verstorbenen William gewinnen zu können. Ihre Familie hätte also wohl kaum etwas einzuwenden gegen TomTom als Verbündeten und sporadischen neuen Mitbewohner. Die Entscheidung lag einzig und allein bei Justine.

Cosy holte sie wieder in die Gegenwart zurück. „Justine, Sie müssen selbst entscheiden, ob Sie mein Angebot annehmen möchten oder nicht. Schlafen Sie erst mal drüber. Aber treffen Sie ihre Entscheidung bitte nicht vorschnell."

Justine senkte den Blick und dachte nach. Thomas Cosy versuchte, ihr Schweigen zu ertragen, schaffte es aber nicht, ruhig auf seinem großen, braunen Ledersessel auszuharren. Ausgerechnet er, dem die Geschwätzigkeit seiner Patientinnen und Patienten normalerweise schnell auf die Nerven ging. Auch Therapeuten waren nur Menschen mit all ihren Widersprüchen. Er stand betont lässig auf, schritt zum Fenster und gab vor, nachdenklich in die Ferne zu blicken. In Wirklichkeit starrte er hohlen Blickes gegen die schmutzige Scheibe, die längst hätte gereinigt werden müssen, und beobachtete eine fette Fliege auf dem Fenstersims.

Er räusperte sich. „Ms. Blackwood, würden Sie mich unter Umständen an Ihren Gedanken teilhaben lassen?"

Nein, das würde Justine nicht. Erstens, weil ihre Gedanken noch vollkommen unsortiert daherkamen und zweitens, weil TomTom ihnen sicherlich nicht würde folgen können, so unausgegoren, wie sie sich sogar ihr selbst in diesem frühen Stadium der Verarbeitung noch präsentierten. Man musste nicht ungefiltert alles von sich geben, was man dachte. Es könnte viel Schaden anrichten. Justine war eindeutig keine Verfechterin der rückhaltlosen Ehrlichkeit. Was war schon Wahrheit? Und was bedeutete es, wenn man von sich selbst glaubte, ehrlich zu sein? Die Wahrheit dieses Tages musste noch lange nicht die des nächsten Tages sein. Wie sagte Marc Aurel? *„Alles, was wir hören, sind Meinungen, keine Fakten. Alles, was wir* *sehen, sind Perspektiven, nicht die Wahrheit.*" Und hatte man die sogenannte Wahrheit eines vorübergehenden Augenblicks erst einmal geäußert, als habe die Stunde einer verbindlichen, allgemeingültigen Wirklichkeit geschlagen, würde sie vermutlich viel länger in den Gedanken des Gegenübers Bestand haben als nötig. Und schon saß man fest in der Vergangenheit. Hatte sich das fließende Gedankengut erst einmal im Kopf eines anderen etabliert, wie Strandgut, das eingesammelt, sortiert, konserviert und ausgestellt wurde, und nicht, wie die Natur es vorsah, durch die Wellen trieb und bald wieder verschwand, würde es zum Teil der unverrückbaren Tatsachen werden.

„Ms. Blackwood? Ist alles in Ordnung mit Ihnen?" Thomas Cosy hatte den Eindruck, dass seine Patientin mit ihren Gedanken völlig woanders war. Nun räusperte sie sich lautstark und kam wieder in der Gegenwart an: „Geben Sie mir noch einen Augenblick, Mister Cosy. Oder vielleicht besser noch einen Tag."

„Selbstverständlich. Ich dachte nur an Sie. Die Stunde ist ja noch nicht vorüber und Sie hätten das Recht auf die Weiterführung des Gesprächs."

„Für eine Entscheidung wird die Zeit nicht reichen."

„Jetzt habe ich ein schlechtes Gewissen," grummelte Thomas Cosy. „Wahrscheinlich habe ich Sie mit meinem Angebot hoffnungslos überrumpelt. Allerdings war ich davon ausgegangen, dass Sie sich darüber freuen würden."

„Ob dem so ist, werde ich Ihnen morgen sagen. Ich bin verwirrt", entgegnete Justine trocken.

„Das tut mir leid. Sie können mich jederzeit anrufen, wenn sie Gesprächsbedarf haben."

„Als Therapeuten oder ab sofort nur noch als meinen potenziellen Undercoveragenten?“

„Das liegt in Ihrer Hand", entgegnete Cosy und entließ sie ins Ungewisse.

„Ach ja, und noch mal danke für die Blumen.“

Kapitel 24

Justine fühlte sich ein wenig verloren, als sie sich im Anschluss an die frühe Therapiestunde durch die noch verschlafenen kleinen Seitenstraßen des Dorfes auf den Weg zur Arbeit begab. Ihre Welt war aus den Fugen geraten. Nichts war mehr wie zuvor. Sie war derart in Gedanken versunken, dass sie die Abbiegung zum Blumenladen verpasste und zwangsläufig einen größeren Umweg machen musste. War ihr das nicht kürzlich schon einmal passiert? Nein. Nun erinnerte sie sich. Sie hatte diese Träume gehabt:

Im ersten Traum wollte Justine, wie nach jedem gewöhnlichen Arbeitstag, über den Friedhof nach Hause gehen. Das Tor war geschlossen. Seltsam. Sie entdeckte einen kleinen Seiteneingang, den sie vorher noch nie wahrgenommen hatte. Auf dem Friedhof angekommen, hatte sich, zu ihrem Erstaunen, die Anordnung der Gräber geändert. Auch der Hauptweg, der sie sonst direkt zu ihrem Haus führte, hatte einen anderen Verlauf. Er navigierte sie auf direktem Weg zur Natursteintreppe. Auf den Stufen saß mit dem Rücken zu ihr eine schluchzende Frau. Sie hatte den Kopf in den Schoß gelegt, sodass Justine sie nicht erkennen konnte. Sie schlich näher heran und berührte die Person an der Schulter. In dem Moment zerfiel diese zu Staub. Plötzlich tauchte Ms. Dust von irgendwoher auf, zog einen Staubsauger aus dem Gebüsch und saugte den Staub fort. Sie holte den vollen Beutel aus dem Inneren des Saugers. Er war durchsichtig und angefüllt mit ihren trockenen Keksen. Justine war schweißnass aufgewacht. In dem Moment wurde ihr bewusst, dass sie selbst die Frau auf den Stufen gewesen war.

Im nächsten Traum wollte sie wieder über den Friedhof heimkehren. Die Anordnung der Gräber hatte sich erneut verändert. Justine lief über die kleinen Seitenwege, die diesmal in eine Sackgasse führten. Plötzlich wurden die Grabsteine in der Abenddämmerung zu Schachfiguren. Justine begriff, dass sie sich auf der Spielfläche eines großen Schachspiels befand. Sie war Teil des Ganzen. Aber welche Rolle spielte sie?

Jeder ihrer Schritte hatte plötzlich eine entscheidende Bedeutung. Plötzlich sah sie ihren Vater vor sich und wusste: Er war der König. In diesem Augenblick wurde ihr bewusst, dass sie die Initiatorin des Spiels war. Sie setzte ihn in einem Zug mit der Dame schachmatt und kickte ihn zu Boden.

In einem weiteren Traum hatte sie entdeckt, dass der Hauptweg des Friedhofs, ganz gleich, wie er gewunden war, zur Steintreppe führte und erst von dort aus in die Siedlung. Auch die Anordnung der Häuser hatte sich diesmal verändert. Deren Nummern waren zu Buchstaben geworden, die zunächst kein nachvollziehbares System erkennen ließen. Justine suchte nach ihrem eigenen Haus, konnte es jedoch nicht finden.

Stattdessen stand auf ihrem Grundstück plötzlich das Haus von Ms. Dust. Grandma Emily stand vor deren Haustür und eröffnete Justine, dass sie dort einzuziehen hätten. Ms. Dust öffnete die Tür und bat beide herein. Auf einem Sessel im Wohnzimmer der Sekretärin saß Peter, lächelte seiner Tochter und seiner Mum zu und bot ihnen eine Tasse Tee an, als sei er dort zu Hause. Justine wunderte sich und fragte nach ihrer Mum. Ms. Dust sagte, die habe sie aus dem Foto ausgeschnitten und lächelte geheimnisvoll. Von welchem Foto sie sprach, offenbarte der Traum nicht.

Justine nahm sich vor, unbedingt mit TomTom darüber zu sprechen und ihn nach seiner Einschätzung zu fragen. Sie wusste noch nicht, ob sie ihn als ihren Therapeuten oder ihren Komplizen ersuchen würde.

Als sie wieder in der Gegenwart angekommen war, bemerkte sie voller Schrecken, dass sie vergessen hatte, Wotan zu Hause abzuholen. Immerhin fand sie den Weg dorthin glücklicherweise ohne weitere Umwege. Sie sammelte das Frettchen schnell ein und erschien später als üblich im Laden. Allerdings blieb sie wesentlich länger, goss Pflanzen, die es nicht nötig hatten, fegte den Boden zum wiederholten Mal, nur, um keine Entscheidung in Bezug auf TomTom treffen zu müssen. Es zog sie nicht nach Hause. Sie saß im Hinterraum, stellte einen der Trauerkränze fertig, aß Cornichons und Oliven, während Wotan an seinem Rinderhüftknochen knabberte, und haderte mit sich.

Es war längst dunkel, als sie auf dem üblichen Weg, ohne labyrinthische Verirrungen, mit Wotan an der Leine über den Friedhof Richtung Heimat spazierte.

Kapitel 25

Was war das für ein Geräusch? Es klang wie eine Horde scharrender Ratten. Justine war vieles gewöhnt auf ihrem Friedhof, vor allem die vielfältigen Laute und Klänge, die die nachtaktive Tierwelt verursachte. Aber dies hörte sich anders an. Auch Wotan war plötzlich aufgeregt.

Justine war müde vom vielen Nachdenken und sehnte sich nach ihrem Bett. Doch sie konnte nicht anders, sie musste schauen, was es mit den Geräuschen auf sich hatte. Sie nahm Wotan auf den Arm und steckte ihn in seine geliebte Röhrentasche, die sie immer bei sich trug, wenn ihr Frettchen sie begleitete. Sie war so etwas wie sein Schutzpanzer, wenn er das Bedürfnis nach Rückzug hatte. Justine schlich im Schutz der Dunkelheit von Grabstein zu Grabstein - dem eigenartigen Scharren entgegen.

Was sie, hinter dem Marmordenkmal für die Soldaten des Ersten Weltkriegs verborgen, dann erblickte, war derart erstaunlich, dass sie den Sachverhalt erst nach und nach begriff: Sie erkannte den Schriftsteller Johannes aus dem kleinen Eckhaus am Rande der Siedlung. Er stand am Grab seiner verstorbenen Frau. Dies war allerdings nicht das

Ungewöhnliche. Was er dort veranstaltete, war weitaus befremdlicher: Er schien das Grab freilegen zu wollen und hatte bereits ein ordentliches Loch zustande gebracht, sodass man sogar aus dieser Entfernung Teile des Sargdeckels aus hellem Ahornholz erkennen konnte. Was, um Himmels Willen, hatte er vor? Justine hatte ihn für einen zartbesaiteten, feingeistigen Künstler gehalten. Und nun stand er da wie ein ausgemergelter Vampir mit einer groben Schippe am Grab seiner Verflossenen. Dummerweise gab Wotan plötzlich derart eindringliche Laute von sich, dass Johannes erschrocken aufsah und sich umschaute. Seinen aufmerksamen Sinnen war nicht entgangen, aus welcher Richtung Wotan gequiekt hatte. Der Schriftsteller entdeckte Justine, noch bevor sie sich hinter dem Soldatendenkmal verbergen konnte. Beide wussten nicht recht, wie sie mit der absurden Konstellation umgehen sollten.

„Was machen Sie um diese Zeit auf dem Friedhof? Haben Sie denn gar keine Angst, dass Ihnen etwas passieren könnte?", rief er ihr besorgt zu.

„Ich hoffe, ich habe nichts zu befürchten", rief Justine aus sicherem Abstand hinüber.

„Sie sind doch die Friedhofsgärtnerin, die damals den Kranz für meine Frau gebunden hat?"

„Ja, die bin ich. Was veranstalten sie da um Himmels willen?"

Er ging nicht auf ihre Frage ein und erwähnte stattdessen schwärmerisch: „Sie hatten einen wunderschönen Trauerkranz gebunden, damals. Sehr empfindlich, zart wie meine geliebte Marie. Er hielt nicht lang. Aber er war bezaubernd."

Eigentlich hatte Justine nicht vorgehabt, mitten in der Nacht mit einem Schriftsteller über Trauerkränze zu philosophieren, während er dabei war, das Grab seiner geliebten Frau auszuheben. Sie wollte ihre Ruhe haben, aber das war inzwischen nicht mal mehr auf dem Friedhof möglich. Es kam ihr vor, als würde hier seit dem Unfall ihres Vaters Hochbetrieb herrschen.

Sie würde diesem Schriftsteller und seinem bodenlosen Verhalten Grenzen setzen müssen, so viel war klar.

„Ich habe nichts gegen Sie, aber ich werde die Polizei rufen müssen, wenn Sie keine vernünftige Erklärung für Ihr merkwürdiges Verhalten haben.“

„Ich bin pleite", konterte er verzweifelt.

„Wie meinen Sie das?“ Justine war wieder einmal, wie so oft in den letzten Tagen, verwirrt.

„Pleite. Bankrott.“

„Und deshalb buddeln Sie das Grab Ihrer Frau auf?“

„Ganz genau.“

„Ich verstehe nicht.“

„Kennen Sie den Journalisten aus der Siedlung, Walter Brown?“

„Ja sicher. Er schreibt die Artikel auf den Regionalseiten dieses Anzeigenblattes, das immer kostenfrei im Briefkasten liegt und hat auch schon das ein oder andere über den Klatsch und Tratsch in Gravebury Village, insbesondere in unserer Siedlung, geschrieben. Hier bei uns scheint ja noch am meisten los zu sein.“

„Genau diesen Walter meine ich. Er hatte mich zu einer Figur in meinem Roman inspiriert. Nicht gerade zu einem Sympathieträger, wie ich zugeben muss.“

„Etwas seltsam ist er schon, das muss ich zugeben. Ich glaube, er bräuchte mehr Tageslicht", sinnierte Justine, die ihn und sein aschfahles Antlitz in frischer Erinnerung hatte.

„Im Laufe meiner Geschichte hatte er sich unter meiner Feder zu einem regelrechten Bösewicht entwickelt", fuhr Johannes fort.

„Ich weiß, meine Mutter hat mir kürzlich von dieser Geschichte erzählt. Walter hat gegen Sie und den Verlag geklagt, nicht wahr?"

„So ist es. Ich fiel in eine schwere Depression, hatte einen Klinikaufenthalt und war monatelang völlig neben der Spur. Danach lief mein Leben aus dem Ruder. Ich habe sowohl menschlich als auch als Autor kein Bein mehr auf den Boden bekommen."

„Das tut mir wirklich sehr leid für Sie. Aber warum vertrauen Sie mir derart persönliche Details über Ihr Leben an? Wir kennen uns doch kaum. Und was hat das Ganze mit dem Grab Ihrer Frau zu tun? Je mehr Sie mir erzählen, desto weniger verstehe ich, was Sie da treiben. Sind Sie sich eigentlich dessen bewusst, dass es eine Bezeichnung dafür gibt? Störung der Totenruhe. Paragraf 168. Und das ist keine Bagatelle."

„Es tut mir unendlich leid, bitte lassen Sie mich erklären. Ich erzähle Ihnen meine persönliche Geschichte nicht aus unangemessener Vertrauensseligkeit, sondern damit Sie Verständnis für meine Situation und mein Handeln entwickeln. Außerdem wissen inzwischen die meisten in der Siedlung über mein Leben Bescheid, manche bis ins kleinste Detail. Sie haben sich eine Zeit lang die Mäuler über mich zerrissen."

Wotan wurde langsam unruhig. Seit geraumer Zeit musste er nun schon auf Justines Arm ausharren und er machte deutlich, dass er nach Hause wollte und sich zu bewegen wünschte. Zappelnd gelang es ihm, aus den Armen Justines zu gleiten und vehement an seiner Leine zu zerren.

Der Schriftsteller, der Wotan bis dahin nicht wahrgenommen hatte, erschrak beinahe zu Tode.

„Um Gottes willen, eine riesenhafte Albinoratte", rief er aus. „Ist die von Ihnen? Auf diese Weise können Sie mich tatsächlich in die Grube bringen."

„Mit Tieren scheinen Sie sich ja nicht besonders gut auszukennen", konterte Justine und zog Wotan schützend zu sich heran. „Dieses liebenswerte Geschöpf ist ein Frettchen. Er heißt Wotan, falls Sie ihn gebührend begrüßen möchten. Aber bitte verstricken Sie ihn nicht in einen Smalltalk, kommen Sie endlich zur Sache: Wie wollen Sie das hier rechtfertigen?" Justine wies auf das Grab der Gattin.

„Also gut. Ich hoffe, es bleibt unter uns."

„Das kann ich nicht garantieren", entgegnete Justine streng.

„Wie auch immer, ich habe ja nicht mehr viel zu verlieren. Folgendermaßen: Ich hatte meiner Frau alles, wirklich alles, was etwas wert war, mit ins Grab gelegt. Ihren Goldschmuck. Die Designerschuhe. Silbermünzen. Edelsteine. Ich habe Marie festliche Kleider tragen lassen. Ich wollte, dass sie aussieht, wie eine Königin und würdevoll zu Grabe getragen wird. Aber jetzt brauche ich das, was ich ihr gegeben habe, zurück. Ich habe nicht einmal mehr als das Geld für die monatliche Abzahlung des Hauses. Ich werde es verkaufen müssen. Sie ist ja von einem Tag auf den anderen gestorben. Wir hatten keine Versicherungen abgeschlossen. Nichts war geregelt, schon gar nicht zu meinen Gunsten. Sie war so jung und ist niemals ernsthaft krank gewesen. Und dann: Herzversagen. Es war allen ein Rätsel. Ihr Leichnam wurde sogar auf Fremdeinwirkung untersucht. ICD-10-GM-und Jahreszahl ... R96.0, plötzlich eingetretener Tod.“

„Was bedeutet dieser Code?“, fragte Justine erstaunt.

„Mit dem ICD-Code werden medizinische Diagnosen weltweit einheitlich benannt. Er steht für *International Classsification of Diseases.*“

„Interessant. Und erstaunlich, dass Sie ihn sich so genau merken konnten", wunderte sich Justine.

„Es lag am Schock, denke ich. Mein Gedächtnis hat alles, was in diesen Tagen geschah, genauestens gespeichert. Es war schrecklich. Mit einem solchen Schicksalsschlag hätte ich niemals gerechnet.“

„Niemand rechnet mit so etwas“, erwiderte Justine.

„Wenn Sie mich anzeigen, ist es aus mit mir. Eine Haftstrafe würde ich nicht verkraften.“

„Sie haben sich doch vermutlich noch nie etwas Erwähnenswertes zuschulden kommen lassen, oder? Selbst wenn Sie den Sarg tatsächlich aus den genannten Gründen widerrechtlich öffnen und plündern würden, würden Sie zwar zur Rechenschaft gezogen, aber höchstwahrscheinlich mit einer Geldstrafe davonkommen. Das nehme ich jedenfalls an.“

„Auch eine Geldstrafe kann ich natürlich nicht gebrauchen, wie Sie sich denken können. Ich schreibe zurzeit an einem neuen Roman. Deadline ist in drei Wochen. Ich arbeite Tag und Nacht. Würde ich für meine Tätigkeit anständig bezahlt, wie andere Menschen in anderen Berufen auch, und sei es mit dem Durchschnittsstundenlohn einer Reinigungskraft, wäre ich inzwischen ein reicher Mann. Aber so ...“

„Es hat Sie ja niemand gezwungen, sich für diesem Beruf zu entscheiden. Sie hätten auch Reinigungskraft werden können.“

„Ich danke Ihnen für diesen Hinweis.“ Johannes konnte sich nicht entscheiden, ob er pikiert oder amüsiert auf den nüchternen Kommentar der Friedhofsgärtnerin reagieren sollte, die in seinen Augen eine interessante, wenn auch herausfordernde Gesprächspartnerin war.

„Vielleicht werden Sie ja mit den Anteilen an den Verkäufen einigermaßen zurechtkommen. Sie sind doch ein bekannter Autor.“

„Ich war einer. Die Zeiten sind vorbei. Der Vorteil einer Inhaftierung wäre natürlich, dass die Mahlzeiten auf Kosten des Staates gingen. Eine Geldstrafe wäre das Allerletzte, was ich jetzt gebrauchen könnte. Verstehen Sie doch endlich, ich bin pleite!“

„Nein, ich verstehe Sie nicht", erwiderte Justine ein wenig ratlos und inzwischen auch ungeduldig. „Sie könnten sich Geld leihen, einen Brotjob ausüben, den Staat belangen, Stipendien beantragen ...“

„Sie wissen ja nicht, was ich schon alles unternommen habe, bevor ich diese letzte Möglichkeit überhaupt in Betracht gezogen habe", bemerkte Johannes leicht gereizt.

Justine dachte nach. Was sollte sie unternehmen? Immerhin hatte auch sie eine Person in ihrer Familie, die sich nicht ganz vorschriftsmäßig auf dem Friedhof betätigte. Justine war froh, dass die Nachbarn dies duldeten und so gut wie möglich versuchten, das seltsame Verhalten ihrer Grandma zu ignorieren. Und nun stand dieser Schriftsteller am offenen Grab seiner verstorbenen Frau und beichtete Justine seine Misere. Was für eine Nacht.

„Gut, ich habe Sie nicht gesehen", entschied Justine kurz entschlossen. „Dann werde ich jetzt nach Hause gehen. Und unsere Begegnung hat nie stattgefunden."

Justine schickte sich an, Wotan, der sie seit geraumer Zeit nervös umkreiste, zwecks zügiger Heimkehr wieder auf den Arm zu nehmen und den Friedhof zu verlassen, doch Johannes hielt sie zurück.

„Bitte bleiben Sie."

Justine wandte sich erstaunt um, während Wotan, den sie nun doch wieder zu Boden gelassen hatte, die Länge seiner Leine nutzte und neugierig den Sargdeckel beschnüffelte.

„Wieso sollte ich?", fragte sie verblüfft.

„Ich weiß, wir kennen uns kaum, aber ihre Anwesenheit tut mir gut. Während wir uns austauschen, vergesse ich für Augenblicke, wie schrecklich dies alles hier ist."

„Ich weiß gar nicht, ob ich Sie vergessen lassen möchte, wie schlimm es ist", erwiderte Justine.

Johannes hob das Loch weiter aus. „Wer weiß, wie lange der Mond noch günstig steht."

„Meiner Meinung nach sollten Sie weiter vorne graben, das wäre effektiver. Von dort aus gelangen Sie schneller an den Griff. Ich kenne dieses Sargmodell", konnte Justine sich nicht verkneifen zu bemerken.

„Ich bin Ihnen wirklich sehr dankbar. Sie sind eine große Hilfe für mich, zumal Sie vom Fach sind."

„Ich bin normalerweise nur für die Graboberflächengestaltung und den Grabschmuck zuständig", bemerkte Justine so sachlich wie möglich.

„Um Schmuck handelt es sich in diesem Fall ja auch", lächelte Johannes verlegen, während er mit beiden Händen die Erde von dem nun schon fast freigelegten Sargdeckel entfernte.

„Sobald mein nächstes Werk erscheint, werde ich Ihnen ein Exemplar mit Widmung und Danksagung zukommen lassen. Nicht nur Ihnen. Auch ihrer Mutter natürlich. Ich schätze sie sehr."

„Ja? Ich wusste gar nicht, dass Sie sie überhaupt kennen. Also: besser kennen."

„Nun ja, das kann man nicht sagen. Aber die wenigen kurzen Begegnungen waren sehr beeindruckend für mich. Sie ist eine besonders offene und herzliche Person."

„Ja, das sagen alle", bestätigte Justine, langsam schon genervt vom Personenkult, der um ihre Mutter betrieben wurde.

„Ich habe gehört, Ihr Vater hatte einen tragischen Unfall?"

„Ach, Sie wissen davon?", wunderte sich Justine.

„Ja, das ist richtig. Entschuldigen Sie, ich wollte nicht indiskret sein, aber auch das hat sich natürlich wie ein Lauffeuer herumgesprochen, Sie wissen ja, wie das hier ist. Wenn ich Ihrer Mutter und Ihnen eine Freude machen oder Ihnen einen Gefallen tun kann, lassen Sie es mich bitte wissen. Es wäre mir eine Ehre. Lesen Sie gern?"

„Es kommt darauf an, was. Woran schreiben Sie denn zurzeit?", fragte Justine. Johannes tastete sich am Rand des Sarges entlang, bis er den Griff gefunden hatte.

„An einem Roman, der in der Reihe „Dämonenkiller" erscheinen soll. Der Titel steht auch schon fest: *„Fürst der Finsternis im Palais der toten Seelen."*

„Oh, das klingt anders, als ich erwartet hätte. Und ganz und gar nicht nach dem, was ich bisher von Ihnen gelesen habe. Damit zeigen Sie den Lesern offensichtlich eine Seite Ihres Könnens, die Sie bislang noch nicht aufs Papier gebracht hatten", vermutete Justine.

„Ehrlich gesagt möchte ich vor allem überleben. Ich hoffe auf weitere Aufträge. Wenn meine „Toten Seelen" gefallen, gäbe es da gute Chancen."

„Sind Groschenromane nicht unter Ihrem Niveau?"

„Sie haben keine Vorstellung davon, wie anspruchsvoll diese Auftragsarbeiten sind. Sie heißen ja nicht Groschenromane, weil sie ein niedriges Niveau haben, sondern weil sie wenig kosten. Was glauben Sie, warum so viele von ihnen produziert werden? Weil die Leute sie lesen wollen! Für manche Autoren und Autorinnen sind und waren sie ein ideales Sprungbrett in die seriösen Verlage, ob sie es glauben oder nicht. Man muss sein Handwerk schon sehr gut beherrschen, um solche Literatur schreiben und vor allem, seine Leser zufriedenstellen zu können."

Mit ganzer Kraft hob Johannes den Deckel des Sarges hoch. Ein Geruch wie von Lilien und altem Käse schlug ihm entgegen. Wotan hatte sich losgerissen, machte Männchen, blickte über den Rand des Sarges und schnüffelte neugierig an einem dunkelroten Samttuch, unter welchem sich der Leichnam der Ehefrau des Schriftstellers befinden musste. In dem Augenblick, als Johannes die Schätze begutachten wollte, die er vor Monaten liebevoll auf dem kostbaren Stoff drapiert hatte, schob sich eine Wolke vor den Mond, die eine überraschende Finsternis über den Sarg legte. Aus dessen Untiefen drang plötzlich ein bösartiges Zischen an die Oberfläche. Johannes, dem Horrorgeschichten in der Theorie nicht fremd waren, hatte eine Heidenangst. Was mochte unter dem Tuch vor sich gehen? Bekundete der Geist seiner verstorbenen Frau seinen Unmut über die Öffnung seiner Ruhestätte? Erklang dort unten die aufgebrachte Stimme eines Dämons, der ihn angreifen wollte?

Gerade erwog der Schriftsteller das Weite zu suchen, als die Wolke weiterzog und den Mond wieder freigab. Dessen Licht fiel auf den geöffneten Sarg und auf Wotan, der inmitten glitzernder Schätze auf dem roten Tuch thronte. Er hatte den Moment der Dunkelheit effektiv genutzt. Begeistert war er in die Kiste gesprungen und hatte die Münzen, Ketten, Ringe, Broschen und Uhren, die der Schriftsteller sorgfältig auf dem Samt drapiert hatte, durcheinandergewirbelt. Gerade war das abenteuerlustige Frettchen durch einen breiten, silbernen Armreif geschlüpft, als vollführe es ein Zirkuskunststück. Johannes versuchte, die kostbaren Gegenstände vor der räuberischen kleinen Kreatur in Sicherheit zu bringen. Wotan hatte inzwischen einen glitzernden Beutel in Beschlag genommen, den er ganz offensichtlich nie wieder loszulassen gedachte.

Als Johannes nach dem Behältnis greifen wollte, um den kostbaren Inhalt an sich zu nehmen, stellte Wotan sich vor ihm auf und zischte furchterregend. Er sah aus wie eine weiße Plüschschlange kurz vor dem Zubeißen.

Justine wusste, dass sein Zischen, je nach Stärkegrad, als eine Mischung aus Spiel und Warnung zu verstehen war.

Der verunsicherte Johannes, der keine Ahnung von Frettchen hatte, versuchte, das kleine Raubtier zu ignorieren und an ihm vorbei nach seinen Schätzen zu greifen. Wenn die Stärke seiner Zischgeräusche den Grad seiner Unzufriedenheit demonstrierte, dann hatte die Missstimmung des Frettchens nun die höchste Stufe erreicht und alles Spielerische verloren. Johannes schaute sich hilfesuchend nach Justine um.

„Könnten Sie ihn wohl von dort weglocken? Ich habe einen Heidenrespekt vor dem kleinen Vieh. Vielleicht liegt es auch am Namen. Ist Wotan nicht eine Gottheit?

„Er ist der Gott der Toten, der Magie und der geistigen Inspiration, ihr Respekt ist also absolut gerechtfertigt", grinste Justine.

„Er macht seinem Namen alle Ehre“, erwiderte Johannes entgeistert.

„Das stimmt. Er steckt uns alle in die Tasche mit seinem starken Willen und seinem unfehlbaren Instinkt. Ihn zu überlisten ist schwierig. Aber er lässt mit sich reden. Man kann mit ihm verhandeln. Sehen Sie ...“

Justine hielt dem aufgebrachten Frettchen den intensiv glitzernden Armreif hin, den Wotan sofort ergriff, wodurch er den Beutel unwillkürlich freigab. Der Schriftsteller griff danach, sammelte hastig seine

Schätze ein und verstaute sie in seinem Rucksack, bevor es sich der kleine Kerl anders überlegen und wieder zugreifen würde. Wotan hielt den Reif zwischen den Zähnen, blickte enttäuscht auf die nun leere Samtfläche und verließ den Sarg mit einem eleganten Sprung.

Johannes zog eine rote Rose aus der Tasche. Er legte sie andächtig auf den Stoff, verabschiedete sich mit einem wehmütigen Blick von den Überresten seiner Gattin, schloss den Sargdeckel und setzte sich erschöpft auf dessen Rand. Justine, die vor Müdigkeit kaum noch stehen konnte, nahm, dankbar für eine Sitzgelegenheit, neben ihm Platz. Nach einem Moment des verlegenen Schweigens erwähnte Justine zu ihrer eigenen Überraschung:

„Ich schreibe auch, aber nur für mich." Sie wusste nicht, warum sie ihm dies erzählte. Vielleicht, weil sie gerade über Groschenromane und die Widrigkeiten eines Schriftstellerlebens nachdachte. Damlas Mann war Pfleger in der Psychiatrie. Die unverbesserliche Klatschbase hatte Justine einmal erzählt, dass es dort auffällig viele Künstler gäbe, die mit psychischen Problemen zu kämpfen hätten. Ihr Bernhard käme nicht selten mit Büchern, CDs oder Programmheften von Autoren, Musikern oder Schauspielern nach Hause, auch bekannte Gesichter seien darunter. Wobei Justine den Wahrheitsgehalt ihrer sogenannten Fakten nie genau einzuschätzen wusste.

„Das ist gut", unterbrach Johannes ihre Gedanken. „Es muss auch Menschen geben, die nicht den Drang haben, ihr Geschriebenes zu veröffentlichen. Sonst gäbe es bald keine Leser mehr. Die Leute stellen sich das

Schriftstellerleben so romantisch vor. Ist es aber nicht. Manchmal macht es Freude, ja. Es kann sinnstiftend sein und zu einem Gefühl tiefer Zufriedenheit beitragen, wenn man Glück hat. Es kann andere Menschen berühren, ihnen etwas geben. Aber in gewisser Weise muss man schon ein bisschen wahnsinnig sein, wenn man sich mit Haut und Haar und in aller Konsequenz auf eine solche Hauptbeschäftigung einlässt. Schreiben ist harte Arbeit. Ein langsames, manchmal zähes und mühsames voranschreiten von Wort zu Wort, unterbrochen von glücklichen Phasen, in denen einem alles zuzufliegen scheint. Man braucht die richtige Technik. Manchmal kommt Druck hinzu. Abgabetermine müssen eingehalten werden. Und alles in allem ist es, wie sie an meinem unrühmlichen Beispiel ersehen können, kein Garant fürs materielle Überleben. Spätestens, wenn einem die ersten Hürden begegnen, Absagen und schlechte Kritiken ins Haus flattern und man die Rechnungen nicht mehr bezahlen kann, Nebenjobs annehmen muss, die weit unter Niveau liegen ... Warum erzähle ich das? Besser, wir sprechen von Ihnen: Was schreiben Sie denn so?"

„Trauerreden."

„Trauerreden?"

„Ja, Trauerreden. Manchmal stelle ich mir meine eigene Beerdigung vor und denke darüber nach, was ich aktuell in der Grabrede über mein Leben erzählen würde. Und auch, was die Hinterbliebenen über mich zu sagen hätten. Ich überlege auch, was ich idealerweise gerne über mich hören würde am Ende meines Lebens. Das stimmt nicht immer überein mit der Realität. Aber es sagt etwas darüber aus, was ich noch erreichen und wohin ich mich entwickeln möchte. Es ist eine Art therapeutisches Schreiben, um sich besser kennenzulernen und herauszufinden, was für einen selbst wichtig und was unwichtig ist. Das hat natürlich weniger mit Schriftstellerei zu tun als mit Selbsterfahrung. Ich führe ein Tagebuch mit solchen Reden."

Johannes warf ihr einen aufmerksamen Blick zu. „Das klingt interessant. Wenn wir schon derart ins Detail gehen: Darf ich fragen, was Sie nachts auf den Friedhof treibt?"

„Manchmal die Schlaflosigkeit. Außerdem bin ich ja hier so gut wie zu Hause." Justine sparte die Eskapaden ihrer Grandma aus. „Die Vorstellung, dass all das Leben hier auf der Erde irgendwann ein Ende hat, entspannt mich. Dies ist auch einer der Gründe, warum ich mich besonders wohl auf dem Friedhof fühle. Die Gegenwart der Toten ist beruhigend. Obwohl es zurzeit selbst hier wie auf dem Rummelplatz zugeht."

Wotan gab plötzlich Zischlaute von sich, grummelte und buddelte ekstatisch in der frisch aufgeworfenen Erde, als wolle er demonstrativ bestätigen, dass es sich auch für ihn eher um einen Rummel- oder Abenteuerspielplatz handelte als um einen Friedhof. Andererseits beförderte er die Erde zurück in das Grab der Schriftstellerfrau, als wolle er auf diese Weise kundtun, was nun eigentlich in Ordnung zu bringen gewesen wäre. Zum Leidwesen von Johannes schleuderte Wotan ihm die Erde mit erstaunlicher Treffsicherheit direkt ins Gesicht.

Während der entnervte Schriftsteller sich den feuchten Dreck von der Stirn wischte, bemerkte er zu

Justine gewandt: „Entschuldigen Sie, ich werde demnächst Rücksicht auf Ihr Ruhebedürfnis in dieser anheimelnden Umgebung nehmen. Freiwillig wird es mich nicht mehr hierherziehen. Und wenn ich mir die Bemerkung erlauben darf: Ganz normal finde ich es ehrlich gesagt nicht, dass eine junge Frau wie Sie sich am wohlsten auf dem Friedhof fühlt und Trauerreden für sich selbst schreibt. Sie sollten über Hochzeitsreden nachdenken, über das Kinderkriegen und Ihre Zukunft. Aber nicht über Ihr eigenes Begräbnis!"

„Und wenn es mir nun einmal Freude bereitet?", entgegnete Justine, die sich bei dem Anblick des mit Schmutz beworfenen Intellektuellen ein leichtes Lächeln nicht verkneifen konnte.

„Was bereitet Ihnen denn daran Freude?", wollte Johannes wissen.

„Wer nichts zu verlieren hat, hat auch keine Angst. Wenn ich nicht einmal mehr Angst davor habe, mein Leben zu verlieren, fühle ich mich frei."

„Das verstehe ich", erwiderte Johannes. „Ich gebe zu, ich leide unter starken Verlustängsten. Ich habe schlechte Erfahrungen gemacht. Auch mir würde es zugegebenermaßen helfen, mich ab und zu im Loslassen zu üben."

„Wieso? Ich hatte gedacht, ihre Frau und Sie wären ein Herz und eine Seele gewesen", wunderte sich Justine.

„Sie war meine große Liebe", antwortete Johannes mit todtraurigem Seitenblick auf seine hölzerne Sitzgelegenheit. Aber ich war nicht ihre erste Wahl. Sie hatte einen Liebhaber."

„Einen Liebhaber?"

„Ich lebte in ständiger Verzweiflung und Traurigkeit mit ihr, aber ohne sie wäre ich erst recht zugrunde gegangen."

„Sie hatte einen Liebhaber?" Justine kam aus dem Staunen nicht heraus. „Kenne ich ihn?"

„Darüber möchte ich nicht sprechen. Die wichtigsten Dinge kommen mir am schwersten über die Lippen. Wörter können nicht alles begreiflich machen.

„Ihr seid seltsame Wesen, ihr Schriftsteller", bemerkte Justine amüsiert. „Euer Hauptarbeitsmaterial sind die Worte, und ihr beschwert euch über deren Begrenztheit. Warum seid ihr dann nicht Musiker oder Meditationslehrer?"

Justine wunderte sich über sich selbst. Mit welchem Eifer und welchem Interesse sie plötzlich bei der Sache war, wenn es darum ging, menschliche Beweggründe zu verstehen. Sie erkannte sich kaum wieder.

„Weil ich schreiben kann. Und weil Wörter am besten umschreiben können, was ich auf andere Weise gar nicht ausdrücken könnte. Es sind immer Worte in mir", antwortete Johannes.

„Waren Sie nicht wütend auf Ihre Frau?"

„Doch, vermutlich schon. Aber ich habe mir keine Wut gestattet. Aus Angst, dass sie schreckliche Auswirkungen haben könnte. Wahrscheinlich hätte ich in meiner Wut alles zerstört, was noch an Gutem übrig geblieben war."

„Das Gefühl kenne ich." Justine dachte an Thomas Cosy. TomTom. Auch über ihre Wut hatte sie mit ihm gesprochen. Über passiv-aggressives Verhalten. Sie vernahm seine Stimme in ihrem Inneren, die ihr zuflüsterte: „Ms. Blackwood, so kommen Sie nicht weiter."

Jetzt hörte sie ihren Therapeuten schon als ihre innere Stimme. Das ging eindeutig zu weit. Es lag sicherlich daran, dass er ihr alle paar Minuten Nachrichten auf ihr Handy schickte. Schon wieder leuchtete das vibrierende Gerät auf und warf in der Dunkelheit blaue Schlaglichter auf das verschmutzte Gesicht des Schriftstellers. Wotan hatte sich in der Mulde eines Erdhaufens zusammengerollt und war offensichtlich eingeschlafen. Die Nachrichten von TomTom hatte Justine noch nicht gelesen. Stattdessen dachte sie über die Worte ihres Sitznachbarn nach. Auch Justine hatte einen enormen Respekt vor ihrem eigenen Zorn.

„Vielleicht hätte ein deftiger Wutanfall über die Affäre Ihrer Frau nicht Sie selbst, sondern lediglich die unerträgliche Situation zerstört, was für Ihr Seelenheil sicher nicht schlecht gewesen wäre", mutmaßte sie.

„Das ist hart, aber es könnte sein, dass Sie recht haben, Ms. Blackwood."

„Justine."

„Gern, Justine. Johannes, aber das wissen Sie ja. Johannes Handerson. Meine Heftromane schreibe ich unter Pseudonym."

Sie mochte es, wie er ihren Namen aussprach. Es lag eine gewisse Intimität in dieser Situation.

Johannes dachte weiter laut nach: „Vor dem besagten Roman habe ich ständig Komödien schreiben müssen. Auftragsarbeiten, mit denen ich mich recht gut über Wasser gehalten habe. Die Jagd nach Wortwitz und Situationskomik hat mich nicht selten entnervt.

Vielleicht hätte es mich fröhlicher gemacht, damals auch Trauerreden zu schreiben."

„Das ist schon möglich, bestätigte Justine. „Melancholie kann etwas Beruhigendes, Tröstliches haben. Für mich ist jeder Sonntag ein Totensonntag."

„Das sieht man ihrer Kleidung an. Tragen Sie immer schwarz?"

„Ja."

Justine blickte nachdenklich auf das aufgewühlte Grab der verstorbenen Schriftstellergattin.

„Meine Stimmungen schwanken alle zwei Stunden, da trage ich doch lieber gleich die Farbe, die immer darunterliegt. Schwarz."

„Verzeihen Sie, aber ihre Angewohnheiten und Aktivitäten scheinen mir auch ein wenig eigenwillig zu sein", bemerkte Johannes.

„Ich buddele immerhin keine Gräber aus."

Plötzlich wurde Justine bewusst, dass sie genau dies soeben in ihrer Gegenwart gebilligt hatte. Ein ihr nahezu unbekannter, verzweifelter Schriftsteller hatte mitten in der Nacht einen Totenschrein ausgehoben und geplündert. Und nun saß sie mit ihm gemeinsam auf dem Sarg seiner verstorbenen Frau, als würde es sich um eine Parkbank handeln und sprach mit ihm über Liebesbeziehungen, psychische Krankheiten und die Schriftstellerei.

„Entschuldigen Sie, Justine", riss Johannes sie aus ihren Gedanken, „aber Ihr Handy gibt die ganze Zeit Signale von sich. Vielleicht etwas Dringendes?"

Justine schaute nach. TomTom hatte ihr unzählige Nachrichten geschickt.

Justine, ich kann Ihr Schweigen nicht deuten. Liegt es an meinem Angebot?

Ich hatte nicht im Sinn, Sie zu überrollen. Sollte es so gewesen sein, biete ich Ihnen offiziell eine Notsitzung an. Wir könnten noch einmal darüber sprechen. Es wäre natürlich jederzeit möglich, die Therapie weiterzuführen, wenn Sie sich dafür entscheiden würden. Alles könnte bleiben, wie es war.

Ich erbitte eine kurze Zwischenmeldung ihrerseits! a.: Zu Ihrer momentanen Befindlichkeit und b.: Zu meinem Angebot.

Eine halbe Stunde später:

Sollten Sie sich innerhalb der nächsten drei Stunden nicht bei mir gemeldet haben, habe ich Anlass zur Sorge und werde versuchen, Sie über ihre Familie zu erreichen.

Sehr spät:

Entschuldigen Sie, ich bemerke erst jetzt die fortgeschrittene Uhrzeit. Sicher schlafen Sie längst. Hoffentlich ist alles in Ordnung. Ich fühle mich mitverantwortlich für einen eventuellen Zustand der Verwirrung, den mein Angebot bei Ihnen hervorgerufen haben könnte.

Tomtom schien neben der Spur zu sein. Völlig desorientiert. Das war schlecht für eine Person, die es sich zur Aufgabe gemacht hatte, Menschen durch ihr durcheinandergeratenes Leben zu navigieren.

Justine entschied sich, ihre Vorbehalte fallen zu lassen und mit Johannes über die Angelegenheit zu sprechen.

„Gut, ich sage Ihnen, worüber ich nachdenke: Mein Therapeut schreibt mir ständig Nachrichten."

„Private Nachrichten? Das wäre eher ungewöhnlich."

„Genau darum geht es. Er hatte mir in unserer letzten Sitzung angeboten, mich bei den Nachforschungen zum Unfallhergang meines Dads zu unterstützen, statt mich zu therapieren. Er ist überzeugt davon, dass ich recht habe mit meiner Theorie, dass jemand ihn in voller Absicht von der Natursteintreppe gestoßen haben könnte."

„Oh. Danke für Ihr Vertrauen. Ein ungewöhnliches Angebot. Das ist allerdings ein Grund zum Nachdenken. Und? Werden Sie mit ihrem Therapeuten zusammenarbeiten?"

„Ich weiß es nicht. Der Sturz meines Dads ist mir nach wie vor ein Rätsel. Es hätte jeder und keiner sein können."

„Wenn ich Ihnen meine Meinung sagen darf?", tastete sich Johannes vorsichtig vor. „Ich würde das Angebot annehmen."

„Warum kommen Sie so schnell zu diesem Schluss?", wunderte sich Justine.

„Weil man sich in einer solchen Situation nicht scheuen sollte, Hilfe anzunehmen. Wer weiß, welche Chancen sich daraus ergeben, mit denen Sie nie gerechnet hätten."

„Danke für Ihre Meinung", erwiderte Justine. „Jetzt würde ich gern nach Hause gehen. Ich bin müde. Es wäre sehr freundlich von Ihnen, wenn Sie ihr sehr spezielles Werk noch ohne Wotans und meine Gesellschaft vollenden würden."

Dies sagte sie mit Blick auf die frische Graberde, die das emsige Frettchen in alle Himmelsrichtungen verteilt hatte.

„Ja, Sie haben recht." Johannes schaute Justine länger als nötig an. „Wären Sie drei Minuten später gekommen, wären wir uns wahrscheinlich nicht begegnet. Was sehr schade gewesen wäre."

„Danke für die Blumen", erwiderte Justine in nüchternem Ton, unter dem sie versuchte, ihre Verlegenheit zu kaschieren.

Sie musste zugeben, dass sie Johannes interessant fand. Er war ein schlaksiger, etwas ungelenker Mann, der auch mit achtzig vermutlich noch aussehen würde wie ein zu lang geratener Junge. Seine Augen leuchteten bläulich im Schein der Laterne.

Der Schriftsteller lächelte. „Sie sind eine außergewöhnliche Person, Justine. Wie ihre Mutter."

Wie er diesen letzten Satz ausgesprochen hatte. *Wie Ihre Mutter.* Justine hätte nicht einmal genau benennen können, warum ihr diese schwärmerische Äußerung so unter die Haut ging. *Wie Ihre Mutter ...* Jedenfalls klang es geradezu andächtig. Er hatte wohl geglaubt, dass es ein Kompliment für Justine sein musste, wenn er sie mit ihrer Mutter verglich. Da hatte er sich jedoch geirrt. Justine wollte nichts weiter als wie Justine sein.

„Sicher nicht wie meine Mutter", erwiderte sie dementsprechend schroff und ernüchtert. Sie hatte genug von dem Lobgesang, den vor allem die Männer auf ihre Mutter hielten, so wie die meisten Frauen auf ihren Vater.

Justine fragte sich, ob, ganz im hintersten Winkel, ein wenig Eifersucht dahintersteckte, wenn sie derart ruppig auf solcherlei Vergleiche reagierte. Nein, sie hätte niemals so sein wollen wie ihre Mutter. Sie war sehr einverstanden mit sich selbst. Und mit ihrer Lebensweise. Dennoch bohrte etwas in ihr wie ein giftiger Stachel.

Johannes hatte vermutlich recht. Wieder einmal fragte sie sich, ob es normal war, dass sie sich auf dem Friedhof zu Hause fühlte, keine Männergeschichten hatte, keine Kinder wollte und Grabreden in eigener Sache schrieb. Und war es in Ordnung, dass ihre Mutter, die ja beinahe schon eine Antiquität war, sprich, langsam auf das Renteneintrittsalter zusteuerte, nach wie vor immerzu von Verehrern umringt war? Und sich benahm wie ein quirliger Teenager, wobei sie nicht einmal peinlich wirkte, während Justine sich auf der Schattenseite des Lebens herumschlug?

Wotan war inzwischen wieder aufgewacht. Er fuhr mit unverminderter Begeisterung damit fort, sein Unwesen im Radius der Möglichkeiten, die ihm seine lange Leine bot, zu treiben und mit allem zu spielen, was nicht niet- und nagelfest war. Ab und zu hielt er inne und blickte Justine verschmitzt aus seinen unschuldigen Knopfaugen an, die einen reizvollen Kontrast zu seinem raubtierartigen Verhalten bildeten.

Plötzlich war es Justine, als würde sie aus einem leichten Dämmerschlaf erwachen, und ihr wurde endgültig bewusst, welch einer Ungeheuerlichkeit sie gerade beigewohnt hatte. Sie betrachtete Johannes aus den Augenwinkeln. Wer wusste schon, wer er selbst, geschweige denn sein jeweiliges Gegenüber, wirklich war? Der plötzliche Herztod von Johannes´ zuvor vollkommen gesunder Frau war kein alltägliches Ereignis gewesen. Und wieso hatte er sich diesen Code gemerkt? Andererseits: Was ging sie das überhaupt an? Sie war wieder einmal kurz davor, ihr eigentliches Ziel aus den Augen zu verlieren. Der Sturz ihres Dads war aufzuklären und nicht der plötzliche Tod einer Schriftstellerfrau. Vielleicht hing beides aber auch miteinander zusammen? Ihr Dad konnte durchaus der Liebhaber der Verstorbenen gewesen sein. Was wusste Justine schon über ihn?

Justine überwand sich, Johannes erneut zu fragen: „Wissen Sie etwas über den Verehrer Ihrer Frau?"

Noch ein wenig unwirscher als zuvor antwortete der sonst so charmante Schriftsteller: „Wie gesagt, ich möchte darüber nicht sprechen." „Warum nicht? Vielleicht könnten Sie mir mit einer ehrlichen Antwort helfen", insistierte Justine.

„Was ich zu sagen hätte, würde niemandem helfen." Mit heftiger Wucht und zornigem Blick stieß Johannes die Schaufel in die Erde.

Plötzlich bekam Justine Angst vor ihm, der sich wild schaufelnd und leichenblass im Zwielicht bewegte wie ein derwischartiger Waldgeist. Voller Panik packte sie Wotan und verließ fluchtartig den nächtlichen Friedhof, um diesem Menschen, der sie so in seine

Misere verstrickt hatte, noch vor dem Morgengrauen
zu entkommen.

Kapitel 26

Als Justine den Friedhof hinter sich gelassen hatte und mit ruhigerem Gang wieder zu geordneteren Gedanken fand, fasste sie den klaren Entschluss, es mit TomTom als Undercoveragenten zu versuchen. Ihr war bewusst geworden, dass sie Hilfe brauchen würde, um mit all ihren Eindrücken zurechtzukommen. Und wer wäre fachlich besser geeignet als TomTom?

Er schien zurzeit selbst ein wenig durcheinander zu sein, doch sie hoffte, dass seine Navigationsleistungen sich wieder stabilisieren würden. Johannes hatte recht: Überraschende Wendungen im Leben waren es wert, auf ihre Möglichkeiten geprüft zu werden, auch wenn sie in den seltensten Fällen den eigenen Erwartungen und Vorhaben entsprachen. Die Begegnung mit dem Schriftsteller klang noch in ihr nach. Sie erwischte sich dabei, dass sich der Gedanke, Johannes könnte ihren Vater von der Treppe gestoßen haben, bei ihr verfestigte. Er war ein seltsamer Kauz. Intelligent, leidenschaftlich, aber auch verschroben und in mancher Hinsicht scheinbar ohne Skrupel. Wer seiner toten Frau nachts die Juwelen aus dem Sarg stahl, der war mit Sicherheit auch in der Lage, jemanden grob von sich zu stoßen, sei es im Affekt, zum Beispiel aus einem Impuls der Wut heraus, oder in voller Absicht. Der Sturz hätte auch glimpflicher ausgehen können. Schlimm, dass er bei Dad zu einem lebensbedrohlichen Zustand geführt hatte.

Justine hatte inzwischen das dringende Bedürfnis, mit TomTom zusammenzuarbeiten. Er war, neben ihrem Vater, der einzige Mann, dem sie einigermaßen vertraute.

Justine dachte an einen Song von John Lennon. Beautiful Boy.

Sie musste unwillkürlich an Brian denken, ihren ehemaligen Schulkameraden, der ihr Schlimmes angetan hatte. Ja, er war ein *Beautiful Boy* gewesen. Ein *Everybody´s Darling*, ein Sonnenschein. Das hätte sie gleich misstrauisch machen sollen, damals. Was hätte einer wie er von einer wie ihr gewollt haben können? Sie waren, im wahrsten Sinne, unterschiedlich wie Tag und Nacht gewesen.

Früher hatte sie ihre Zimmerwände mit Zetteln und Postkarten voller Zitate gepflastert, doch nach dem schlimmen Erlebnis, das sie damals auf dem Schulhof mit Brian und seinen Freunden gehabt hatte, war sie nach Hause gekommen, hatte all ihre Zettel mit den klugen Sprüchen, die ihr nichts genützt hatten, zerrissen und die Wände schwarz angestrichen. Sie war drei Tage lang nicht zur Schule gegangen, hatte sich in ihr Zimmer, das sie wie eine Art Trauergrotte eingerichtet hatte, zurückgezogen und war nicht ansprechbar gewesen.

Dieser Augenblick, in dem er sie auf dem Schulhof geküsst hatte und sie sich diesem für sie so bedeutungsvollen Kuss mit geschlossenen Augen hingegeben hatte, war für sie einer der schönsten Augenblicke ihres damaligen Lebens gewesen. Sie hatte sich aufgelöst in dem einen einzigen Gefühl der Glückseligkeit, das alles andere in den Schatten stellte. Ihr Körper hatte verrückt gespielt, damals. Ihr Herz hatte nicht mehr aufhören wollen, in ihrer Brust zu hämmern, es wollte vor Freude herausspringen, um mehr Platz zu haben, ihr großes Herz. Sie hatte nur noch an eines denken können: An Brian. Brian.

Kapitel 27

Und dann die Ernüchterung. Alles war nichts als ein Spiel gewesen. Als sie die Augen öffnete, stand die halbe Jahrgangsstufe vor ihnen und umkreiste sie hämisch lachend. Justine begriff nur langsam, dass sie es war, die ausgelacht wurde. Brian war nicht etwa verliebt gewesen in sie, das seltsame Mädchen, für ihn wahrscheinlich das stille Mauerblümchen. Er hatte sich lediglich einen Scherz mit ihr erlaubt. Es schien ihn zu belustigen, dass er, der coolste Typ der Schule, sie, die Außenseiterin, küsste. Am amüsantesten fand die Gruppe es offensichtlich, dass Justine seine Annäherungsversuche überhaupt ernst genommen hatte.

Kapitel 28

Das spöttische Gelächter der Umstehenden, das metallisch-schneidend an ihr Ohr drang, würde sie nie vergessen.

Danach war nichts mehr gewesen wie vorher. Alles Leben, das sie zuvor in schillernden Farben und Klängen wahrgenommen hatte, war grau und eintönig geworden. Ihre Trost- und Freudlosigkeit füllte sie vollständig aus und ließ keinen Raum für den Gesang der Vögel, das Erblühen der Frühlingsblumen. Die Freude an ihren Spaziergängen, die sie schon als Jugendliche unternommen hatte, war ihr glücklicherweise geblieben. Sie hatte sich geschworen, so etwas nie wieder zuzulassen. Ein Teil von ihr war zu jener Zeit tatsächlich gestorben. Nur der Gedanke an den Tod war groß genug, um sie den Liebesschmerz vergessen zu lassen. Das mochte kitschig klingen, war aber so.

Ihre Mum hatte sich damals große Sorgen um Justine gemacht, die sich unter der Bettdecke in ihrem schwarzen Zimmer vergraben hatte und niemanden an sich heranließ. In ihrer Not hatte Grace den Hausarzt kommen lassen, der sich alle Mühe gegeben hatte, Justine aus ihrer Höhle zu locken. Dies gelang ihm jedoch erst, als er Justine durch die geschlossene Zimmertür darüber aufklärte, dass er die Pflicht habe, sie in die geschlossene Psychiatrie zwangseinweisen zu lassen, wenn er den begründeten Verdacht habe, dass akute Suizidgefahr bestehe. Justine hatte nie daran gedacht, sich etwas anzutun, verließ aber daraufhin ihr Zimmer und nahm, wenn auch mit einiger Überwindung, wieder am alltäglichen Leben teil. Und suchte zum ersten Mal Thomas Cosy auf, den sie seither in größeren Abständen immer wieder konsultierte. Allerdings war es seit dem Erlebnis mit Brian rapide bergab gegangen mit ihren schulischen Leistungen. Schon vorher war sie nicht die beste Schülerin gewesen. Aber die Sache mit Brian hatte dazu geführt, dass sie Angst vor der Schule hatte und sich nicht mehr auf den Unterricht konzentrieren konnte. Eigentlich hätte sie Jura studieren wollen. Vor allem hatte sie davon geträumt, friedliche Umweltaktivisten und Aktivistinnen rechtlich unterstützen zu können.

Aber daran war nicht mehr zu denken gewesen. Deshalb hatte sie ihre Liebe zur Natur auf andere Weise zum Beruf gemacht und zusätzlich ihr Interesse an allen Themen rund um den Tod damit verbunden. Und das rund um einen Ort, an dem sie ihre Ruhe hatte. Sie mochte es sehr, Friedhofsgärtnerin zu sein.

Kapitel 29

Im kurzen Rest der Nacht wurde Justine von intensiven Träumen heimgesucht. Als sie morgens aufwachte, erinnerte sie sich bruchstückhaft an einzelne Momente. Sie hatte von Johannes geträumt, von TomTom und sogar von Benjamin. Benjamin hatte Johannes auf dem Friedhof mit seinem Fernglas beobachtet, während der Schriftsteller sich vor dem geöffneten Sarg stehend mit dem Schmuck seiner Verflossenen und dem roten Leichentuch behängte und TomTom hinter dem Soldaten-Gedenkstein hervorsprang, um einen wilden Ausdruckstanz um die Gräber zu vollführen. Grandma Emily und Justine selbst hatten sich in den Tanz des Therapeuten mit eingereiht. Grandma war plötzlich wieder verschwunden und die drei Männer streckten Justine die Hand entgegen, um sie zu einem Walzer aufzufordern. Es war sehr angenehm gewesen, TomTom, Johannes und Benjamin um sich zu wissen und von ihnen umworben zu werden. Etwas daran machte ihr allerdings auch Angst. So lange hatte sie sich erfolgreich vor jeglichen Versuchungen geschützt. Und nun, da Dad im Koma lag, öffnete sich alles in ihr - das Schöne und das Schlimme und offenbarte all ihre Ängste und

Sehnsüchte. Sie fühlte sich hoffnungslos überfordert. Und war versucht, sich wieder unter ihrer vertrauten Decke vor der Welt zu verstecken, die eine sauerstoffarme Gleichgültigkeit über alles legen würde, was sie bewegte. Wie ein steriler Warteraum zwischen Leben und Tod.

Sie würde Thomas Cosy an ihrer Seite brauchen, um mit den vielen Eindrücken zurechtkommen zu können.

Kapitel 30

Thomas Cosy war hocherfreut. Justine hatte sein Angebot angenommen, sie würde zusammen mit ihm recherchieren. Er hatte eine Art Vorstellungstermin in ihrem Elternhaus. So jedenfalls fühlte es sich an. Er würde ihre Mum Grace und Grandma Emily kennenlernen und war nervöser vor dieser Begegnung als in der schlaflosen Nacht vor der mündlichen Prüfung zum Staatsexamen in Psychologie. Thomas hatte sich schick gemacht. Jedenfalls, soweit er dazu in der Lage war. Im Gegensatz zu seiner Frau hatte er sich nie für Mode interessiert. Aber immerhin hing an seiner Garderobe in der Praxis seit über einem Jahr ein Trenchcoat, den sie ihm zum Geburtstag geschenkt hatte. Ein teures Stück, das er bislang kaum getragen hatte. Er war der Meinung, dass es nicht zu seinem Typ passe, es war einfach zu edel. Auch den teuren, goldgelben Seidenschal trug er nur zu besonderen Anlässen. Das jugendlich stylische, hellblaue Hemd mit Ananas, Palmen und Surfermotiv lag noch in der Verpackung. So etwas konnte man seiner Meinung nach nur mit viel Selbstbewusstsein souverän tragen. Und gerade das war nicht seine Stärke. Dennoch gab er ihm eine Chance und probierte es an. Es sah katastrophal aus. Dieses Kleidungsstück stellte all seine Nachteile zur Schau und betonte all jene Aspekte, die seine Frau an ihm zu kritisieren gehabt hatte. Aber es war teuer gewesen. Markenware. Nur aus diesem Grunde entschloss er sich, es unter dem neutraleren Trenchcoat zu tragen. Er hatte vor, einen sehr guten Eindruck bei der Familie Blackwood zu hinterlassen und die Tür zu einem neuen Aufgabengebiet zu öffnen. Überhaupt hatte er sich vorgenommen, sein gesamtes Leben auf den Kopf zu stellen. Und es gab ein Privileg, das er trotz der ganzen Misere genoss: Er konnte es sich leisten. Er hatte zeitlebens sehr gut als Psychotherapeut verdient und einiges zur Seite legen können.

Kapitel 31

Als Thomas Cosy bei den Blackwoods klingelte, vernahm er ein aufgeregtes Kratzen an der Tür und das ihm wohlbekannte Quieken Wotans. Dieser war ganz aus dem Häuschen, als Justine die Türe öffnete und er sein früheres Herrchen wiedererkannte. Das Frettchen ließ es sich nicht nehmen, ihn seine Missachtung spüren zu lassen. Immerhin hatte Thomas Cosy Wotan verstoßen. Es biss in einen der nagelneuen Schuhe des Therapeuten, die dieser sich eigens für seinen Antritt als Agent angeschafft hatte: Schwarze, knöchelhohe Lederschuhe, ähnlich wie jene, die Daniel Craig als James Bond auf seinem Motorrad in *No Time to die* getragen hatte. Thomas Cosy hatte einmal gelesen, dass Schauspieler ihre Schuhe nicht zufällig auswählten. Ihre Beschaffenheit und ihr Stil würden angeblich das Spiel verändern, den Gang beeinflussen und etwas über ihren Träger aussagen. Thomas Cosy konnte das gut nachvollziehen. Er fühlte sich in dem neuen Schuhwerk mit den harten Ledersohlen erdverbundener und, was den Gang betraf, beherzter und forscher als in seinen Turn- und Gesundheitsschuhen.

Justine hielt Wotan an der langen Leine. Der umkreiste sein Frauchen hektisch und umwickelte sie auf diese Weise mit dem rosafarbenen Lederband. Beinahe wäre sie vornübergefallen, doch TomTom schlang reflexartig die Arme um sie. Für einen Moment standen die beiden in einer unverhofften Umarmung so dicht beieinander wie noch nie. Justine bemerkte, dass Thomas nach frischem Waldboden roch, was ihr sehr gefiel. Cosy wurde plötzlich bewusst, wie lange er schon niemanden mehr umarmt hatte. Doch sie hatten keine Gelegenheit, ihre aufkeimenden, undefinierbaren Gefühle und Gedanken näher an sich heranzulassen, da Grace herbeigeeilt war und die Verschlingung mit wenigen Handgriffen löste. Als Justine und Thomas Cosy sich mit ihrer Hilfe wieder entwirrt und Haltung angenommen hatten, sah Justine ihren ehemaligen Therapeuten verstohlen von der Seite an. Er hatte eine andere Ausstrahlung und Optik als in seiner Praxis, wirkte kleiner und weniger souverän. Schon bei der letzten Begegnung schien er ihr verändert. Doch in der Siedlung hatte sie den Heimvorteil und seine Unsicherheit machte sich noch stärker bemerkbar. Thomas Cosy verlagerte sein Gewicht von einem Bein auf das andere und steckte die Hände in die Taschen seines zu großen Trenchcoats, in dem er wirkte wie ein Colomboverschnitt. Er bemerkte Justines abschätzenden Blick und schlussfolgerte, dass er offensichtlich an seiner Unfähigkeit, Geschmack für Mode zu entwickeln, gescheitert war.

Grace, die Wotan von der Leine gelöst und auf den Arm genommen hatte, beendete den verlegenen Blickwechsel der beiden und begrüßte den Therapeuten ihrer Tochter überschwänglich.

„Sie sind also der berühmte Thomas Cosy!"

Was für ein Einstieg. Grace hatte es einfach drauf. Thomas wuchs unversehens um einige Zentimeter und fühlte sich gleich besser.

„Na ja, berühmt …“, stammelte er geschmeichelt und verlegen zugleich.

„Ich freue mich jedenfalls sehr, Sie kennenzulernen. Endlich habe ich die Gelegenheit zu erfahren, wie Sie es schaffen, meine liebe Justine auf andere Gedanken zu bringen. Das ist für eine neugierige Person wie mich auf jeden Fall eine Bereicherung. Der Friedhof ist für die Toten da …“

„Wie schön, Mum!“, unterbrach Justine ihre Mutter, deren Kommentar ihr höchst unangenehm war. Sie versuchte, das Treffen auf professionelle Weise zu begründen. „Mister Cosy wollte eine vielversprechende Methode bei mir anwenden, die Bestandteil der sogenannten Konfrontationstherapie ist.“ Justine hoffte, dass sie TomTom auf diese Weise die vielen Fettnäpfchen ersparen konnte, die in dieser allzu lockeren Situation lauerten.

TomTom war noch mit dem Verarbeiten seiner ersten Eindrücke beschäftigt und sehr erfreut, dass Grace sich als umgängliche und lockere Person entpuppte.

Wieder einmal fragte sich Justine: Wie machte ihre Mutter das nur? Sie fand immer die richtigen Worte, und schaffte es, ohne es bewusst darauf anzulegen, die Menschen innerhalb von Sekunden für sich einzunehmen und ihnen das Gefühl zu geben, etwas Besonderes zu sein.

Natürlich bot sie Thomas Cosy gleich einen Stuhl, ein Getränk, ein Paleo-Gericht und eine Schale mit den ungeliebten Keksen von Peters Sekretärin an, die unbedingt gegessen werden mussten. Um sie nicht regelmäßig entsorgen zu müssen, offerierte Grace sie ihren Gästen. Thomas Cosy griff erfreut zu, nicht zuletzt, weil er Grace nicht enttäuschen wollte. Er hätte ihr nichts abschlagen können. Wahrscheinlich hätte er auch ein Gericht mit Erdnusssoße ihr zuliebe gegessen, wenn sie es ihm angeboten hätte, selbst, wenn er allergisch auf Erdnüsse reagiert hätte, nur um seine Gastgeberin nicht zu enttäuschen. Sie hatte das sogenannte *gewisse Etwas*, so viel war klar.

„Eine Konfrontationstherapie?", fragte Grace neugierig. „Interessant. Ich habe davon gehört. Man soll sich der Situation stellen, die einen am meisten ängstigt, ist das nicht so?"

„Genau, das haben Sie vollkommen richtig auf den Punkt gebracht", antwortete TomTom. Es war seltsam, wie er sich plötzlich anbiederte. So kannte Justine ihn nicht.

Sie entschuldigte sich für einen Augenblick. Die beiden würden schon allein zurechtkommen. Sie hatte das Bedürfnis, sich für wenige Minuten in ihr Zimmer zurückzuziehen.

Wieder tauchte die ihr vertraute Melancholie aus einer unzugänglichen Nische in ihrem Inneren auf. Sie schüttelte sich wie ein nasser Hund, um ihre Gedanken loszuwerden. Seltsam. Dort unten saß nun ihr - ehemaliger - Therapeut im vertraulichen Small Talk mit ihrer Mutter zusammen. Justine war sich nicht sicher, ob ihre Entscheidung richtig gewesen war, ihren Therapeuten in ihre Familie einzuführen. Hätte sie ihn nicht gerne weiterhin für sich allein beansprucht? Seine ungeteilte Aufmerksamkeit genossen? Nun war es zu spät für einen Rückzieher. Außerdem würde sie seinen Rat und seine objektivere Einschätzung der Sachlage dringend benötigen.

Wotan raste zwischen Küche und Justines Zimmer treppauf und treppab, als wolle er sein Frauchen ermutigen, sich wieder in die Gesellschaft von Grace und TomTom zu begeben.

Thomas Cosy fühlte sich sehr wohl in Gegenwart von Grace, die ein sehr lecker duftendes Gericht für ihn zubereitete, doch er vermisste Justine.

Etwas schien nicht zu stimmen mit ihr. Sie hatte sich seltsam abrupt zurückgezogen. Dabei war er einzig und allein für sie und wegen ihr in dieses Haus gekommen. In jenem Moment wurde ihm klar, dass er viel, sehr viel für sie in Bewegung setzen würde.

„Justine, wo bleibst du?", riss die in ihrer Gastgeberinnenrolle aufgehende Grace ihn aus seinen Gedanken. „Ich wärme das Gulasch auf. Ein deftiges Steinzeitfleischgericht scheint mir für deinen Therapeuten genau das Richtige zu sein. Was willst du essen, Justine? Die Beilagen?", rief sie in die erste Etage hinauf.

Justine sah ein, dass sie sich nicht länger zurückziehen konnte, zumal Wotan beharrlich an ihrer Tür kratzte. Sie trottete zögernd die Treppe hinab. „Danke Mum, ich habe keinen Hunger."

„Sehen Sie, Mister Cosy, das meine ich. Was soll ich machen? Seit Peters Unfall wird sie immer einsilbiger, dünner und blasser. Ich mache mir Sorgen."

„Mum, bitte. Ich mag es nicht, wenn du in meinem Beisein in dritter Person über mich sprichst."

Grace gab Thomas Cosy eine große Portion ihres duftenden Gerichts auf den Teller.

„Gut, das verstehe ich, Darling. Es ist gut, dass du dich so klar äußerst. Ich denke, ich werde euch ein wenig allein lassen. Grace verließ nachdenklich den Raum und setzte sich mit einem Buch und einem Glas Tee auf die Terrasse hinter dem Haus.

Kapitel 32

„Ich glaube, Sie haben Ihre Mum ein wenig gekränkt", bemerkte TomTom.

„Das kann schon sein. Es ist mir sehr schwergefallen, ihr so unumwunden in Ihrem Beisein meine Meinung zu sagen", erwiderte Justine. „Aber es ist mir sehr wichtig, schnell zur Sache zu kommen, was unsere Zusammenarbeit betrifft. Sie glauben nicht, wie viele Personen in unserer Umgebung als potenzielle Täter infrage kämen."

„Tatsächlich? Gibt es konkrete Anhaltspunkte?" TomTom war hoch motiviert und freute sich unglaublich auf die Ermittlungen und das damit verbundene gemeinsame Abenteuer, das er mit Justine erleben würde.

„Vielleicht erzählen Sie erst einmal in Stichworten, wer in dieser Siedlung wer ist."

„Gut, sehr gern. Da wären zum Beispiel Benjamin und sein Vater George Godschling von gegenüber. Benjamin ist nie über den frühen Tod seiner Mutter hinweggekommen, ziemlich einsam und er beobachtet Frauen mit dem Feldstecher. Sein Vater George wird von allen *Jäger Godschling* genannt. Er hat eine Messer- und Waffensammlung im Haus, angeblich ganz legal.

Vreni Seematter ist vor vielen Jahren aus der Schweiz hierhergezogen wegen ihres Mannes, der sich aber inzwischen von ihr getrennt hat. Stattdessen beherbergt sie viele Katzen in ihrem Haus, deshalb wird sie auch die Katzenfrau genannt. Mister Beecroft schmeichelt sich mit seiner Hilfsbereitschaft bei meiner Mum ein, die er anhimmelt, und freut sich, wenn sie ihn ab und zu als Gegenleistung für seine Hilfsdienste bekocht. Seine Frau kann Mum nicht leiden, weil sie eifersüchtig auf sie ist. Damla Smith-Kurt ist die stille Post der Siedlung, sie weiß über alles und jeden Bescheid, und wenn nicht, dann entwickelt sie ihre eigenen Theorien und Fantasien. Ms. Dust ist die Sekretärin meines Dads. Eine unscheinbare Person. Aber liebenswürdig. Sie beliefert unsere Familie, seitdem Dad im Koma liegt, regelmäßig mit ihren Keksen. Zu unserem Leidwesen."

Thomas Cosy hatte aufmerksam zugehört. „Sehr interessant fürs Erste, Ms. Blackwood. Aber in welchem Zusammenhang stehen Ihre Beschreibungen mit dem Unfall Ihres Dads?"

„Das weiß ich nicht, leider. Ich weiß die vielen Eindrücke nicht mehr zu deuten, geschweige denn, Schlüsse daraus zu ziehen, die hilfreich sein könnten. Deshalb habe ich Sie mit ins Boot geholt, Mister Cosy."

„Ich hoffe, ich werde Ihnen helfen können, Justine… Ms. Blackwood." Eine kurze Verlegenheitspause entstand, bevor Thomas Cosy sich einen Ruck gab und den Mut hatte, Justine zu fragen: „Wollen wir uns nicht beim Vornamen nennen, Ms. Blackwood? Jetzt, wo wir außerhalb der Therapie zusammenarbeiten, wäre das kein Problem. Wir sind ja neuerdings ein Team.

Natürlich nur, wenn Sie sich wohl damit fühlen, seien Sie ganz ehrlich."

„Wenn ich Ihnen gegenüber nicht ehrlich wäre, bei wem dann?" Justine freute sich über das Angebot ihres Therapeuten. „Ja, das wäre mir recht. Nach all den Jahren wird es sich vielleicht erst einmal seltsam anfühlen, aber auch richtig." Justine wischte ein paar Krümel vom Tisch, wobei sie versehentlich Thomas´ Hand berührte. „Entschuldigen Sie. Nein: Entschuldige", lächelte sie scheu. „Dürfte ich Sie … dich … TomTom nennen? In meinen Gedanken hast du diesen Spitznamen schon eine ganze Weile." Justine stand auf und holte zwei Gläser aus dem Küchenschrank.

„Aber sicher, sehr gern!" Thomas war erleichtert über ihre Reaktion.

„Schön." Justine füllte die Gläser mit Mineralwasser und reichte ihm eins davon. „Also, TomTom. Auf gute Zusammenarbeit." Sie stießen miteinander an.

„Ja, ich freue mich sehr darauf, Justine."

„Ich hoffe, du navigierst mich erfolgreich durch dieses Labyrinth menschlicher Irrungen und Verwirrungen."

„Ich gebe mein Bestes, Justine." Cosy konnte sich ihren Vornamen nicht oft genug auf der Zunge zergehen lassen, er hatte ihn schon immer gemocht und nun kam er in den Genuss, ihn aussprechen zu dürfen.

„Wie gehen wir jetzt vor?", fragte Justine, die es kaum erwarten konnte, endlich weiterzukommen.

Ich würde sagen, wir prüfen deine eigenwillige Nachbarschaft erst einmal in Ruhe auf eventuelle Motive."

„Du meinst, auf Mordmotive, nehme ich an?" Justine hatte wieder Mut gefasst, nun, da sie mit TomTom über alles sprechen konnte.

„Nein, erstmal auf menschliche Motive im Allgemeinen. Was treibt sie an? Was bewegt sie zu bestimmten Verhaltensweisen? Welche Hauptmotive bestimmen ihr Leben? Wenn wir das wissen, sind wir einen ganzen Schritt weiter."

„Schön. Das hört sich gut an. Lass mich überlegen ... welche grundlegenden Motive gibt es denn? Damla will ein wichtiges Mitglied der Siedlungsgemeinschaft sein. Das versucht sie durch Tratscherei zu erreichen."

„Genau", bestätigte TomTom. „Das wäre das Motiv des sozialen Anschlusses. Sie sehnt sich nach Zugehörigkeit."

„Steckt nicht auch das Bedürfnis nach Kontrolle dahinter?", überlegte Justine.

„Ja, das sehe ich genauso. Die Macht - und Leistungsmotive sind neben den sozialen Aspekten inzwischen am besten erforscht. Macht ist hier gleichbedeutend mit Kontrolle."

„Aha. Dann würde ich sagen, bei Vater und Sohn Godschling steht das Machtmotiv im Vordergrund. Das Beobachten von Menschen mit dem Fernglas hat doch etwas mit Kontrollbedürfnis zu tun, oder? Und eine Vorliebe für Waffen, mit denen man sich verteidigen oder andere vernichten kann, sieht mir auch eindeutig nach einem Machtmotiv aus."

„Vollkommen richtig, Justine. Was ist mit der Sekretärin und Vreni Seematter, der Katzenfrau?"

Justine dachte zum ersten Mal intensiver über das mögliche Lebensgefühl ihrer Nachbarinnen und

Nachbarn nach. Bislang war sie derart fixiert auf Mordmotive und Verdachtsmomente gewesen, dass sie womöglich einiges übersehen hatte.

„Ich habe den Eindruck, dass beide recht einsam sind."

„Wie kommst du darauf?" hakte TomTom nach.

„Vreni umgibt sich mit Katzen statt mit Menschen, seitdem sie von ihrem Mann verlassen wurde und Ms. Dust, die Sekretärin, scheint nichts anderes zu tun zu haben, als für unsere Familie Kekse zu backen, seitdem sie aufgrund des Unfalls meines Dads vorübergehend von ihrer Arbeit freigestellt wurde."

„Ja, die Einsamkeit ist ein großes Problem in unserer Welt, in der mittlerweile sogar virtuelle Kontakte die direkte, sinnliche Begegnung mit Menschen im wahren Leben immer mehr ersetzen. Manche haben inzwischen derart wenig Übung im Umgang mit anderen, dass sie sie mehr und mehr meiden, bis hin zu sozialen Angststörungen", bemerkte der Therapeut.

„Das könnte auch auf einige Bewohner dieser Siedlung zutreffen", sinnierte Justine.

„Ja, allerdings", erwiderte TomTom. „Jemand, der seine Nachbarinnen mit dem Fernglas beobachtet, scheint mir sozial nicht wirklich ausgefüllt zu sein. Selbst du, Justine, könntest als einsame oder zumindest zurückgezogene Nachbarin gelten, die zumindest bis vor Kurzem die Kontakte zu den Menschen hier gemieden hat."

„Das stimmt, TomTom. Wir haben es hier offensichtlich mit vielen einsamen Menschen zu tun. Könnte das etwas mit dem Unglück meines Dads zu tun haben?"

„Ich denke, indirekt. Wir schleichen uns sozusagen auf Umwegen an mögliche Motive für eine Übersprunghandlung oder gar einen Totschlag heran. Sicher können wir uns dessen nach wie vor nicht sein, auch darüber müssen wir uns im Klaren sein. Vielleicht war es tatsächlich ein ganz normaler Unfall, ein unglücklicher, von deinem Dad selbst durch einen Moment der Unaufmerksamkeit verursachter Sturz.“

„Ich weiß nicht, warum ich mir so sicher bin, TomTom, aber ich glaube nach wie vor an Fremdeinwirkung.“

„Natürlich, ich weiß, deshalb bin ich ja hier.“ Thomas Cosy lächelte. Ihm gefiel der Austausch mit seiner nun ehemaligen Patientin äußerst gut.

„Im nächsten Schritt sollten wir tatsächlich mögliche Mordmotive analysieren. Wer hätte einen Grund, deinem Dad etwas anhaben zu wollen? Oder besser gefragt: Wer könnte eine solche Wut auf ihn gehabt haben, dass er zu einer Kurzschlusshandlung fähig gewesen wäre?“

„Ich denke natürlich schon eine ganze Weile darüber nach, TomTom. Und nach einer gewissen Zeit relativieren sich meine Gedanken derart, dass ich beinahe resigniere.“

„Denk mal in Zusammenhang mit Wut, Neid, Eifersucht, Gier oder Rache darüber nach. Primäre Gründe für so gut wie alle Straftaten.“

„Vreni Seematter könnte wütend gewesen sein. Dad kann sie nicht leiden und hat sie das auch spüren lassen. Seiner Meinung nach ist sie hässlich und Vater ist ein Ästhet. Sie hat eine schwere Allergie. Ihre Gesichtshaut ist so gut wie immer rot, geschwollen und voller Pusteln. Man mutmaßt schon, ob sie nicht vielleicht eine Katzenhaarallergie haben könnte. Und sie hat zu viele Katzen. Sie stammen aus Tierheimen und von Reisen, auf denen sie die armen Tiere aus Mülleimern fischt oder halb verhungert vom Straßenrand aufsammelt. Im Grunde ein netter Zug. Aber ihre Tierliebe geht den Nachbarn zu weit. Viele der geretteten Katzen streunen durch die Siedlung, fressen Singvögel, schleichen sich durch offene Türen in die Häuser ein und legen sich mit den Hunden an.

„Peter kann also die Katzenfrau und ihre Tiere nicht leiden", stellte Cosy fest. „Und wie steht sie zu ihm?", fragte er, während er sich an einem der Kekse von Ms. Dust festbiss, die in einer hübschen Schale auf dem Küchentisch standen.

„Ich denke, sie ist gekränkt über seine Abneigung, die er ihr und ihren geliebten Tieren gegenüber empfindet. Insgeheim ist sie wahrscheinlich auch in ihn verliebt gewesen."

„Alles vage Vermutungen, Justine. Ich fürchte, damit kommen wir nicht weiter."

„Das ist sicher richtig. Die meisten Bewohner in unserer Siedlung scheinen jedenfalls in irgendeiner Weise miteinander verstrickt zu sein. Zum Beispiel Johannes Johnson und Walter Brown.

„Walter, der Journalist?"

„Ja, genau der."

„Den kenne ich aus meiner Praxis. Er war mein Patient."

„Ach, wirklich?" Justine war neugierig geworden. Erstaunlich. Plötzlich interessierte sie sich für die

Angelegenheiten ihrer Nachbarn, auch ganz unabhängig von den Ermittlungen.

„Du weißt ja bestimmt, dass seine Frau Olivia ihn verlassen hat?!"

„Ja, das hat meine Mum mir erzählt."

„Ganz unter uns: Er war ein schwieriger Fall. Seine Problematik ist schwer therapierbar. Aber das bleibt bitte unter uns. Ich erzähle es nur, weil es unter Umständen der Recherche dient. Man muss ja alles berücksichtigen, was zu einer Klärung beitragen könnte."

„Danke für dein Vertrauen, TomTom. Was Walter betrifft: Das kann ich mir lebhaft vorstellen", bemerkte Justine, hielt es aber nicht für nötig, ihre nächtliche Begegnung mit dem aschfahlen Walter zu erwähnen.

„Und Johannes Johnson?", fragte TomTom.

„Mit ihm hatte ich ein unglaubliches Erlebnis." Justine stockte. „Du hast, was meine Äußerungen betrifft, ja jetzt keine Schweigepflicht mehr, TomTom. Kann ich dir überhaupt noch etwas Brisantes unter dem Deckmantel der Verschwiegenheit anvertrauen?"

„Wie könnte ich jetzt Nein sagen? Es sei denn, du hättest selbst einen Mord begangen. Das würde ich lieber nicht wissen wollen."

„Gut ... Ich habe dabei zugesehen, wie der Schriftsteller Johannes das Grab seiner verstorbenen Frau ausgehoben und geplündert hat, ohne einzugreifen. Und habe mich währenddessen mit ihm über Gott und die Welt unterhalten. Das war in der Nacht, als du mir die vielen Nachrichten auf mein Handy geschickt hast."

„Wie bitte?" TomTom blieb der Mund offenstehen, was dazu führte, dass ihm die Reste des Kekses im Halse stecken blieben und er mit einem heftigen Hustenanfall zu kämpfen hatte. Röchelnd brachte er hervor: „Warum?"

„Johannes ist pleite."

„Interessant. Ich habe noch nie von jemandem gehört, der ein Grab aushebt, weil er bankrott ist."

Justine erzählte TomTom die ganze Geschichte.

„Sehr aufschlussreich, Justine. Hast du eine Idee, was dieses unglaubliche Ereignis mit deinem Dad zu tun haben könnte?"

„Ich habe da so eine Vermutung. Seine Frau hatte einen Verehrer. Und ich fürchte, es gibt auch da wieder eine Verstrickung. Vielleicht war mein Dad ihr Liebhaber."

„Unglaublich. Gibt es konkrete Anhaltspunkte dafür?"

„Johannes wollte nicht mit mir darüber sprechen."

„Das könnte auch andere naheliegende Gründe haben. Ihr hattet euch gerade erst näher kennengelernt. In Anbetracht dieses Umstandes hat er dir eine Menge anvertraut."

„Das stimmt. Abgesehen davon halte ich inzwischen vieles für möglich. Meine Eltern sind und waren ja nicht gerade prüde in Bezug auf Flirts mit anderen. Am besten, du liest seinen Roman. Vielleicht wird er mehr Aufschluss geben als meine stümperhaften Überlegungen. Ich hoffe sehr, dass du interessante Details entdeckst, die uns in Bezug auf meinen Dad weiterbringen könnten."

„William! William!", erschallte plötzlich eine raue und sehr verzweifelte Stimme in ihrem Rücken. TomTom und Justine wandten sich erschrocken um. Grandma Emily stand mit zerzausten Haaren und suchendem Blick wie eine Gestalt aus einer anderen Welt vor ihnen, sah die Kekse und schnappte sich die ganze Schale.

„Ich werde sie William bringen."

„Gut, Grandma. Ich werde dich an seinem Grab abholen, warte dort auf mich."

Noch bevor Thomas Cosy begriffen hatte, was für eine Erscheinung da über ihn gekommen war, fuchtelte Emily mit der Keksschale vor seiner Nase umher und schrie wutentbrannt: „Du wirst einen Teufel tun und mich entmündigen lassen, Peter. Eher werde ich dich in die Klapsmühle stecken, als das du mich ins Heim schickst und da versauern lässt."

Mit diesen Worten rauschte die alte Dame entrüstet von dannen.

TomTom schaute ihr entgeistert nach.

„Es tut mir leid, dass du meine Grandma auf diese Weise kennenlernst. Sie ist meistens sehr umgänglich und liebenswürdig, aber ihre Demenz sorgt für manch eine überraschende Reaktion und für ziemlich ausgeprägte Stimmungsschwankungen.

„Ich verstehe, das ist für alle Beteiligten eine schlimme Sache. Aber unabhängig davon sollten wir das Verhältnis von deiner Grandma zu deinem Dad näher betrachten. Sie ist offensichtlich sehr wütend auf ihn."

„Ja schon, aber das ist eine der üblichen Familienangelegenheiten und hat ja nichts mit dem Unfall zu tun", warf Justine ein.

„Ehrlich gesagt, wenn ich der Sache wirklich mit dir gemeinsam auf den Grund gehen soll, spielen auch diese Dinge eine Rolle. Wir dürfen die engste Umgebung nicht aussparen. Ich hoffe, das ist dir nicht allzu unangenehm."

Justine schenkte aus purer Verlegenheit Wasser nach, obwohl beide Gläser noch halb voll waren. „Es fühlt sich nicht besonders gut an, Grandma mit hineinzuziehen, aber ich sehe ein, dass jeder näher betrachtet werden muss, der mit Dad zu tun hatte."

„Danke Justine. Für heute habe ich allerdings genug erfahren. Die vielen Informationen werde ich erst einmal sortieren müssen. Ich werde mich ins Gästezimmer zurückziehen."

„Gut. Ich gebe dir das Buch von Johannes mit."

Als TomTom mit dem Buch in seinem Zimmer verschwunden war, zog Justine sich mit ihrem Strickzeug zurück. Es half ihr inzwischen nicht nur dabei, sich zu entspannen, sondern auch bei der Sortierung der neuesten Ereignisse. Es sei denn, sie verstrickte sich gnadenlos.

Kapitel 33

Justine war sehr gespannt. Endlich war ihr das neue Muster für Wotans Frühjahrsgarderobe gelungen. Gelb-schwarz-kariert mit kleinen Knötchen, die aussahen wie dicke Bienen. Das Motiv hing weniger mit Wotan zusammen als mit der Jahreszeit. Sie hatte das Frettchen mit Geschick und Futter aus dem Käfig gelockt.

Die Anprobe des Bienenjäckchens verlief glimpflich, er kannte das Prozedere nun schon. Wie oft hatte Justine ihn einer Anprobe unterzogen, weil sie wieder ein neues Muster und eine Jacke, passend zu einer weiteren Jahreszeit ausprobieren wollte. Sie war, seitdem er im Hause Blackwood verkehrte, zu seiner privaten Modedesignerin avanciert. Und wenn sie ehrlich war, war Wotan zum Versuchsobjekt für ihre vielfältigen Strickideen geworden. Man musste allerdings sagen, dass er ihre Kreationen gern trug, wenn Justine es erst einmal geschafft hatte, sie dem hibbeligen Tier überzuziehen. Er hatte noch nie versucht, sie sich vom Leib zu reißen. Im Gegenteil, er schnüffelte höchst interessiert an den neuen Errungenschaften. Offensichtlich genoss er ihre ungeteilte Aufmerksamkeit, sowohl wenn sie mit ihm spielte oder ihn umschmuste, als auch wenn sie ihn einkleidete. Beide waren äußerst anspruchsvolle und sensible Persönlichkeiten. TomTom natürlich ebenfalls. Was für eine Zusammenkunft, was für ein Überangebot an schrägen Gestalten!

Wotan hätte langsam müde sein sollen, war es aber nicht. Im Gegenteil, er strotzte vor Energie und konnte nicht genug von seinem neuesten Spielzeug bekommen, das Grandma Emily ihm bestellt hatte: Einen Weazel Ball, also einen quietschbunten Motorball aus Plastik, an dem sich eine schlecht rekonstruierte Art Wiesel festbiss. Das Teil machte den kleinen Kerl beinahe wahnsinnig. Wotan wollte nicht stillhalten und der durchgedrehte, motorbetriebene Ball erst recht nicht.

Justine hatte Wotan als Ausgleich für die vielen nervenaufreibenden Spielzeuge, die Grandma am laufenden Band bestellte, einen Kuscheltunnel gegönnt. Der sollte dafür sorgen, dass der Unruhegeist sich zumindest zeitweise verkroch und bestenfalls ein gewisses Schlafbedürfnis entwickelte. Doch das Einzige, was er bislang gefunden hatte, war eine weitere Anregung: Ein Spielzeug, welches er geräuschvoll aus dem Tunnel zu entfernen versuchte.

Das interaktive Futterspiel von Grandma forderte nicht nur seine ganze Aufmerksamkeit, sondern auch die von Justine. Denn Emily hatte es Wotan zwar geschenkt, überließ es aber Justine, Wotan damit zu bespaßen. Niemals hätte Justine gedacht, dass es so aufwendig sein würde, ein Frettchen artgerecht zu halten. Und da der nicht besonders sozial eingestellte Racker keine Artgenossen im Haus duldete, musste

Justine den Großteil des Unterhaltungsprogramms übernehmen, damit sich das Tierchen nicht zu Tode langweilte. Justine versteckte Futterstücke in der türkisfarbenen Futtermatte. Wotan fand sie ohne Probleme. Er war einfach zu intelligent für solch banale Spielereien. Der einzige Ort, an dem er absolut ausgeglichen zu sein schien, war der Friedhof. Nach einem Spaziergang dort fiel er regelmäßig zufrieden und wohlig erschöpft in einen ruhigen, tiefen Schlaf. Wahrscheinlich, um die vielen Sinneseindrücke zu verarbeiten. Justine hatte Wotan sein Strickjäckchen mit dem Bienenmuster übergezogen, um eine abendliche Runde mit ihm zu drehen und Grandma, wie versprochen, von Williams Grab abzuholen.

Wotan kannte den Weg. Freudig lief er an der langen Leine voraus. Sie selbst genoss den leichten Wind, der ihre Nase umwehte, und den schwer zu beschreibenden Duft, den man nirgendwo anders fand als dort, auf ihrem Friedhof. Im Frühling lag eine besondere Verheißung in der Luft, die diesem Duft, in Verbindung mit den Vogelstimmen und den ersten Blüten, eine noch frischere Note gab. Im Sommer schätzte sie vor allem die kühlenden Baumschatten zwischen den Grabsteinen. Besonders die Regentage hatten es ihr angetan, wenn die Feuchtigkeit, die vom Boden aufstieg, einen herb würzigen Duft verbreitete. Am Herbst liebte sie die Farben der Blätter und den Geruch des Laubes. Im Winter durfte alles ruhen. Wenn Schnee gefallen war, lag eine friedliche Ruhe über allem und Justine amüsierte sich über die skurrilen weißen Hauben, sie sich in den kuriosesten Formen auf den Grabsteinen bildeten, als hätten sie

Kopfbekleidungen angelegt. Den Frühling und den Herbst mochte Justine ganz besonders. Die Übergangsjahreszeiten. Alles zwischen den Welten. Alles zwischen Leben und Tod. Alles Geheimnisvolle.

Wotan hatte Williams Grab erreicht und beschnüffelte es neugierig. Grandma war nicht mehr da, wie Justine beunruhigt feststellte. Auch die Schale mit den Keksen, die Emily mitgenommen hatte, konnte Justine nicht entdecken. Hoffentlich hatte sich ihre Grandma nicht aus Versehen selbst weggezaubert, wer wusste schon, welche Wirkungen ihre Experimente haben konnten. Plötzlich entdeckte Justine am Ende des Weges eine menschliche Silhouette, die vor einem der Gräber hockte. Wotan hatte diesen Schatten ebenfalls bemerkt und flitzte aufgeregt und neugierig darauf zu. Wahrscheinlich erwartete er Grandma dort. Justine zügelte ihn, nahm ihn auf den Arm und pirschte sich vorsichtig an die kniende Gestalt heran. Es gelang ihr gerade noch, sich im Gebüsch zu verstecken, bevor die Person sich in ihre Richtung wandte und ihrer Wege ging. Es war Benjamin, der wieder einmal seine Trauerrunde zwischen dem Grab seiner Mutter und dem seines früheren Schwarms Daisy hinter sich gebracht hatte. Benjamin war schon ein seltsamer Mensch. Was hatte Daisy und ihn miteinander verbunden? Vermutlich nichts Reales. Die Nähe dürfte ausschließlich in der Fantasiewelt des einsamen jungen Mannes stattgefunden haben. Vielleicht konnte er ihren Dad nicht leiden, weil auch er mit Daisy geflirtet hatte. Oder weil er auf dessen Aussehen eifersüchtig gewesen war? Mit seinen sechzig Jahren wirkte er nach wie vor sehr kraftvoll, gesund und vital, im Gegensatz zu Benjamin. Vielleicht reichte das schon für eine Affekthandlung. Er könnte Vater gestoßen haben, weil der wieder einmal eleganter und schneller als Benjamin federnden Schrittes die Treppe hinaufgeschwebt war, obwohl er doppelt so alt war. Oder vielleicht war Daisy einmal verliebt in Dad gewesen und Benjamin hatte ihm die Schuld gegeben, dass er selbst nie eine Chance bei ihr gehabt hatte. Optisch hätte sie fantastisch zu Peter gepasst. Mutter sah edler aus, eben wie eine Fürstin, ihr Name war Programm. Grace. Dad war eher der sportliche Typ und Daisy die sexy Blondine. Man hätte sich die beiden auf einem heißen Motorrad vorstellen können, auf ins Abenteuer.

Wotan riss Justine aus ihren Gedanken. Glücklicherweise, es war Justine selbst unheimlich, was für Unsinnigkeiten sie sich zusammensponn. Es musste daran liegen, dass sie noch keine besondere Übung in der Beschäftigung mit menschlichen Verbindungen und Verstrickungen hatte. Sie fühlte sich wie jemand, der sich zu Beginn des Zoologiestudiums zum ersten Mal in seinem Leben exotischen Tierarten leibhaftig gegenübersah.

Wotan hatte eine rothäutige Nacktschnecke entdeckt, die er vorsichtig beschnüffelte. Justine musste sich für einen Augenblick besinnen, wo sie sich befand. Ach ja, sie stand inzwischen an Daisys Grab, das Benjamin kurz zuvor verlassen hatte. Auf dem Granitstein, der in Herzform angefertigt worden war, stand geschrieben: *Ewig ist die Liebe und unvergänglich deine Schönheit.* Vielleicht hatte es nicht nur Nachteile, früh zu sterben, in voller Blüte.

Früher hatte sie sich an der Grabgestaltung nicht sattsehen können, nun konzentrierte sie sich vor allem auf die Inschriften, die Geburts- und Todesdaten und die familiären Zusammenhänge.

Noch vor wenigen Wochen hatten ihr die Namen lediglich als Wegweiser gedient, ähnlich wie Straßennamen: am Familiengrab der Godschlings rechts ab zum Soldatengrab, dann immer geradeaus, links an Williams Ruhestätte vorüber und so weiter.

Nun dachte sie auf ihren Spaziergängen an den Gräbern entlang über die mutmaßlichen Lebensgeschichten der Verstorbenen nach, wenn es ihr im Zuge der Ermittlungen nicht gerade darum ging, herauszufinden, wer ihre Nachbarn wirklich waren und was sich hinter ihren Fassaden verbarg.

Plötzlich wurde ihr bewusst, dass sie auf der Suche nach Grandma gewesen war, bevor sie durch Benjamin abgelenkt worden war. Hoffentlich war der alten Dame nichts zugestoßen. Ein kurzer, aber heftiger Moment der Panik und des Schuldgefühls ließ ihre Stimmung in Sekundenschnelle umschlagen und eine plötzliche seelische Düsternis überkam sie. Wie hatte sie Emily allein auf den Friedhof gehen lassen können?

TomTom sagte immer, Justine habe keine Depression. Sie habe ein sensibles Gemüt und dürfe sich Momente erlauben, in denen sie diese dunkle Decke über sich zog, um für kurze Zeit auszusteigen aus dem lauten, schrillen Karussell des Daseins. Dafür schätzte sie ihn.

Eine Zeit lang hatte sie regelmäßig Psychotests in verschiedenen Zeitschriften und Ratgebern gemacht mit Themen wie: Bin ich depressiv? Bin ich Alkoholikerin? Autistin? Psychopathin? Schon als

Teenagerin hatte sie solche Magazine nur wegen der Tests gekauft. In den meisten Fällen erreichte sie durchschnittliche Mittelwerte. Nur als sie sich auf Hochsensibilität testete, und das hatte sie sicher ein Dutzend Mal in verschiedenen Formen getan, erhielt sie stets hohe Punktzahlen, nahe an den hundert Prozent. Auch wenn sie nicht jeden dieser Tests für seriös hielt, war ihr doch bewusst, dass etwas daran sein musste. Sie hatte schon immer empfindsamer auf viele Eindrücke und Einflüsse reagiert als andere.

Plötzlich sah Justine ihre Grandma geradewegs auf sich zukommen, als hätte sie nichts weiter als einen kleinen Spaziergang gemacht. Sie verfrachtete die erschöpfte alte Dame erleichtert zurück nach Hause.

Kapitel 34

Nach einer unruhigen Nacht fand Justine Emily allein am Küchentisch sitzend vor.

Ihre Grandma aß ein Stück Braten vom Vortag und googelte seltene Krankheiten, während Justine sich Haferflocken mit Obst zubereitete.

„Granny, morgens Braten zu essen ist nicht besonders bekömmlich."

„Wieso? Werde du erst einmal so alt wie ich mit deinen Haferflocken und deinem Grünzeug, dann reden wir weiter", entgegnete Emily, während sie weiter auf den Bildschirm starrte. „Erinnerst du dich an Tante Patricia?"

„Nein, Grandma."

„Die hat ihr Leben lang Sport getrieben, war gertenschlank und hat nur Gemüse und Obst gegessen. Alles Bio. Die ist mit 52 Jahren gestorben. Schlaganfall."

„Ich hasse diese unsinnigen Argumente, Granny. Vielleicht wäre sie mit 30 Jahren gestorben, wenn sie nicht auf ihre Gesundheit geachtet hätte."

„Das kann natürlich sein, Kind", lenkte Emily ein. „Kennst du das Dandy-Walker-Syndrom?"

„Nein", bemerkte Justine desinteressiert.

Emily googelte dank ihrer neuen Lesebrille wieder nach allen möglichen seltenen Krankheiten und las vor: „Bei der Erkrankung ist die vierte Hirnwasserkammer erweitert. Sie dehnt sich bis in die hinterste Schädelgrube hinein aus. Außerdem ist oftmals das Kleinhirn fehlgebildet."

„Kannst du nicht mal was Normales googeln? Das Wetter von heute oder Reisetipps?", regte sich Justine auf.

„Man muss sich doch informieren, wenn man einen Sohn hat, der beim Gesundheitsamt arbeitet. Damit man mitreden kann", widersprach Emily ihrer Enkelin.

Justine stöhnte missmutig auf, was Grandma geflissentlich überhörte. Sie war auf ihre Recherchen fixiert. „Kennst du das Aarskog-Scott-Syndrom? Faciodigito-genitale Dysplasie? Oder Achalasie?"

„Ach, Achalasie. Davon habe ich schon gehört. TomToms Vater hat diese Krankheit", erwähnte Justine überrascht.

„Und?", bohrte Emmy genüsslich nach, „weißt du, was das für eine Krankheit ist?"

„Nein, Granny, das weiß ich nicht. Nicht genau", musste Justine zugeben.

Emily las vor: „Der Begriff bezeichnet eine seltene Beweglichkeitsstörung der Speiseröhre mit unzureichender Erschlaffung des unteren Speiseröhrenschließmuskels beim Schlucken." Sie blickte triumphierend zu Justine auf. „Siehst du, es ist gut, sich mit solchen Dingen zu befassen. Es könnte schließlich jeden von uns einmal treffen, nicht wahr?" Sie blickte wieder auf ihren Bildschirm.

„Unglaublich, was es alles gibt. Und hier, das Klinefelter-Syndrom. Durch das doppelte X-Chromosom wird die Bildung von Testosteron in den Hoden gestört."

„Grandma, jetzt reicht's!"

Emily mochte es nicht, wenn ihre Enkelin in diesem strengen Ton mit ihr sprach. Sie vergrub sich in weitere Recherchen und schmollte.

Nachdem Justine wider Willen derart mit Krankheiten bombardiert worden war, konnte sie nicht umhin, an ihren Vater zu denken. Sie hatte plötzlich das dringende Bedürfnis, ihn zu sehen und witterte gleichzeitig die Möglichkeit, Grandmas Krankheitenfimmel zu entkommen.

Kapitel 35

Im Zimmer ihres Dads war es meistens wunderbar ruhig. Es sei denn, sie kam genau zurzeit der Visite. Oder wenn gerade ein weiterer Besuch anwesend war, von dem sie nichts gewusst hatte. Das passierte allerdings selten. Dad schien zwar viele Verehrerinnen, aber nicht viele Freunde zu haben. Sie hatte vom Klinikpersonal die Erlaubnis erhalten, auch außerhalb der Besuchszeiten zu erscheinen. Hiervon machte sie gern Gebrauch.

Denn auf diese Weise konnte sie all die verlorene Zeit mit ihm nachholen. Oft war er physisch für sie erreichbar gewesen, zu Hause, nach der Arbeit, dem Sport. Aber er hatte sie selten wirklich wahrgenommen. Meistens hatte sie den Eindruck gehabt, dass er mechanisch auf ihre Erzählungen reagierte, innerlich teilnahmslos, mit etwas anderem beschäftigt. Ob es an ihr gelegen hatte oder an ihm, wusste sie nicht. Vielleicht war sie ihm zu langweilig gewesen. Oder er war so angefüllt gewesen mit seiner Aufmerksamkeit für Grace und andere hübsche Frauen, die für einen Flirt infrage kamen, dass er keine Zeit für eine heranwachsende Tochter und deren Themen hatte. Jedenfalls hatte immer etwas gefehlt.

Auch in diesem Krankenzimmer war er physisch anwesend, doch mit seinem Bewusstsein in anderen Sphären unterwegs. Es gab allerdings einen Unterschied, der ihre Begegnungen mit ihm in diesem Raum zu etwas Besonderem machte: Die besondere Stille, die sie und ihren Dad umgab, wenn nicht gerade das Personal seine Runde absolvierte. Sie konnte sein Gesicht betrachten, seine unwillkürlichen Regungen studieren und hatte ihn ganz für sich allein in ihrer Nähe. Eine Langsamkeit und Zeitlosigkeit umgab sie, die Justine gefiel. Die Dinge brauchten Zeit, um sich entfalten zu können. Wie die Blumen, die sie so liebte. Man konnte ihr Erblühen nicht erzwingen. So wie man Liebe nicht durch Bedrängung herbeiführen konnte.

Justine saß, wie so oft, auf dem abgewetzten, aber bequemen schwarzen Kunstlederstuhl neben Dads Bett, auf dem Schoß die Röhrentasche, in der Wotan leise schnarchte. Auch Peter hatte die Augen geschlossen und schien friedlich zu schlafen. Sie meinte, ein leichtes Lächeln und rasche Augenbewegungen unter den geschlossenen Lidern zu erkennen. Er schien zu träumen. Nur zu gern hätte sie gewusst, wovon. Sie flüsterte: „Hallo Dad, ich bin´s, Justine", obwohl sie sicher war, dass er sie, auch ohne ihre Worte zu hören, wahrnahm. Plötzlich öffnete er seine Augen und starrte an die Decke. Justine hatte den Eindruck, dass er alle Kraft zusammennehmen wollte, um seine Blickrichtung zu ändern, doch es gelang ihm nicht. Was er wohl dachte? Empfand? Welche Art von Gefühl war in diesem Zustand möglich? Sein Mund bewegte sich, formte sich zu einem *U* und einem *I*. Sie meinte, von seinen Lippen ablesen zu können, dass er versuchte, ihren Namen auszusprechen. Vielleicht bildete sie es sich auch nur ein, weil es so schön gewesen wäre. Sie dachte an ihren Ausflug nach London, den sie mit Dad unternommen hatte, als sie ungefähr acht Jahre alt war. Wie so oft in der Zeit seines Komas, nutzte sie die Gelegenheit, ihm alles zu erzählen, was ihr in den Sinn kam. Erinnerungen, Gedanken. Sie dachte laut an eine besondere Reise nach London zurück. Im Grunde machte sie nichts anderes als in ihrer Kindheit: Sie erzählte, und Dad war nicht wirklich fähig zu antworten, er war körperlich anwesend, aber geistig abwesend. Doch etwas war anders. Sie musste ihn nicht mit anderen teilen, die seine Aufmerksamkeit auf sich zogen, und sie konnte sich vorstellen, auch wenn sie es sich vielleicht nur einbildete, dass er sie wahrnahm, sie hören konnte und ihr in diesem Zustand vielleicht aufmerksamer zuhörte als jemals im alltäglichen Leben.

„Weißt du noch, Dad? Als wir damals den Wochenendausflug nach London gemacht haben und du mir in Old Bailey die goldene Statue der Justitia gezeigt hast, die auf der Kuppel des Zentralgerichtshofs thront? Ich habe voller Bewunderung zu ihr aufgeschaut. Wie sie dort oben über allem stand, das Schwert in der einen und die Waagschale in der anderen Hand. So wollte ich auch sein. Sie hat mich an die Freiheitsstatue in New York erinnert, von der du mir damals Bilder gezeigt hattest. Seitdem waren Freiheit und Gerechtigkeit in meinen Augen durch die beiden wunderschönen, starken Frauenstatuen eng miteinander verbunden. Ich liebe diese Statue in Old Bailey auch heute noch. Wie sie dort oben den

Überblick behält und die Zusammenhänge zwischen den Dingen klar erkennt. Ich würde mir wünschen, dass ich auch dazu in der Lage wäre, Dad. Gerade jetzt. Könntest du mir doch sagen, was auf der Treppe geschehen ist. Ich spüre ganz genau, dass da etwas nicht mit rechten Dingen zugegangen ist. Dass es kein Unfall war. Du wärst niemals gestürzt, ohne dass jemand nachgeholfen hätte, oder, Dad?

Peter wurde plötzlich sehr unruhig. Er schien seine Hände bewegen zu wollen, war aber nicht dazu in der Lage. Etwas peinigte ihren Vater. Aber was? Sie suchte nach einem Stift, kramte einen kleinen Block aus ihrer Tasche und versuchte, Dad beides anzureichen. Sie hoffte, dass er sich vielleicht schriftlich mitteilen könnte, wenn er schon nicht in der Lage war, zu sprechen. Doch auch das wollte nicht gelingen. Seine Hände waren nicht imstande, sich koordiniert zu bewegen und der misslungene Versuch schien ihn nur noch mehr aufzuwühlen.

Justine entschied sich, weiter zu erzählen, um die Anspannung zu lösen, die in der Luft lag.

„Die kleine Justine hatte sich vorgestellt, selbst da oben über den Dingen zu stehen, auf der goldenen Kugel in Old Bailey, die vielleicht die ganze Welt bedeutete. Sie hatte sich gewünscht, wie Justitia zu sein. Recht sprechen zu können. Macht zu haben. Den Überblick über das komplizierte Leben zu behalten, das der kleinen Justine manchmal wie ein Labyrinth erschien, aus dem sie nicht herausfand. Ich glaube, dass ihr, du und Mum, sehr mit euch beschäftigt wart, kann das sein, Dad? Ich war von Anfang an aus einem anderen Holz geschnitzt. Niemand kann etwas dafür, aber ich bin im wahrsten Sinne euer schwarzes Schaf, oder?" Justine lachte und sah an sich hinunter. Sie betrachtete ihre schwarze Kleidung und die silbernen Ringe an ihren blassen Händen mit den langen, schwarz lackierten Fingernägeln, unter denen der Dreck ihrer Arbeit mit Blumen und Erde praktischerweise nicht zu sehen war.

Peter wirkte nach wie vor nervös. Seine Augen waren plötzlich zu minimalen, gezielten Bewegungen in der Lage. Sie schienen den Raum abzutasten, als wären sie auf der Suche nach etwas. Aber sicher war sich Justine nicht. Ihr erging es im Krankenzimmer ihres Dads genauso wie in der Siedlung: Sie wusste nicht, was sie sich einbildete und was real war.

Wenn Peter sie verstand und erfassen konnte, was sie sagte, berührte ihn vielleicht das ein oder andere besonders, was dazu führte, dass er emotional unter Strom stand und seine innere Bewegung auch nach außen hin spürbar wurde. Justine fühlte sich hilflos in dieser Situation. Sie tat, was sie konnte, um mit ihm in Verbindung zu bleiben. Wie sollte sie ihm anders begegnen als auf diese Weise? Sie schenkte ihm Zuwendung und Aufmerksamkeit, ging davon aus, dass er jedes Wort, das sie sprach, im Zweifelsfall verstehen konnte. Sie versuchte, ihn am Leben teilhaben zu lassen. Auch und besonders an ihrem Leben. Und an dem, was sie verband.

Immer noch ließen sie die Gedanken an die Statue der Justitia in Old Bailey nicht los.

Trug sie eigentlich eine Augenbinde? Soweit Justine sich erinnern konnte, war dies nicht der Fall. Dabei war die Augenbinde doch eines ihrer wesentlichen

Attribute. Ein Symbol dafür, dass sie gerecht und unparteiisch urteilte, ohne Ansehen der Person, ohne Vorurteile, ohne Beeinflussung. Sie selbst, Justine, war in dieser Ausnahmesituation zu nichts dergleichen in der Lage, das war ihr im Laufe ihrer Recherchen schmerzlich bewusst geworden. Und sie nahm sich vor, in Zukunft wieder unvoreingenommener auf ihre Mitmenschen zuzugehen, frei von haltlosen Mutmaßungen und Verdächtigungen. Doch gerade in diesen Zeiten zeigte sich vieles, was sonst im Verborgenen ruhte, gerade die eigenen Schattenseiten. Und die lernte sie momentan zu Genüge kennen.

Wieder schien ihr Dad sich bemerkbar machen zu wollen. Er gab Geräusche von sich, die sie nicht zu deuten wusste, zuckte zusammen. „Du hörst mich, Dad, oder? Du siehst traurig aus. Ich hoffe, das ist nur deiner Gesichtsmuskulatur geschuldet. Etwas kratzt an der Tür. Nein, doch nicht, es ist nur das Geräusch eines Rollators. Oder jemand, der seine Füße nicht anhebt beim Laufen. Du hast eine neue Portion Kekse am Bett stehen, Dad. Ich frage mich, warum. Da beachtet jemand nicht, dass du nur Flüssignahrung zu dir nehmen kannst. Hoffentlich macht dir dieses grelle Neonlicht nichts aus. Ich würde meine Augen schon allein deshalb geschlossen halten, um nicht in dieses fürchterliche Licht sehen zu müssen."

Es war für Justine kaum vorstellbar, dass er angeblich ohne Bewusstsein war, er schien all ihre Worte und Gesten mitzuverfolgen. Sie beobachtete wiederkehrende Regungen, ein Zucken in den Mundwinkeln, eine Bewegung des kleinen Fingers der rechten Hand, seine Mundbewegungen. Und es tat ihr unglaublich gut, ihn zum ersten Mal in ihrem Leben wirklich betrachten und wahrnehmen zu können. In gesundem Zustand war er immer in Eile gewesen. Als wäre Langsamkeit unschicklich für gesunde, leistungsfähige Menschen.

Warum war es in dieser Welt nicht möglich, seine Ruhe zu haben? Irgendwo? Ohne dass die anderen gleich dachten, es stimme etwas nicht mit einem? Oft verfluchte sie das ununterbrochene Geschnatter ihrer Mitmenschen, obwohl sie selbst ja auch das Bedürfnis hatte, sich mitzuteilen, gerade in dieser schwierigen Zeit. Wie widersprüchlich sie doch war. Und vermutlich nicht weniger seltsam als ihre Nachbarn auch.

Kapitel 36

Ein Knall! Was war das um Himmelswillen?! Justine, die nach dem Krankenhausbesuch auf dem Weg nach Hause über den Friedhof lief, sprang unwillkürlich hinter das Familiengrab der Godschlings. Wotan, den sie soeben aus seiner Tasche gelassen hatte, gab einen Angstschrei von sich, den Justine noch nie gehört hatte und der ihr durch Mark und Bein ging. Hätte sie ihn nicht an die Leine gelegt, wäre er sicherlich vor Panik geflüchtet. Noch ein Knall! Was war bloß los in letzter Zeit?

Sie lugte hinter dem Grabstein hervor und konnte nicht fassen, was sie – oder besser gesagt – wen sie sah: Es war Benjamin! Vermutlich mit einem der alten Gewehre seines Vaters. Er zielte auf etwas, das Justine erst auf den zweiten Blick erkennen konnte: Aufgescheuchte Kaninchen, die in heller Panik flohen. „Was machst du da, Benjamin, was ist los mit dir, bist du wahnsinnig geworden?", schrie sie ihm entgegen.

Benjamin, der sich ebenso erschrocken zu ihr umwandte, rief ihr wütend zu: „Ich jage die dummen Karnickel. Man muss sie erlegen. Ihren Bestand ausdünnen. Es sind einfach zu viele. Sie buddeln Löcher auf der Ruhestätte meiner Mutter und fressen die Blumen auf. Das Grab ist in einem unwürdigen Zustand!"

„Wenn überhaupt, dann machen Fachleute so etwas, verstehst du?"

„Ich bin der Sohn eines Jägers!", rechtfertigte Benjamin sich.

„Und du glaubst, das gibt dir das Recht, hier herumzuballern? Du würdest dir doch auch nicht anmaßen, ein Herz zu transplantieren, nur weil du der Sohn eines Chirurgen wärst."

„Kommt drauf an. Wenn ich oft genug dabei zugeschaut hätte, vielleicht."

„Du bist ja nicht richtig im Kopf! Wo ist eigentlich Wotan?" Dieser hatte sich im Eifer des Gefechts losgerissen und sich hinter einem der von ihm so geliebten Komposthaufen verkrochen. Justine rannte um die nahe gelegenen Gräber, ganz außer sich, um ihn wieder einzufangen, während Benjamin sich auf das Granitmäuerchen des Godschlingschen Familiengrabs setzte und hemmungslos schluchzte. „Meine Mutter liegt hier, verstehst du?", rief er Justine hinterher. „Ich kann doch nicht zulassen, dass ihre Totenruhe gestört wird durch diese dummen Karnickel, die in ihr Grab eindringen. Sie soll in Frieden ruhen!"

„Und du glaubst, das kann sie, wenn du mit dem Gewehr um dich schießt?", schrie sie zurück.

Justine hatte Wotan eingefangen und ihn auf ihrem Arm genommen. Sie streichelte das aufgewühlte Tier beruhigend, ließ Benjamin zurück und lief so schnell sie konnte nach Hause. Sie wusste nicht, wo ihr der Kopf stand. Der Wahnsinn, der bislang auf die Siedlung beschränkt gewesen war, wenn man einmal von den

Erweckungsritualen ihrer Grandma absah, war nun eindeutig auf den Friedhof übergesprungen. Ob das ansteckend war?

Die halbe Siedlung wäre ein Fall für TomTom gewesen. Für den früheren TomTom, der sich nicht als semiprofessioneller Fallanalytiker hätte ausprobieren wollen, sondern zufrieden damit gewesen wäre, seinen Patienten und Patientinnen weiterhin ein wenig aus der Misere zu helfen. Damit hätte er bis zu seiner Verrentung genug zu tun gehabt. Es gab mehr Menschen, die mit dem Leben nicht zurechtkamen, als man denken sollte. Justine versuchte, Verständnis für Benjamin zu entwickeln, einen einsamen jungen Mann, der wild um sich schoss, um die Karnickel vom Grab seiner Mutter zu vertreiben. Welch ein Irrsinn.

Kapitel 37

Zu Hause angekommen, fand die aufgelöste Justine ihre Mum mit TomTom am Tisch sitzend und Gemüse zubereitend vor. Außer sich berichtete sie, was vorgefallen war.

„Unfassbar! Er war schon immer ein wenig seltsam, aber das ist die absolute Höhe!", ereiferte sich Grace, die vor lauter

Aufregung an den Möhren knabberte, statt sie weiter zu schälen.

„Und Benjamin sitzt immer noch mit dem Gewehr auf dem Friedhof?", warf TomTom beunruhigt ein. „Wer weiß, worauf er als Nächstes schießt, wir werden die Polizei verständigen müssen. Bei illegalem Waffenbesitz hört der Spaß auf."

„Richtig, TomTom!", ereiferte sich Justine in ihrer Aufregung. „Er war für mich schon immer der perfekte Serienmörder, Amokläufer oder Sexualstraftäter. Einer, der einsam, unauffällig und unattraktiv ist, sich unverstanden fühlt und sich in seine eigene Welt zurückzieht. So werden die doch oft beschrieben. Und meistens sagen die Leute, wenn es zu spät ist, dass sie ihn das nie zugetraut hätten, er wäre doch so ein unscheinbarer, lieber Junge gewesen."

„Da wäre ich jetzt sehr vorsichtig, Justine. Es gibt Millionen von Menschen, die so sind, wie du eben beschrieben hast, und die keiner Fliege etwas zuleide tun."

„Ja, das ist richtig, TomTom, ich weiß auch nicht, was mit mir los ist. Ich habe mich immer für so freigeistig und unvoreingenommen gehalten. Aber das bin ich offensichtlich nicht."

„Ich kann dich verstehen. In Ausnahmesituationen halten wir uns gerne am Bekannten, Vertrauten fest, versuchen, die Dinge so schnell wie möglich einzuordnen und zu erklären, weil wir Sehnsucht nach Halt haben."

„Das haben Sie wunderbar gesagt, Mister Cosy", bemerkte Grace. „Ich frage mich allerdings, was hier gerade vor sich geht. Seitdem Du diese Recherchen anstellst, Justine, geht es hier drunter und drüber. Dabei ist es doch nach wie vor sehr wahrscheinlich, dass Peter einfach nur unglücklich gestürzt ist." Grace redete eindringlich auf ihre Tochter ein, was ihr im Beisein von Thomas Cosy wesentlich leichter fiel, als wäre sie mit Justine allein gewesen. „Du findest Dinge über unsere Nachbarn heraus, die längst vergangen sind, gräbst alte Geschichten aus, die Unruhe stiften. Und nichts von alledem hat nachweislich mit Peters Unfall zu tun. Ich glaube, es wäre besser, all das ruhen zu lassen. Du wühlst so viel auf und ich glaube nicht, dass es Peter nützen wird. Ich würde vorschlagen, ihr lasst diese Recherchen ruhen und du nutzt die Therapiestunden bei Mister Cosy für dich, statt dir das Leben durch Mutmaßungen schwer zu machen."

Grace wandte sich an Thomas Cosy. „Ich bitte Sie inständig, ihre Recherchen aufzugeben und mit der Therapie fortzufahren."

Justine sprang empört auf. „Willst du nicht wissen, was wirklich passiert ist, Mum? Ist es dir gleichgültig, warum Dad in diesem Zustand ist? Du scheinst alles verdrängen zu wollen, was unangenehm ist, nur um dein schönes Leben weiterführen zu können, möglichst ohne Störungen. Selbst wenn dein eigener Mann in Lebensgefahr schwebt."

Grace verlor langsam die Fassung. „Du unterstellst mir unglaubliche Dinge! Und das vor deinem Therapeuten."

Thomas Cosy saß zwischen den Stühlen und versuchte, die richtigen Worte zu finden, um die beiden aufgebrachten Frauen zu besänftigen. „Mrs. Blackwood, ich kann Ihre Gedanken sehr gut verstehen. Dennoch halte ich es für wichtig, Klarheit in die Sache zu bringen. Ich denke, sonst wird ihre Tochter nicht zur Ruhe kommen. Der Gedanke, dass hier etwas nicht mit rechten Dingen zugegangen sein könnte, würde sie immer umtreiben. Da ist es doch besser, sich mit den Gegebenheiten zu konfrontieren und die Wahrheit herauszufinden. Verlassen Sie sich darauf, ich werde Ihre Tochter nach bestem Wissen beraten und unterstützen. Sehen Sie unsere Arbeit hier im weitesten Sinne als einen Bestandteil der Therapie an."

Justine war begeistert. Eine wunderbare Erklärung. Auch Grace konnte sich mit seiner Begründung anfreunden. Dennoch brauchte Justine Abstand von ihrer Mum. Deshalb entschuldigte sie sich für einen Moment und zog sich in ihr Zimmer zurück. Sie setzte sich auf ihr Bett und strickte an Wotans Jäckchen, als es vorsichtig an ihrer Tür klopfte.

„Justine, darf ich eintreten?", erkundigte sich TomTom zurückhaltend.

„Ja, bitte."

Cosy betrat den Raum, nicht ohne sich ein Knurren Wotans gefallen lassen zu müssen.

„Wie geht es dir?", fragte er, während er das Frettchen misstrauisch im Auge behielt. Er wusste, dass er keinen guten Stand bei Wotan hatte. Der kleine Kerl war sehr nachtragend.

„Deine Mum ist ein wenig strapaziert. Ich glaube, ihr geht das alles auch sehr nah."

„Ja sicher. Aber sie ist eine Verdrängungskünstlerin."

„Auf der anderen Seite aber auch eine Lebenskünstlerin, oder? Und eine sehr gute Gastgeberin."

„Ja, das ist sie", erwiderte Justine nüchtern.

„Wenn es dir nun doch nicht mehr recht ist, dass ich hier mich in eurem Haus aufhalte und du vielleicht doch auf meine Hilfe verzichten möchtest, dann sag es mir bitte. Noch gäbe es vielleicht einen Weg zurück zu unseren üblichen Therapiestunden. Wir haben ja gerade erst begonnen."

„Wieso sollte es mir nicht recht sein? Ich möchte wissen, was mit meinem Dad geschehen ist. Wenn du mir helfen kannst, das herauszufinden, soll mir alles andere Recht sein." Sie hielt einen Augenblick inne und bemerkte, dass TomTom nach wie vor etwas verloren dastand. „Bitte, setz dich doch."

Cosy nahm auf einem instabil wirkenden dreibeinigen Lederhocker Platz, der aussah wie ein

Erbstück der Großmutter oder ein besonders spezielles Vintage-Designermöbel. Er brauchte eine Weile, um eine Sitzhaltung zu finden, in der er das Gleichgewicht halten konnte. Was für ein Balanceakt! Er fühlte sich ganz und gar nicht wohl in seiner Haut und völlig deplatziert in Justines Zimmer.

Ihr war es unangenehm, dass er sie dort aufsuchte. Natürlich, es war das Zimmer einer erwachsenen Frau, aber auch ihr Kinder- und Jugendzimmer. Ihm hier gegenüberzusitzen hatte etwas Verunsicherndes. Vielleicht auch deshalb, weil sie selten jemand in diesem Zimmer besuchte, seitdem sie erwachsen war. Es war ungeeignet für Gäste, da es nicht sehr geräumig und nur für eine Person ausgestattet war. Ihre wenigen Freunde und Freundinnen traf sie deshalb meist außerhalb ihres Zuhauses und wenn überhaupt dort, dann höchstens in der Küche. TomTom wirkte in ihrem kleinen Raum plötzlich größer als sonst. In seiner Praxis hatten sie beide eine bestimmte Rolle aufrechterhalten können. In ihrer persönlichen Umgebung fielen nun alle Masken.

„Nett hast du es hier, Justine", bemerkte er verlegen. Was er nett fand an schwarz gestrichenen, schmucklosen Wänden und einer Einrichtung, die nahezu ausnahmslos aus einer Spielwiese für Wotan bestand, war für Justine schwer zu begreifen. Was für ein Projekt! Welch eine Idee, diese sehr unübliche Entscheidung, mit ihrem Therapeuten zusammenzuarbeiten. Sie gaben schon rein äußerlich ein seltsames Ermittlerpaar ab. Justine zwang sich, von ihren Grübeleien abzulassen und zur Sache zu kommen.

„Hast du inzwischen schon einen Verdacht?", fragte Justine.

„Nicht direkt", erwiderte TomTom. „Ich werte nach wie vor alle bisherigen Informationen und Vermutungen aus und versuche, mögliche Verbindungen zu deinem Dad herzustellen. Es gibt viele Mutmaßungen und wenige wirkliche Hinweise und Fakten, wie du weißt. Insofern sollten wir auch mit ein wenig Intuition an das Ganze herangehen. Das Verborgene hinter dem Offensichtlichen erkennen. Augenscheinlich haben manche deiner Nachbarinnen und Nachbarn schwerwiegende Probleme. Wen oder was haben wir bislang nicht beachtet? Da sind zum Beispiel die Unscheinbaren, die einem nicht gleich in den Sinn kommen. Oder auch Mitglieder des engsten Familienkreises." TomTom senkte den Blick. Nach einer kurzen Pause sah er sie an. „Justine?"

„Ja, TomTom?"

„Ich mag dich. Ich hoffe, ich werde dir helfen können."

„Wird schon."

„Das klingt erfrischend pragmatisch."

„Außerhalb der Therapie rede ich nicht über meine Gefühle." Justine schmunzelte verhalten.

TomTom lachte auf. „Gut, dann sprechen wir weiter über deine Nachbarn. Meiner Meinung nach sollten einige besonders auffällige Zeitgenossen hier unter ständiger Beobachtung stehen."

„Du hast Recht, TomTom. Ich nehme an, du sprichst in erster Linie von den beiden Godschlings und Johannes."

„Unter anderem, ja. Was solche Waffenfanatiker anrichten können, war ja schon oft genug in den Schlagzeilen nachzulesen. Sie lassen die Vitrinen offenstehen und jeder, der Zugang zu ihren Räumen hat, kann sich bedienen und lebensgefährlichen Missbrauch betreiben.“

„Ja, durchgeknallt, im wahrsten Sinne des Wortes", ergänzte Justine bedrückt. „Und einer wie Benjamin rennt dann auch gleich mit einer Knarre auf den Friedhof und knallt Karnickel ab. Schrecklich.“

„Oft leben die Kinder die Anteile aus, die bei ihren Eltern im Verborgenen liegen.“

„Ja, das ist ein interessanter Aspekt, TomTom. Ich bin zum Beispiel in vielen Bereichen das Gegenteil meiner Mutter. Sie ist eher die Sonne, ich bin der Mond. Sie ist das Licht, ich bin der Schatten.“

„Das könnte sehr zutreffend sein, Justine. Ich denke, bei euch ist eines der grundlegenden Themen euer unterschiedlicher Umgang mit Sozialkontakten.“

„Ja. Unter anderem“, ergänzte Justine etwas reserviert.

„Und das primäre Thema der Godschlings ist Macht, verbunden mit Aggression und Kontrolle.“

„Genau. Vielleicht hat Dad Benjamin ja zufällig mit den Schusswaffen entdeckt, als er über die Natursteintreppe lief. Dad könnte entsetzt gewesen sein und ihm mit der Polizei gedroht haben. Und Benjamin könnte Dad wiederum aus Angst im Affekt von der Treppe gestoßen haben.“

„Gut. Aber warum hat er dann nicht gleich geschossen, wenn er schon die Waffe in der Hand hatte? Und überhaupt, wieso sollte Benjamin am frühen Abend mit Schusswaffen unter dem Arm über die Treppe laufen? Die Gefahr, damit entdeckt zu werden, wäre ja unverhältnismäßig groß", überlegte TomTom, um gleich darauf zu ergänzen: „Na ja, wer auf dem Friedhof nachts auf Kaninchen ballert, denkt offensichtlich nicht mehr in logisch nachvollziehbaren Kategorien."

„Da sagst du was, TomTom. Es ist nicht so einfach, sich in dieser Siedlung zurechtzufinden, oder? Was man alles bedenken muss. Mich überfordert das Ganze jedenfalls. Ich habe den Faden verloren. Wäre mir das beim Stricken passiert, müsste ich wahrscheinlich wieder ganz von vorne anfangen. Vor allem, wenn es um ein kompliziertes Motiv ginge, das ich als Anfängerin noch nicht richtig umsetzen könnte."

Das verstehe ich, Justine. Selbst wenn man die Anleitung hat, ist es möglich, dass man sie erst mit einer gewissen Übung richtig umsetzen kann. Auch mir geht es manchmal so. Als Therapeut ist man nicht immer gefeit vor Fehleinschätzungen. Bezogen auf unsere Suche nach einem potenziellen Täter oder einer Täterin könnte es sein, dass wir tatsächlich noch einmal ganz von vorne anfangen müssen. Besonders in Bezug auf die Vorurteile, auf denen manche Verdächtigungen beruhen. Wir müssen uns auch um die weniger auffälligen und augenscheinlich problematischen Nachbarn kümmern."

„Gerne, TomTom. Aber irgendwie sagt mir mein Instinkt, dass Benjamin zu einer Übersprunghandlung in der Lage wäre. Vielleicht wünsche ich mir ja einfach nur, dass er aus dieser Siedlung verschwindet. Er ist mir schon lange ein Dorn im Auge. Wieso muss ausgerechnet er das Zimmer gegenüber von meinem bewohnen?"

„Justine, ich denke, wir sollten uns, wenn es dir wirklich um die Tätersuche geht, um größtmögliche Objektivität bemühen. Es besteht ein schmaler Grat zwischen einem Urteil nach gründlicher Prüfung der Fakten und einem Vorurteil ohne gründliche Abwägung, das auf Schubladendenken beruht.

Also selbst, wenn Benjamins Verhalten dir unangenehm ist und sein Ausrasten auf dem Friedhof unentschuldbar, hat das natürlich noch lange nichts mit dem Unfall deines Vaters zu tun. Es könnten genauso gut deine Grandma oder deine Mum gewesen sein, die Sekretärin, gar du selbst oder doch, obwohl es dir unmöglich erscheint, ein einziger falscher Schritt deines Dads."

„Okay, aber unter uns gesagt: Benjamin ist doch genau der Typ, den man sich als Täter vorstellen könnte, wie schon sein kleiner Amoklauf auf dem Friedhof zeigt. Blass, unscheinbar, einsam, ein Außenseiter. So einer, der den ganzen Tag Computerspiele spielt und dann selbst losballert. Einer, der Bilder schöner Frauen sammelt, aber wenn eine vor ihm steht, nichts mit ihr anzufangen weiß. Ein stilles Wasser mit tiefen, verborgenen Abgründen."

„Es ist schon gefährlich, in welche Schubladen wir greifen, wenn es gerade ins Bild passt. Wir sollten vorsichtiger mit solchen Stereotypen sein, auch wenn wir unter uns sind. Nimm es mir nicht übel, aber ich glaube, du bist ein wenig überstrapaziert, was das Nachdenken über mögliche Motive betrifft und möchtest so schnell wie möglich eine einfache Lösung finden.“

„Das ist gut möglich. Ja, ich möchte, dass dieser Albtraum bald ein Ende hat.“

„Deshalb dürfen wir aber nicht so weit gehen, ein Bauernopfer zu suchen, dem wir alle Schuld zuschieben können, nur auf Verdacht. Einen Sündenbock zu finden ist oft einfach, aber ungerecht.

„Gut, unter der Voraussetzung, dass unsere Gespräche nicht über die Friedhof- und Siedlungssmauern hinausdringen, möchte ich mir erlauben können, auch solche Gedanken mit dir durchdenken zu dürfen. Benjamins Ballerei steckt mir noch immer in den Knochen“, bemerkte Justine.

„Das verstehe ich. Er ist natürlich besonders auffällig geworden. Aber selbst, wenn er nicht nur ein paar Karnickel, sondern gar einen Menschen auf dem Friedhof abgeknallt hätte, würde das noch lange nicht bedeuten, dass dies mit dem Sturz deines Dads zusammenhinge. Ich wüsste nicht, welches Motiv er gehabt hätte. Überhaupt ist die Frage der Beziehung zu deinem Dad entscheidend für unsere weitere Recherche. Übrigens, ich habe inzwischen Johannes Buch überflogen.“

„Nur überflogen? Warum?“

"Sein Stil hat mir nicht besonders gefallen. Und der Inhalt hat mich nur mäßig angesprochen. Eine der wenigen für mich aufschlussreichen Passagen war die, durch die ich feststellen konnte, dass die verschlüsselte Figur des Journalisten Walter tatsächlich die Person gewesen sein muss, die eine Affäre mit der Frau des Schriftstellers hatte. Ich habe jedenfalls keinerlei

Hinweis gefunden, der auf deinen Dad als Liebhaber hingewiesen hätte."

„Er schreibt zurzeit an Horrorgeschichten, vielleicht liegt ihm das Genre mehr. Jedenfalls findet er Gefallen daran", erwähnte Justine.

„Ich bin mir sicher, dass er einige Anregungen in dieser Umgebung finden wird", bemerkte TomTom.

„Ja, allerdings", stimmte Justine ihm zu. „Und, was denkst du über Damla und Dads Sekretärin?" Justine dachte nach. "Ich überlege, ob ich jemanden vergessen habe."

„Ja. Deine Grandma, deine Mum und dich selbst."

„Das meinst du hoffentlich nicht Ernst, TomTom", brachte Justine erstaunt hervor.

Der Therapeut lächelte verschmitzt. „In den meisten Krimis wird zuerst die nähere Umgebung unter die Lupe genommen. Auch ich sollte mich daran halten, wenn ich ein seriöser Ermittler sein will. Deine Grandma hätte zum Beispiel ein handfestes Motiv gehabt. Sie war immerhin entsetzt darüber, dass ihr eigener Sohn vorhatte, sie entmündigen zu lassen. Eine solche Demütigung nimmt man nicht so einfach hin. Und die Gelegenheit hatte sie auch. Ich würde ihr eine Kurzschlusshandlung durchaus zutrauen. Du sagst, dass sie den Friedhof häufig aufsucht. Er ist für die alte Dame ebenso wie für dich so etwas wie ein zweites Zuhause, oder?"

„Ja schon, aber sie würde doch ihren eigenen Sohn nicht von der Treppe stoßen."

Justine beschlichen leichte Zweifel an der Richtigkeit ihrer Entscheidung, TomTom in diese heikle Angelegenheit hineinzuziehen. Besonders, wenn er ihre nächsten Verwandten und am Ende gar noch Justine selbst potenziell verdächtigte. Doch sie sah ein, dass sie sein Vorgehen zu akzeptieren hatte. Immerhin hatte er eine Polizeiausbildung und daher professionellere Voraussetzungen für eine solche Tätigkeit als sie, die Friedhofsgärtnerin.

„Wir müssen alle Möglichkeiten in Betracht ziehen“, versuchte TomTom, sich zu erklären.

„Gut. Meinetwegen. Aber mich interessiert vor allem, was du nach dem jetzigen Stand der Dinge über unsere Nachbarn denkst.“

„Ich denke, es gibt viel Eifersucht in dieser Siedlung. Und deine Eltern sind offensichtlich beide derart attraktiv für ihre Umgebung, dass sowohl Grace als auch dein Dad Verehrer und Verehrerinnen weit über Gravebury Village hinaus haben, da wirst du mir sicher zustimmen.“

„Ja, das ist nichts Neues für mich. Hast du jemand bestimmten im Sinn?“

„Nun ja. Mister Beecroft ist ja ganz offensichtlich über jede Gelegenheit froh, seiner Frau und ihrer abendlichen Fleischwurst entfliehen zu können, vorzugsweise zu Grace.“

„Ja, die Männer flüchten gern in ihre Arme“, bemerkte Justine lakonisch.

„Im Gegensatz zu dir, du ziehst dich ja lieber auf den Friedhof zurück“, konterte Cosy.

„Soll das jetzt so eine Art kostenlose Sitzung unter der Hand werden?“

„Nein Justine. Aber auch die Ermittlungen gehen ans Eingemachte. Vieles, was hier geschieht, ist grenzwertig, um es neutral auszudrücken.“

Plötzlich sprang Wotan aus seiner Höhle in den körperwarmen Untiefen der gemütlichen Bettwäsche. Er machte über den Nachttisch hinweg einen Riesensatz auf TomTom zu, zischte und hüpfte auf die Schulter des Therapeuten. Dieser erschrak derart, dass er das biestige Frettchen im Reflex mit einer unsanften Bewegung von sich stieß.

Erschrocken ob der groben Abfuhr, sprang Wotan Schutz suchend auf Justines Schoß und verkroch sich unter deren weiter schwarzer Bluse.

Plötzlich erinnerte sich Justine an ihren letzten Traum:

Sie hatte hochschwanger am Grab der Schriftstellergattin gestanden, neben ihr Johannes, der niederkniete. Justine wusste nicht, ob vor dem Grab seiner Frau oder vor ihr. Wotan beförderte den Schmuck aus dem geöffneten Grab vor die Füße des Schriftstellers. Der öffnete den Beutel, holte zwei Ringe daraus hervor, steckte den einen an Justines Ringfinger und den zweiten an seinen. Justine war zutiefst gerührt gewesen. Als sie erwacht war, war alles Glück verflogen. Geblieben war eine unbestimmte Sehnsucht. Ein seltsamer Traum.

Wieder strampelte Wotan unter ihrer Bluse wie ein Kind kurz vor der Geburt und Justine ertappte sich dabei, dass sie den ihr gegenübersitzenden und sie wohlwollend anblickenden TomTom zum ersten Mal genauer betrachtete. Seine Augen hatten einen tiefen und warmherzigen Ausdruck, seine Hände und sein fein geschwungener Mund strahlten bei genauerer Betrachtung etwas Sinnliches aus. Sie schob ihre unangebrachten Eindrücke zur Seite und schenkte ihm ein schüchternes Lächeln. „Kann ich dir einen Traum erzählen, obwohl du nicht mehr mein Therapeut bist?"

„Selbstverständlich, du kannst ihn mir ja als Privatmensch erzählen." Justine beschrieb ihre Traumbilder und erwähnte auch die Schwangerschaft.

„Ein interessanter Traum", sinnierte TomTom. „Deine Schwangerschaft kann auf unerfüllte Erwartungen und Wünsche hinweisen, aber auch auf einen Neuanfang, den Beginn eines neuen Lebensabschnitts, vielleicht sogar eine neue Beziehung. Aber im Grunde hängt all dies auch sehr von deinem eigenen Gefühl ab. Wie hast du die Situation im Traum empfunden?"

„Wie soll ich sagen ..." Justine suchte nach einem passenden Wort. „Er war voller Spannung. Erwartung."

„Interessant. Die Redewendung ‚Mit etwas schwanger gehen' gibt es ja aus gutem Grund. Vielleicht beschäftigt dich etwas besonders intensiv. Etwas, das herauskommen will, wenn es an der Zeit ist, wie das Neugeborene aus dem Mutterleib."

Justine wurde das Gespräch ein wenig unangenehm. Da sie selbst nicht genau benennen konnte, was in ihr vorging, wollte sie sich TomToms professionellen Interpretationen nicht weiter ausliefern. Sie besann sich auf die eigentliche Aufgabe, die sie mit ihrem ehemaligen Therapeuten zu lösen hatte. Um einen solchen Fall wie den ihres Dads auflösen zu können, benötigte man einen kühlen Kopf und einen scharfen Verstand. Oder eine Person, die beides mit einbrachte und ein Team mit ihr bildete. In ihrem Fall also TomTom.

Irgendetwas hatte sich verändert, seitdem sie mit ihm über ihren Traum gesprochen hatte, und sie wusste nicht, ob sie diese Veränderung mochte oder nicht.

Kapitel 38

Diese Frage nahm sie am nächsten Tag mit in den Blumenladen und es fiel ihr schwer, sich auf ihre Kunden zu konzentrieren. Ausgerechnet an jenem Tag kamen viele mit speziellen Sonderwünschen auf sie zu. Hin- und hergerissen zwischen ihren um TomToms kreisenden Gedanken und dem, was sie zu erledigen hatte, waren ihre Arbeitsstunden dann doch irgendwann beendet und sie konnte die Tür des Blumenladens hinter sich schließen. Als sie mit einigen Stiefmütterchen im Gepäck, die sie Grandma mitbringen wollte, auf dem Heimweg war, hörte sie ein Gejammer aus dem dicht umwucherten Garten von Vreni Seematter, der Katzenfrau.

Justine warf einen heimlichen Blick durch die hochgewachsenen Büsche, die den Garten Vrenis bis auf zwei, drei kleine Lücken nahezu blickdicht umschlossen und sah, dass die Ärmste eine leblose Katze in ihren Armen hielt. Woran war sie wohl gestorben? Dad hatte genau diese Katze im Übrigen nicht leiden können, erinnerte sich Justine. Das Tier hatte im Frühling vergangenen Jahres seine geliebten Singvögel, die er mit Silos voller Futter anlockte und an deren Gegenwart und Gesang er sich unglaublich erfreute, gejagt und ein Vögelchen nach dem anderen getötet. Das war eine schlimme Sache für ihn gewesen, woran er im Übrigen Vreni die Schuld gab. Er war überzeugt davon, dass sie die Tiere unregelmäßig versorgte. Gerade hatte Vreni ein kleines Loch in ihrem Garten ausgehoben und ein rührendes Bettchen aus Moos und Gras für ihren Liebling gestaltet. Justine wagte einen Blick hinter die Büsche und sah, dass das Grab der Glückskatze nicht das erste war, das die Katzenfrau auf ihrem Grundstück errichtet hatte. Wenn man genauer hinsah, erkannte man, dass sich auf dem Rasen Grab an Grab reihte. Einige waren kenntlich gemacht durch kleine Holzkreuze, an denen Katzenbilder angebracht waren.

Plötzlich entdeckte Vreni Justine. Die wollte sich schnell entfernen, doch die Katzenfrau rief sie zurück. „Justine?" Diese fühlte sich ertappt. Eine unangenehme Situation. „Ich bin auf dem Weg nach Hause, ich wollte Sie nicht stören."

„Sie stören doch nicht. Sehen Sie nur, mein kleiner Logan ist gestorben! Ich bin untröstlich. Er war so ein schönes, liebes Tier."

Na ja, lieb ... Justine dachte an die vielen Singvögel, die ihm zum Opfer gefallen waren, verkniff sich jedoch einen Kommentar und sprach Vreni ihr Beileid aus.

„Er wurde vergiftet!", schluchzte Vreni. „Wer bringt denn so etwas übers Herz? Können Sie sich das vorstellen?"

Justine verneinte bedauernd und zog sich entschuldigend zurück. Sie würde TomTom bitten, Vreni unter einem Vorwand zu besuchen. Es könnte sich lohnen. Wahrscheinlich würde er mehr aus ihr herauslocken können als Justine, immerhin hatte er die nötige Erfahrung im geschickten Fragenstellen und war unvoreingenommen.

Vreni kümmerte sich um alle Katzen im weiteren Umkreis. Dad fand ihre Katzen-Sammelleidenschaft ja auch unabhängig von der Tragödie mit seinen Singvögeln unerträglich.

Justine musste an ihn denken. Schade, dass die Ärzte es wohl kaum erlauben würden, ihm ein Rotkehlchen, seinen Lieblingsvogel, zu bringen. Sonst hätte sie es getan, in der Hoffnung, dass er Dad vielleicht durch seinen Gesang aus dem Koma hätte erwecken könnte.

Kapitel 39

Als Justine auf dem Weg nach Hause wieder am Spielplatz vorbeiging, sah sie Damla, die auf der Bank saß und eine Modezeitschrift las, während ihre Jüngste sich den feinen Sand in Mund und Nase steckte. Gerade dachte die redemüde Justine, dass es ihr gelungen wäre, unbemerkt vorüberzugehen, da hörte sie Damla, die ihre Augen und Ohren wieder einmal überall zu haben schien, rufen: „Justine! Wie geht es dir?"

Justine drehte sich zu ihrer aufmerksamen Nachbarin um und spielte die Überraschte.

„Ah, Damla, ich hatte dich gar nicht bemerkt."

„Wo kommst du denn her, Justine? Hier gehst du normalerweise nicht ohne Grund spazieren, oder? Du könntest Gefahr laufen, lebenden Personen aus der Nachbarschaft zu begegnen, wie man sieht." Damla lachte. Sie amüsierte sich gern über ihre eigenen Bemerkungen, ob sie nun gelungen waren oder nicht. Justine beneidete sie manchmal um ihr unerschütterlich positives Selbstbild.

Sie bemerkte offensichtlich nicht, wie sie ihrem Gegenüber mit ihrer unverblümten Art jede Möglichkeit nahm, ihren unangenehmen und manchmal auch unangemessenen Beobachtungen elegant auszuweichen. Und doch traf sie nicht selten ins Schwarze.

Justine würde sich wohl auf ein kurzes Gespräch einlassen müssen, um nicht allzu unhöflich zu erscheinen. „Ich habe mit Vreni gesprochen."

„Ach wirklich?? Was für einen Eindruck hat sie auf dich gemacht?"

Justine hatte nicht die geringste Lust, über Vreni zu sprechen und versuchte, sich kurzzufassen: „Etwas seltsam ist sie schon. Ich glaube, sie ist einsam."

„Kein Wunder", erwiderte Damla. „Es kann nicht jeder so gut mit Einsamkeit umgehen wie du."

Das saß. Justine konterte: „Ich bin nicht einsam. Ich lebe mit meiner Familie zusammen. Vielleicht kannst du das nicht nachvollziehen, aber ich bin sehr gern allein. Einsamkeit und Alleinsein sind zwei vollkommen verschiedene paar Schuhe. Das eine ist ein unfreiwilliger Zustand und das andere eine freiwillige Entscheidung, ein Bedürfnis."

„Du musst dich nicht rechtfertigen, Liebes, du weißt, was ich meine. Ich bewundere dich. Du bist wie du bist, und machst dir keine Gedanken darüber, was andere über dich denken könnten."

Justine ärgerte sich darüber, dass sie sich überhaupt auf dieses Gespräch eingelassen hatte. Als hätte Damla auch nur die geringste Ahnung, was in Justine vor sich ging. Damla war eine Nachbarin, nichts weiter. Eine der besonders neugierigen Sorte. Justine wollte sich gerade entschuldigen und sich aus dem unerquicklichen Gespräch herausziehen, da brachte Damla wieder eine ihrer unsäglichen Unterstellungen hervor.

„Ich glaube, Vreni isst ihre Katzen“, warf sie ohne jeden Vorlauf in den Raum.

„Wer macht was?“

„Na, Vreni. Ich glaube, sie verspeist ihre Haustiere.“

„Wie kommst du denn auf die Idee, Damla? Ich finde, jetzt gehst du entschieden zu weit.“

„Du weißt doch, dass sie Schweizerin ist, oder?“

„Ja natürlich,“ erwiderte Justine, „Das ist nicht zu überhören. Aber in welcher Weise steht das deiner Meinung nach mit dem Verspeisen der eigenen Haustiere in Zusammenhang? Ich habe noch nie davon gehört, dass die Schweizer besonders blutrünstig sind. Das würde ich eher von den Chinesen erwarten.“

„Siehst du? So ist das mit den Vorurteilen. Du wirst es nicht glauben, aber die Schweiz ist das einzige Land in Europa, in dem es erlaubt ist, seine eigenen Haustiere zu essen.“

„Nein! Wirklich? Justine war ehrlich erstaunt. „Wo hast du das denn gehört?“

Wer wusste schon, welcher abstrusen Quelle das Halbwissen Damlas wieder einmal entsprungen war.

„Gestern gab es einen Bericht im Fernsehen. Es ging um einen Bauern in der Schweiz. Sie haben ihn den „Katzenfresser“ genannt. Wahnsinn, oder? Der hat es mit seiner Vorliebe für das Verspeisen seiner eigenen Haustiere bis in die Schlagzeilen geschafft. Dabei sagt man den Schweizern doch nach, dass sie so friedliebend seien. Auch positiven Vorurteilen kann man nicht unbedingt trauen.“

„Das ist doch sicher ein Ausnahmefall? So etwas wird ja gern von der Presse aufgebauscht.“

„Eigentlich nicht. Offensichtlich ist es in manchen Schweizer Kantonen Tradition, Katzenfleisch zu Weihnachten zu essen. Unglaublich, oder?"

„Und du meinst, deshalb macht Vreni es auch? Nur weil sie Schweizerin ist?"

„Nein, weil sie ständig neue Katzen aufnimmt und andere, die sonst immer durch die Siedlung gepilgert sind, plötzlich verschwinden."

„Das kannst du so genau unterscheiden? Ich hätte da keinen Überblick."

„Ja, ich habe ein gutes Gedächtnis. Ich sage dir, mit der Vreni stimmt etwas nicht. Die Enttäuschung, die Einsamkeit ... es würde mich nicht wundern, wenn sie eine dieser heimlichen Alkoholikerinnen wäre."

„Aha. Wieso?"

„Sie hat eine besondere Unruhe. Ihre Hände scheinen zu jucken, sie kratzt sich ständig. Und als ich sie zuletzt gesehen habe, hatte sie Schweißperlen auf der Stirn."

Damla war wirklich eine spezielle Person. Sie hätte Krimi-Drehbuchautorin werden sollen. Es wäre ihr sicher nicht schwergefallen, sich zu jedem Charakter etwas Auffälliges oder zumindest Bedenkliches einfallen zu lassen. Ihre Fantasie kannte in dieser Hinsicht keine Grenzen.

Und Justine musste zugeben, dass hinter manchen ihrer Mutmaßungen ein Fünkchen Wahrheit steckte. Sie würde unbedingt mit TomTom sprechen müssen. Sie hatte den Eindruck, überall, wo sie hinter die beschaulichen Kulissen blickte, eine Büchse der Pandora zu öffnen.

Auch Damla war nicht ausgeschlossen. Sie schien Peter, wie sie selbst zugegeben hatte, besonders zu mögen. Wer wusste schon, mutmaßte Justine, ob ihr Dad nicht auch mit ihr geflirtet und falsche Hoffnungen gemacht hatte? Es konnte durchaus sein, dass ihre Ehe nicht so gut lief, wie es den Anschein hatte. Nichts schien mehr ausgeschlossen, das bereitete ihr die größten Probleme. Es behagte ihr nicht, voller Misstrauen auf die Menschen zu blicken. Sie zu umgehen und ihre Ruhe vor den meisten haben zu wollen, war die eine Sache. Doch das Schlechteste von ihnen anzunehmen und ihnen argwöhnisch zu begegnen, tat ihr nicht gut.

Justine musste zugeben, dass sie ihre Eltern durch die Recherchearbeit noch einmal von einer ganz anderen Seite kennenlernte. Wer wusste schon, welche geheimen und ungeahnten Abgründe sich auch in den allernächsten und scheinbar vertrautesten Verwandten und Freunden auftun konnten? Wieso sollte sie, die Tochter, über alles Bescheid wissen, was ihre Eltern umtrieb? Sie würden mit ziemlicher Wahrscheinlichkeit nicht ausgerechnet ihrem Kind von Affären oder verborgenen Leidenschaften berichten. So etwas erzählte man vielleicht Freunden, aber nicht dem engsten Familienkreis.

Justine war also auch in dieser Hinsicht verunsichert. Alles, was ihr in ihrem kleinen, engmaschigen Leben sicher und unverrückbar erschienen war, schien nur dadurch hervorgerufen worden zu sein, dass sie nicht hingeschaut hatte. Nun sah sie hin und musste erkennen, dass alles sehr zerbrechlich war.

Kapitel 40

„Hast du mir eigentlich zugehört?", unterbrach Damla Justines Gedankenflut, die innerhalb weniger Sekunden über sie hereingebrochen war.

„Ja, das habe ich, Damla. Ich muss langsam gehen. Wotan wartet auf seinen Spaziergang. Justine versuchte, sich auf diese Weise zu entschuldigen, um endlich den Absprung aus diesem Gespräch zu schaffen.

„Ich nehme an, ihr werdet euch wieder auf dem Friedhof tummeln, um eure Ruhe zu haben." Damla grinste.

„Du wirst es nicht glauben, wie viele Menschen in letzter Zeit dort umhergeistern. Es geht zu wie im Taubenschlag. Ich begegne Leuten, die ich in der Siedlung schon lange nicht mehr gesehen habe", entgegnete Justine.

„Das mag vielleicht daran liegen, dass sie verstorben sind, meine Liebe?", scherzte Damla. „Jetzt im Ernst, Justine. Welche Leute? Ist dein Grandpa William endlich wieder auferstanden? Das würde mich für deine Grandma sehr freuen."

„Leider nicht. Wie dem auch sei, ich habe einen Riesenhunger, Damla. Meine Mum wartet mit dem

Essen auf mich. Bis demnächst." Justine wollte sich endlich entfernen, doch Damla hielt sie erneut zurück: „Apropos Hunger, Justine, ich habe gegoogelt: Es gibt regelrechte Kochrezepte für Katzenesser! Katzenbraten in Rahmsoße mit Salzkartoffeln und Gemüse beispielsweise. Und ich könnte schwören, dass es letztens genau danach bei ihr gerochen hat."

„Wie willst du denn riechen, ob jemand Katzenbraten, Rinderbraten oder Hühnerfleisch zubereitet?", überlegte Justine.

Damla war entrüstet. „So eine Frage kann auch nur eine Vegetarierin stellen. Der Duft von Hühnerfleisch unterscheidet sich maßgeblich von Rindfleisch oder Wildgeruch. Und Katzenfleisch riecht eher süßlich, würde ich sagen."

„Woher willst du wissen, wie Katzenfleisch riecht, Damla?"

„Man hat doch ein Vorstellungsvermögen, oder?"

„Ja sicher. Bei dir klingt es allerdings eher wie eine Tatsache, deshalb war ich mir nicht sicher, wie ich es verstehen soll", bemerkte Justine, nicht ohne eine Prise Ironie. Damla ließ nicht locker und setzte ihre Assoziationskette fort, bevor Justine eine Gelegenheit hatte, endlich zu gehen, ohne unhöflich zu wirken. Sie würde dringend mit TomTom über ihre Unfähigkeit sprechen müssen, in solchen Situationen Grenzen zu setzen.

„Übrigens, wusstest du, dass über dreiviertel aller Menschen, die sich auffällig viele Haustiere anschaffen, alleinstehende und sozial isolierte Frauen sind?", wusste Damla aus ihrem Schatz an fragwürdigem Allgemeinwissen zu berichten. „Das würde doch hundertprozentig auf Vreni zutreffen. Katzen als Partnerersatz. Und dann ist sie auch noch kinderlos. Ich bin mir so gut wie sicher, dass sie uns nur deshalb nie in ihr Haus einlädt, weil sie keine Ordnung halten kann."

„Woher willst du all das wissen, Damla?", fragte Justine.

„Ich vermute und kombiniere es", erwiderte Damla, nicht ohne einen gewissen Stolz. „Jedenfalls scheinen Katzen eher Frauentiere zu sein", mutmaßte Damla, die den Anspruch an sich selbst erhob, auf möglichst alles, was auf die menschliche Psyche oder das sozialen Miteinander bezogen ist, eine einigermaßen passende Antwort zu finden. „Zumindest tragen Katzen mehr zum Wohlbefinden einer Frau bei als ihre Ehemänner. Für das Wohlbefinden der Ehemänner ist die Partnerin allerdings wesentlich wichtiger als die Katze."

„Wo holst du das nur alles her", wunderte sich Justine. Damla verstrickte sich deutlich mehr in seltsame Theorien und oberflächliches Schubladendenken als Justine und ihr wurde noch einmal mehr bewusst, wie unangenehm derartige Klischees auf andere, vor allem die Betroffenen, wirken mussten.

Als hätte Damla Justines Gedanken erahnt, fuhr sie fort: „Mein Wissen, was die *Frauentiertheorie* betrifft, stammt aus einer seriösen Umfrage und das Ergebnis spricht nicht für den durchschnittlichen Ehemann", grinste Damla. „Und damit schließe ich meinen Eigenen nicht aus. Entspannen kann ich mich wesentlich besser ohne ihn, wenn ich ehrlich bin. Ich hatte mir schon mal überlegt, eine von Vrenis Katzen stundenweise auszuleihen und sie bei Gefallen ganz zu behalten. Vielleicht würde ich auf diese Weise zumindest ein Exemplar vor dem Verzehr durch sein Frauchen retten. Siehst du, heutzutage muss man die geretteten Tiere vor ihren Rettern retten, was für eine Welt."

Justine musste all die irrwitzigen Hypothesen der geschwätzigen Nachbarin erst einmal verarbeiten. Auch den Kommentar über ihren eigenen Ehemann. „Wieso kannst du dich bei deinem Mann nicht entspannen? Ich hatte gedacht, er sei ein ziemlich ausgeglichener Mensch."

„Ach Justine, man merkt, dass du nicht besonders erfahren in Beziehungsangelegenheiten bist." Damla seufzte.

Auch dieser Satz saß und versetzte Justine einen Stich. Natürlich hatte Damla teilweise recht damit, aber was ging sie ihr Privatleben an? Justine wurde, je länger sie sich mit den Angelegenheiten der Lebenden statt mit denen der Toten befasste, bewusst, dass ihre Nachbarn nicht nur über die anderen, sondern auch über sie Wahres und Unwahres verbreiten würden. Der Klatsch und Tratsch machte vor ihr nicht Halt, da konnte sie den Kopf so lange in den Sand stecken, wie sie wollte. Auch wenn sie die anderen nicht sah, sahen diese dennoch sie.

Damla fuhr unerbittlich fort: „Hättest du schon einmal eine längere Beziehung geführt, wüsstest du, dass der äußere Schein so gut wie nie mit der nüchternen Realität des täglichen Zusammenlebens übereinstimmt. Ich behaupte, dass es kein einziges Paar in dieser Siedlung gibt, das nicht schon einmal über eine Trennung nachgedacht hat. Und nur die wenigsten haben den Mumm dazu, den Schritt dann auch zu wagen. Meistens mehr aus Bequemlichkeit als aus Liebe. Glaub mir."

Damla hatte sich derart in Rage geredet, dass sie den röchelnden Husten ihres Töchterchens nicht bemerkt hatte. Ihr schien die Menge an Sand, die sie in der Zwischenzeit geschluckt haben musste, nicht zu bekommen.

Damla klopfte ihr auf den Rücken, ein wenig zu fest für Justines Geschmack.

„So, ich muss los, Damla. Wotan wartet. Ach so, nur kurz, a apropos Tiere, ich könnte mir schon vorstellen, dass Frauen im Allgemeinen eine stärkere emotionale Beziehung zu Tieren haben als Männer. Wenn ich Thomas Cosy und seine Beziehung zu Wotan betrachte … auf ihn und mich trifft das Klischee jedenfalls zu. Ich habe eindeutig eine stärkere Beziehung zu Wotan als TomTom."

„TomTom? Du nennst ihn TomTom?", Damla witterte offensichtlich Gesprächsstoff.

„Na und? Das hat nichts zu bedeuten."

„Wenn du sagst, es hat nichts zu bedeuten, dann hat es definitiv eine Bedeutung." Damla sah Justine an, als hätte sie gerade einen Matchpunkt erzielt.

Justine hätte sich auf die Zunge beißen können. Bislang hatte sie sich strikt an die Bezeichnung „Mister Cosy" gehalten, wenn sie in der Nachbarschaft von ihrem *Gast* sprach als einem Freund der Familie. Aber typisch, Damla hatte eine außerordentliche Begabung dafür, einem die Zunge zu lösen und einen verbal zu überrumpeln.

Nun würde die ganze Siedlung mit ihren Mutmaßungen über ihre Beziehung zu TomTom versorgt, da würde Justine nichts mehr gegen unternehmen können.

Kapitel 41

Als Justine nach dem Erlebnis mit Vreni und Damla endlich nach Hause kam, war Mutter überraschenderweise gerade dabei, ihr eine vegane Süßkartoffel-Bowl zuzubereiten. Neben ihr lag ihre neueste Errungenschaft: Ein Kochbuch mit vegetarischen Paleo-Rezepten, das Grandma, die vor ihrem Laptop am Tisch saß, soeben durchblätterte. Grace hatte es sich extra für Justine angeschafft, um sie ein wenig aufzupäppeln. Grace hoffte, mit den neuen Gerichten auf Gegenliebe bei ihrer Tochter zu stoßen und dazu beizutragen, dass sie wieder mehr aß.

Grace war erfreut, dass die Überraschung, die sie sich mit diesem Gericht für ihre Tochter ausgedacht hatte, anscheinend gelang. Justine fragte erstaunt: „Hast du das extra für mich gekocht?"

„Ja Darling, ich dachte, ich versuche einfach mal was anderes, damit du wieder mehr Freude am Essen hast. Kommst du gerade erst aus dem Blumenladen?" Grace reichte ihrer Tochter eine große Schale mit dem aromatisch duftenden Gemüse.

Justine war überrascht über die besondere Fürsorge und das Interesse ihrer Mum an ihren alltäglichen Angelegenheiten. Da sie für ihre Verhältnisse ungewöhnlich starken Redebedarf hatte durch die vielen Eindrücke, die zu verarbeiten waren, begann sie bereitwillig zu erzählen, was sie bei Vreni und mit Damla erlebt hatte. Sie ertappte sich dabei, dass sie ihrer Mum ganz frei heraus offenbarte, wie sie das Verhältnis von Vreni zu ihrem Dad einschätzte.

„Du glaubst also, dass Vreni Dad hasste?", wunderte sich Grace. „Da wäre sie die Ausnahme, fast alle himmeln ihn doch an." An die Schwärmereien anderer Männer und Frauen für sie selbst und ihren Mann hatte sie sich längst gewöhnt. Solange es bei oberflächlichen Flirts und kleinen Schäkereien blieb, konnten beide gut damit leben. Grace musste an einen Artikel denken, den sie kürzlich gelesen hatte. Der Verfasser behauptete, dass besonders attraktive Paare Beziehungen von kürzerer Dauer hätten, da die Gelegenheiten fremdzugehen und damit auch die Versuchungen, für anziehende Menschen größer seien als für den Durchschnitt. „Du könntest recht haben, Justine. Vreni hat in letzter Zeit einen großen Bogen um uns gemacht. Draus zu schließen, dass sie Dad von der Treppe gestoßen haben könnte, finde ich allerdings übertrieben." Grace schaute Justine beunruhigt an. „Welcher konkrete Grund hätte sie deiner Meinung nach dazu veranlasst haben können?"

„Na ja, ich dachte ... Dad hat ihre Katzen doch gehasst. Wegen der Vögel. Und er war vor allem aus diesem Grund nicht besonders nett zu ihr." Justine stocherte gedankenverloren in ihrem Essen.

„So etwas ist Alltag in einer Siedlung wie dieser", entgegnete Grace. „In jeder Hausgemeinschaft. Ständig geht es um Kleinigkeiten. Um den Müll, das Putzen der

Hausflure, die Tierhaltung. Wenn jeder Nachbar gleich derart wütend würde, dass er den Streithahn von der Treppe stoßen oder anderweitig im Affekt töten oder schwer verletzen würde, wären so gut wie alle Menschen, die in Gemeinschaften leben, tot oder schwer verletzt." Grace betrachtete Justine, die ohne besonderen Hunger von dem leckeren Essen kostete. „Schmeckt es dir?", fragte Grace.

„Ja, Mum. Ich mag es. Aber ich habe keinen großen Hunger.

„Ich weiß nicht, Liebes ... Du steigerst dich da wieder einmal in etwas hinein. Vielleicht solltest du mit deinem Thomas Cosy mal darüber sprechen, auch wenn er nicht mehr dein Therapeut ist. Seitdem Dad im Koma liegt, verdächtigst du jeden, der dir über den Weg läuft. Du begegnest deiner Umgebung mit Misstrauen, erwartest von jedem nur das Schlimmste und betrachtest alle von ihrer schlechtesten Seite. Du dichtest ihnen Dinge an, die du nicht beweisen kannst und kramst Klischees aus der untersten Schublade. Ausgerechnet du. Du willst doch auch nicht, dass man dir mit Argwohn und Vorurteilen begegnet und dir aufgrund deiner Eigentümlichkeiten unterstellt, dass du einen Menschen vorsätzlich oder im Affekt von der Treppe gestoßen haben könntest. Stell dir einmal vor, Thomas Cosy würde dich verdächtigen, dies deinem Dad angetan zu haben. Sei mir bitte nicht böse, aber ich denke, das Ganze tut dir nicht gut."

Grandma Emily hatte das Kochbuch beiseitegelegt und das Gespräch interessiert verfolgt. Sie funkte dazwischen: „Paranoide Persönlichkeitsstörung. Habe ich gegoogelt." Sie suchte nach dem Eintrag. „Nach dem diagnostischen und statistischen Leitfaden psychischer Störungen

besteht ein tiefgreifendes Muster aus Misstrauen und Argwohn, sodass allen Menschen böswillige Absichten unterstellt werden.“

„Vielen Dank für den Hinweis, Grandma“, erwiderte Justine ironisch. „Ich werde mit TomTom über meine Paranoia sprechen. Aber jetzt bin ich müde, entschuldigt mich. Und danke für das leckere Essen, Mum.“

Justine ging in die erste Etage und schloss die Zimmertür hinter sich. Sie war froh, allein zu sein nach den intensiven Begegnungen und Gesprächen, die ihr alle nachgingen, und holte ihr Strickzeug hervor. Sie hatte das Bedürfnis, etwas Neues zu beginnen. Zur Abwechslung einmal ein Paar Socken. Sie würde immer noch überlegen können, ob sie sie verschenken oder selbst behalten wollte. Grandma würde sich wahrscheinlich sehr darüber freuen. Sie begeisterte sich für jedes Geschenk, das ihre geliebte Enkelin ihr machte. Vielleicht würde sie auch TomTom damit überraschen. Ihre Mum weniger, sie bevorzugte elegante Hauskleidung. Selbst im Winter lief sie auf Sechziger-Jahre-Vintage-Pantoletten mit Absätzen durchs Haus. Justine würde die Socken in einem neutralen Farbton halten, damit sie sich später noch entscheiden könnte, wer sie tragen sollte.

Nach einiger Zeit des Strickens war sie immer noch hellwach. Sie zog ihr Tagebuch unter der Matratze hervor, um Eintragungen zu machen und schlug es zufällig an der Stelle auf, wo sie zwei hypothetische

Trauerreden, – eine auf sich selbst und eine zweite auf ihre Mum - verfasst hatte. Sie las beide noch einmal.

Es gibt Momente, in denen einem Menschen bewusst werden kann, dass der Weg auf dieser Erde für ihn beendet ist. Dass er nie hierhergehört hat. Dieser Moment war für unsere geliebte Justine gekommen. Für uns ist das bitter. Für sie war es eine Erlösung. Das Gefühl, gehen zu wollen, kann verschiedene Gründe haben. Eine unerträgliche Krankheit. Schmerz. Oder die Trauer an der Welt. Vielleicht auch eine extreme Schüchternheit. Die Unfähigkeit, mit Menschen in Kontakt zu treten. Es gibt viele Fachausdrücke dafür, Thomas Cosy wird sie alle kennen. Doch auch er glaubt nicht, dass Justine aus diesem Grund freiwillig von dieser Welt gegangen ist. Vielleicht gibt es tatsächlich Menschen, die einfach nicht hierhergehören. Die vom Himmel gefallen sind oder sich aus einem liebenden Gedanken heraus materialisiert haben.

Vielleicht geben diese Menschen ihr Bestes, sich hier zurechtzufinden. In der Verkleidung einer Person, die dazugehört. Doch sie werden immer Fremde bleiben. So war es auch mit Justine. Sie gehörte nicht hierher. Wir haben sie geliebt, wie sie war, doch das hat leider nicht ausgereicht, um sie aufzufangen und zu halten. Wir müssen akzeptieren, dass sie dorthin zurückkehren wollte, wo sie hergekommen war. Diese Sehnsucht war von Anfang an in ihr. Schon früh hat das Kind sich von den dunklen Aspekten des Lebens angezogen gefühlt. Von der Nacht. Dem Tod. Der Farbe Schwarz. Und nun hat sie sich wieder auf den Heimweg begeben. Wie werden immer in Liebe an ihrer Seite sein und ihr von ganzem Herzen wünschen, dass sie zurück zu ihren Wurzeln gefunden hat.

Der Text machte sie melancholisch. Sie war keineswegs depressiv, dies hatte ihr auch TomTom bestätigt. Sie war einfach nicht von dieser Welt. So etwas gab es. Sie war schlichtweg falsch gelandet.

Die letzte Rede hatte sie für ihre Mum verfasst. In einem Augenblick, in dem sie sehr wütend auf sie gewesen war:

Liebe Trauergemeinde, es ist kaum vorstellbar, dass meine Mum, Grace Blackwood, so unerwartet das Zeitliche gesegnet hat. Ich bin untröstlich, dass sie so plötzlich aus unserem Leben gerissen wurde. Mum war eine charismatische Frau. Wo immer sie auftauchte, verbreitete sie Lebensfreude und Sinnlichkeit, nicht nur durch ihre Kochkünste, die sie stets weiter-entwickelte, sondern auch durch ihre ansteckende Fröhlichkeit. Sie hatte keinen Beruf, aber eine Berufung: die Anbahnung und Pflege menschlicher Kontakte. Man könnte sagen, sie waren ein Fulltimejob für sie, dem sie äußerst leidenschaftlich nachging.

Seltsam, mit ein wenig Abstand wurde Justine bewusst, dass die Trauerrede für ihre Mum oberflächlicher und allgemein gültiger ausgefallen war als jene, die sie auf sich selbst geschrieben hatte. Wahrscheinlich lag es an der Tatsache, dass sie so ganz anders war als Justine und es ihr schwerfiel, sie zu durchschauen.

Kapitel 42

Justine hatte Kopfschmerzen. Ihr steckte noch die letzte, beinahe schaflose Nacht in den Knochen. Sie hatte vor, mit Wotan an der Leine aus dem Haus zu gehen, doch der bewegte sich nicht vom Fleck. Ein bockiges Tier. Justine war an jenem Morgen nicht gewillt, auf ihn einzugehen und versuchte, ihn mit einem Leckerli locken, was von Erfolg gekrönt war.

Wotan folgte ihr nun und schnüffelte kurz darauf an einer Stelle, die ihn offensichtlich besonders interessierte. Justine sah, was er entdeckt hatte: Die Krähen des Friedhofs hatten ihr Geschenke gebracht. Das taten sie schon eine ganze Weile. Sie legten glitzernde Gaben an genau die Stelle, wo sie das Futter vorfanden, das Justine ihnen regelmäßig brachte.

Die klugen Tiere revanchierten sich auf diese Weise für Justines Gaben. Inzwischen besaß sie eine ganze Sammlung von Gegenständen, mit denen sich ihre gefiederten Freunde für die leckeren Nüsse, Früchte und Eier, für das selbst gemachte Fettfutter und die Reste von Mutters Steinzeitfleisch bedankten. Aus den schönsten Fundstücken ihrer gefiederten Freunde hatte Justine eine Kette gefertigt. Darunter waren bunte Perlen, Knöpfe, Schraubenmuttern, Steinchen, verbogene Metalldrähte, ja, sogar ein Ring war dabei. Als wüssten die Krähen tatsächlich, was Menschen mochten.

Das Schmuckstück war ein wahres Kunstwerk. Auch Grandma war mehr als begeistert davon. Sie sprach den aufgereihten Gegenständen gar magische Kräfte zu, die sie als schamanische Hilfsmittel für ihre Erweckungsrituale verwenden könnte. Emily und die Krähen gehörten für Justine zusammen. Vielleicht, weil auch Grandma eine mystische Ader zueigen war und sie immer wieder für Überraschungen gut war.

Grandma bewunderte die Gaben der Krähen jedes Mal von Neuem. Besonders angetan war sie vor einiger Zeit von einem kleinen Knochen gewesen, der eine ungewöhnliche Form aufgewiesen hatte. Sie hatte ihn Justine überreicht mit den Worten: „Der ist von einem Vogel. Wahrscheinlich von seinem Flügel. Du solltest ihn bei dir tragen, er gibt dir innere Führung und Halt."

„Klar Grandma, mache ich", hatte Justine erwidert, um ihre Ruhe zu haben. Bei sich getragen hatte sie ihn nie. Das esoterische Gerede der Großmutter ging ihr auf die Nerven. Sie dichtete überall etwas hinein. Justine hatte kein Interesse, sich mit Hokuspokus zu beschäftigen. Sie selbst war ein Naturmensch. Ohne Tamtam. Sie beschäftigte sich zwar auch mit Volksstämmen und deren Ritualen, mit Ornithologie und den Geheimnissen der Natur, aber eher auf puristische Art und Weise. Sie mochte keinen Aberglauben und keinen wilden, effekthaschenden Zauber. Die Kette war für Justine zunächst nur eine Kette gewesen, die sie mit ihren gefiederten Freunden verband. Genau das war der Unterschied zwischen

Grandma und ihr. Sie brauchte nichts als die stille Verbindung zu ihren Vögeln, Blumen, Bäumen, bemoosten Böden und besternten Himmeln, zu den Lebenden, den Toten, den Tagen und den Nächten und sich selbst, schwarz auf schwarzem Hintergrund als verschwindenden Teil des Ganzen, der sich am liebsten darin auflösen würde.

Gut, das Jäckchen, das sie für Wotan gestrickt hatte, war nicht mehr ganz so schlicht und auch ihre Gedankengänge und Fantasien seit dem Sturz ihres Dads nicht mehr ganz so bodenständig wie zuvor. Sie dachte darüber nach, in welcher Weise sie sich seit dem Unfall verändert hatte. Sie war ein wenig mehr aus sich herausgegangen und hatte ein größeres Verständnis für Grandmas Rituale und die Merkwürdigkeiten der Menschen in ihrer Umgebung im Allgemeinen entwickelt.

Tatsächlich fühlte es sich neuerdings besonders gut an, wenn sie die Kette mit den Geschenken der Krähen trug. Auch der Vogelknochen begleitete sie inzwischen so gut wie immer. Sie bildete sich ein, dass ihre Gedanken klarer und ihre Gefühle eindeutiger waren, wenn diese Gegenstände sie umgaben. Grandma wollte das gute Stück unbedingt für eines ihrer nächsten Rituale ausleihen. Justine war sich nicht sicher, ob die Krähen vielleicht beleidigt sein könnten, wenn sie deren Geschenke in andere Hände gab, doch dann rief sie sich selbst zur Ordnung und tat ihre Bedenken ab. Sie war ja schließlich nicht abergläubisch und würde ihrer Grandma eine große Freude damit bereiten.

Sie sichtete die Gaben des heutigen Tages genauer. Diesmal war ein steinharter Weihnachtskeks darunter.

Justine brachte es fertig, mit einer Nähnadel behutsam ein winziges Loch hineinzubohren, ohne dass er zerbrach und ihn an ihrer Kette zu befestigen. Ein hübscher Keks, in klassischer Herzform und mit Lebensmittelfarbe rot koloriert. Was für ein schönes Krähengeschenk. Steinhart wie er war, hätte er glatt einer der berühmt-berüchtigten staubtrockenen Kekse von Eleonore Dust sein können. Wotan versuchte, ihn zu erhaschen. Das Tier war schon ein wenig neurotisch. Kein Wunder, dass es sich in der Umgebung Justines wohlfühlte, in einem Haus voller seltsamer Menschen. Nun, wo Dad fort war, zeigten sich die Eigenheiten jedes Einzelnen noch viel deutlicher.

Kapitel 43

Justine versuchte, Wotan für ihren Besuch bei Dad in seine Röhrentasche zu locken, doch ohne Erfolg, er machte sich aus dem Staub. Nicht nur die kleine Luxustasche war röhrenförmig, das ganze Zimmer war zu einem Abenteuerspielplatz aus Röhren, Pappkartons, Treppchen, Kissen, Decken und sogar zwei kleinen Zelten geworden. Eine größere Röhre führte geradewegs in eine Wanne mit bunten Plastikbällen. Justine hätte niemals gedacht, dass ein Wesen von der Länge eines Eichhörnchens so viel Raum einnehmen könnte. Ganze Philosophien über den Begriff des Raums ließen sich aus ihren Erfahrungen mit Wotan inzwischen ableiten.

Gut! Justine war es gelungen, Wotan in die Transportbox zu locken. Dort hatte er für die Zeit des Krankenbesuchs mehr Platz als in der Tasche. Dem weißen Brustfleisch des Geflügels hatte er nicht widerstehen können. Justine hoffte nur, dass er sich in der Klinik nicht allzu laut über seine vorübergehende Gefangenschaft beschweren würde. Sie hatte unter der Hand ausnahmsweise die Erlaubnis des einfühlsamen Personals erhalten, ihn mit in die Klinik zu nehmen, sofern er seine Box nicht verlassen würde. Justine hatte dafür gesorgt, dass er vorher genügend Auslauf hatte und gut gesättigt war. Sie hoffte, dass er die Besuchszeit zufrieden schlafend verbringen würde.

Es funktionierte. Nach wenigen Minuten in Dads Zimmer hörte man ein zufriedenes Schnarchen aus der Box, die Justine mit kuscheligen Stoffen ausgelegt hatte.

Auch Dad hatte die Augen geschlossen. Er atmete gleichmäßig und ruhig. Justine setzte sich zu ihm ans Bett und berührte behutsam seine Hand, die kurz zusammenzuckte.

Die Ruhe in der Box währte nur wenige Minuten. Wotan war wieder aufgewacht. Er quiekt angespannt mit neugierigem Blick durch das Gitter und stemmte sich gegen den Verschluss. Offensichtlich hatte Justine diesen nicht gründlich genug überprüft: Wotan konnte ihn durch seine drängenden Bewegungen öffnen und sprang mit einem gekonnten Hechtsprung auf Peters Bett. Justine versuchte verzweifelt, den Randalierer wieder einzufangen, was kläglich misslang. Er hielt das Ganze anscheinend für ein Spiel und entzog sich ihr geschickt. In seiner Neugier durch nichts zu bremsen, versuchte er, sich Peters Gesicht zu nähern und schnüffelte es neugierig ab. Justine meinte, ein leichtes Zucken in den Mundwinkeln des Schlafenden zu erkennen. Wotan muckerte äußerst interessiert. Justine hatte fast das Gefühl, dass er die Nähe ihres Dads bewusst suchte. Sie stand angespannt bereit, um ihn ergreifen und zurück in die Box verfrachten zu können, bevor Pfleger oder Ärzte den Raum betreten und ihn auf dem Bett entdecken würden.

Neben dem Bett auf einem kleinen Rolltisch standen ein Blumenstrauß und wieder einmal eine Schale voller Gebäck, das augenscheinlich von Ms. Dust stammte. Die Form der Kekse, die blasse Farbe und die daneben liegende Papiertüte, alles trug die Handschrift der Sekretärin. Justine fragte sich, warum sie wohl auf die Idee gekommen war, einen Komapatienten mit Keksen versorgen zu wollen. Sie würde die Pfleger fragen, ob sie die Besuche der allzu treuen Mitarbeiterin ihres Vaters bemerkt hätten. Wotan war im Gegensatz zu Justine ganz begeistert. Er schnappte sich ein Gebäckstück, bevor sie ihn davon abhalten konnte, und verschwand damit unter Peters Decke.

Justine setzte sich auf einen Stuhl am Bettrand. „Dad? Hörst du mich?" Als hätte sie nicht ihren Vater, sondern ihr Frettchen gerufen, schaute Wotan neugierig aus der Bettwäsche hervor. Justine sah zu ihrem Entsetzen, dass er eine Unmenge an Krümeln auf dem Laken und Vaters Schlafjacke hinterlassen hatte. In diesem Moment betrat eine Delegation von Ärzten und Pflegern den Raum. Justine sprang vom Stuhl, als hätte sie auf einem soeben ausbrechenden Vulkan gesessen. Natürlich erschrak auch Wotan. Er versteckte sich unter der Decke zwischen den Beinen des Vaters. Ausgerechnet die Stelle des Bettes, an der die Reste seiner Beute sehr deutlich zu sehen waren, lag offen. Die Mediziner hatten noch nichts davon bemerkt. Sie grüßten Justine freundlich und absolvierten ihren Routinecheck.

Als unter der Decke allerdings ein kurzer, schriller Schrei zu hören war, der entfernt an das Bellen eines kleinen Hundes erinnern konnte, blickte das

Fachpersonal irritiert auf die Mitte des Bettes, wo sich eindeutig etwas in zentraler Position unter der Decke bewegte. Die Situation war Justine unglaublich peinlich. Als der abgeklärte Arzt stoisch die Bettdecke lüftete, sprang das erschrockene Frettchen ihm entgegen, um gleich darauf im Eiltempo in seiner Box zu verschwinden, die Justine sogleich geistesgegenwärtig verschloss. Hinzu kam, dass das Fachpersonal die Krümel im Bett nun doch bemerkte.

Justine hoffte inständig, dass dieser schreckliche Augenblick bald vergehen möge. Ihr fehlten die Worte. Dem Oberarzt offenbar nicht. „So, jetzt werden wir das Bett neu beziehen lassen und sie bringen das Tier nach Hause. So etwas darf nicht noch einmal passieren, darüber sind wir uns sicher einig." Mit diesen Worten verließ die Gruppe den Raum. „Wir kommen später noch mal wieder", kommentierte der Arzt den Rückzug.

Justine wäre am liebsten im Boden versunken. Sie fegte die Krümel vom Bett und bemerkte, dass Dads Augen weit geöffnet waren. Seine Pupillen wanderten unruhig umher. Als sei er aufgebracht und hätte keine andere Möglichkeit, seine Gefühle zum Ausdruck zu bringen. Seine Gesichtszüge, die im ersten Moment starr erschienen, ließen überraschend viele Nuancen erkennen, wenn man sich genauer damit befasste.

Wotan blickte mit seinen feuerroten Augen und heruntergezogenen Mundwinkeln durch das kleine, runde Gitter der Box, als habe er ein schlechtes Gewissen.

„Ich werde dich nie wieder mitnehmen, du freches Biest. Weißt du, wie peinlich das war? Außerdem ist mir übel. Ich fühle mich, als hätte ich vier Kilo Sand,

Zucker und Mehl in mich hineingestopft. Ja, ich fühle mich wie ein Sandsack! Und du bist schuld."

Nun schaute Wotan sie vorwurfsvoll, vielleicht sogar beleidigt an. Als wolle er sagen: „Du kannst mich mal. Ich rede nicht mehr mit dir, wenn du dich so unverschämt aufführst. Dann geh doch allein."

Kapitel 44

Manchmal benahm sich ihr Frettchen wirklich unmöglich. Trotzdem war ihr seine Gesellschaft immer noch die liebste. Warum fehlte ihr der Umgang mit Menschen so gut wie nie? Tatsächlich vermisste sie eher noch den Wunsch danach, unter Menschen zu sein. Ihre Mutter hatte sie nicht als eigenbrötlerische Misanthropin erzogen, ganz bestimmt nicht. Im Gegenteil. Vielleicht lag Justines Menschenmüdigkeit gerade daran, dass Mutter beinahe abhängig von menschlicher Gesellschaft war. Grace sagte immer: „Wir Menschen sind soziale Wesen, natürlich brauchen wir einander." Justine war sich dessen nicht so sicher. Sie liebte ihre Bücher über Aussteiger, die sich aus dem Gesellschaftsleben zurückgezogen hatten, in Wäldern und Höhlen hausten und sich dem Wahnsinn des menschlichen Miteinanders entzogen hatten, um sich auf das Geheimnis des Lebens zu konzentrieren. Und das war nicht vom einzelnen, kleinen Menschlein abhängig. Im Gegenteil. Die Menschen verletzten sich gegenseitig. Sie machten sich das Leben schwer. Sie belogen und betrogen einander. Dabei könnten sie es so gut miteinander haben. Wenn Justine an den Zustand der Menschheit im

Allgemeinen dachte, wurde sie traurig. Sie war froh, dass sie Orte hatte, an die sie sich zurückziehen konnte: Ihr Zuhause. Ihren Friedhof. Und ihre kleine Familie, die ja allerdings zurzeit in einem äußerst desolaten Zustand war. Wie würde es mit Dad weitergehen? Wenn sie sich seinen Zustand vergegenwärtigte, fragte Justine sich immer und immer wieder, was er wohl fühlte. Jedenfalls war sein Gesicht gleichzeitig weicher und bewegter als jemals zuvor. Er war im Grunde ein kerniger Typ. Das Gegenteil von TomTom. Schmales, braun gebranntes Gesicht, angespannter Ausdruck, die interessanten Falten an den richtigen Stellen. Die Frauen warfen ihm Blicke zu, die Justine als geradezu unanständig empfand. Warum nur hatte sie die Blaustrümpfigkeit von Williams Mutter und nicht das aristokratische gewisse Etwas der mütterlichen Linie geerbt? Ihre Urgroßmutter war hochintelligent gewesen, viel zu intelligent für ihre Zeit, eine der ersten Jurastudentinnen und zeitlebens ohne Mann geblieben. Der Begriff der Blaustrümpfigkeit galt zunächst wohl für beide Geschlechter: Der Botaniker Benjamin Stillingfleet, Mitglied einer Gruppe gelehrter Männer und Frauen, die sich im Salon der Elizabeth Montagu trafen, trug statt feiner schwarzer Seidenstrümpfe billige blaue Garnstrümpfe, da er sich die feineren nicht leisten konnte. Diese Botaniker! Kein Sinn für Mode und etwas weltfremd. Das war also der Beginn der Blaustrümpfe. Sogar Blaustrumpf-Feminismus gab es. Doch obwohl es ein Mann gewesen war, der sich modisch skandalös verhalten hatte, blieb dieser Begriff an den Frauen hängen. Justine selbst war es im Grunde gleichgültig, ob sie als blaustrümpfig im heutigen Sinne galt, nur weil sie keine Beziehung hatte und sich eher hochgeschlossen kleidete. Sie wollte sich keiner Mode unterwerfen und lief nun einmal am liebsten in Schwarz umher.

Sie beobachtete, wie eine Krähe sich auf dem alten Helm über dem Soldatengrab niederließ und geschickt eine Butterbrottüte leerte. Krähen waren keine niedlichen Vögel. Sie machten Lärm, flogen Angriffe auf Menschen und zertrümmerten Glasscheiben, indem sie schwere Gegenstände auf Gebäude fallenließen. Andererseits waren sie Teamplayer und beinahe ebenso intelligent wie die Menschen. Sie fühlte sich ihnen in gewisser Weise verwandt.

Kapitel 45

Justine war unzufrieden mit sich selbst. Wenn sie die Ursache für den Sturz ihres Dads wirklich aufklären wollte, musste sie sich weniger mit sich selbst beschäftigen und unterscheiden lernen, welche Informationen für die Lösung ihres mutmaßlichen Falls wichtig sein konnten und welche nicht. Es war wie mit allen Eindrücken, die sie aufnahm: Alles drang so gut wie ungefiltert in sie ein und machte sich dort breit, ohne dass sie ein Mitspracherecht gehabt hätte. Sie hatte es nicht gelernt, sich zu schützen und auszuwählen, was sie nah an sich herankommen ließ und was nicht. Deshalb war sie ursprünglich so gern allein. Und nun, da sie sich plötzlich nicht nur im Rahmen der Recherchen für die Angelegenheiten der Nachbarn interessierte, fühlte sich wie ein kleines Kind auf einem riesigen Rummelplatz. Es war laut und es gab viel zu viele Impressionen und Angebote.

Was konnte sie noch unternehmen, außer allen Menschen in ihrer Umgebung hinterherzuschnüffeln? Vielleicht sollte sie jeden ihrer Nachbarn einmal einzeln zu Dad in die Klinik bitten, um dessen Reaktion als Indikator für die Schuld oder Unschuld der jeweiligen Person zu entschlüsseln. Aber noch im selben Moment verwarf sie diese Idee wieder. Erstens würden sicher nicht alle Nachbarn mitspielen, insbesondere nicht der potenzielle Täter, und zweitens würde ihr Dad eine solche Menge an Besuch vielleicht gar nicht verkraften. Eine Videokamera an der Treppe zu installieren, um den Täter, der eventuell an seinen Tatort zurückkehren würde, erwischen zu können, war auch eine Schnapsidee. Dies war ihr sicher nur in den Sinn gekommen, weil sie ab und zu die üblichen, mittelmäßigen Krimis im Fernsehen sah. Die Recherchemethoden, die darin gezeigt wurden, entbehrten, wie im Grunde jeder halbwegs intelligente Zuschauer ahnte oft jeglicher Realität. TomTom hatte ihr dies bestätigt und er hatte ja immerhin eine Polizeiausbildung.

Sie fand es im Übrigen äußerst sympathisch, dass er sich auch für ihre Arbeit interessierte, obwohl er keine Ahnung von Pflanzen und Friedhöfen hatte.

Kapitel 46

„Nein TomTom, nicht so!"

Justine klang schon beinahe wie seine Noch-Ehefrau. Das machte Cosy nervös, weil er befürchtete, dass er nicht ganz unschuldig an dem war, was er bei Frauen auslöste. Gleichzeitig gab es ihm ein Gefühl von Vertrautheit, wenn sie derart vertraulich mit ihm sprach.

Er versuchte, unter Justines Anleitung einen Trauerkranz zu binden. Doch schon der Beginn war nicht einfach. Das Blumengrün musste spiralförmig um den Strohkranz gebunden werden. Er hatte den Dreh noch nicht heraus und band die Äste und Stiele in dicken Schichten übereinander, was alles andere als ansehnlich war. Justine nahm ihm den missgestalteten Kranz aus den Händen und gab dem Gebilde, das eben noch aussah wie ein ungebürsteter, struppiger Haarschopf, mit einigen geübten Griffen den Schliff, den es haben sollte. Plötzlich kam jede einzelne verwendete Pflanze aufs Beste zur Geltung.

„So, der gesamte Kranz muss mit Grün bedeckt sein, es dürfen keine Lücken entstehen, durch die das nackte Stroh des Rohlings zu erkennen ist, verstehst du? Kannst du das Ganze mit dem Draht festbinden? Aber bitte nicht zu fest. Du machst etwas zu viel, weißt du? Lieber in Maßen. Sonst sieht es nicht gut aus.“

Das Gleiche hatte seine Frau immer gesagt, wenn es ums Essen ging.

TomTom drehte den Draht geduldig nach ihrer Anweisung und gab sein Bestes. Nicht ausschließlich aus Interesse an einem neuen Hobby, sondern vor allem, um Justine sinnlich vor Augen zu führen, dass er sich für ihre Angelegenheiten interessierte.

Kapitel 47

Inzwischen nahm Cosy immer häufiger das Angebot von Grace wahr, im Gästezimmer des Blackwood´schen Hauses übernachten zu können. Sie hatte zu Beginn der Ermittlungen von Justine erfahren, dass er in seiner Praxis auf einem provisorischen Reisebett nächtigte und ihm daraufhin, großzügig wie sie war, diesen Vorschlag unterbreitet. Anfangs war er noch ein wenig zurückhaltend gewesen und hatte seltener Gebrauch davon gemacht.

Da lag er nun im weichen Bett des Gästezimmers, nur wenige Meter von seiner ehemaligen Lieblingspatientin und seinem einstigen Albtraum Wotan entfernt und fühlte sich sehr wohl. Es gefiel ihm bei den Blackwoods deutlich besser als in seiner Praxis, die nichts Heimeliges an sich hatte. Er war Justines Mutter sehr dankbar. Sie war sicherlich für viele das Sinnbild der perfekten Frau, sah aus wie eine Filmikone aus den 20er-Jahren, war sexy, konnte kochen, hatte Humor, war hilfsbereit und intelligent. Aber Thomas Cosy fühlte sich nach wie vor zu Justine hingezogen, dem struppigen, düsteren Geschöpf, das aus einer anderen Welt zu kommen schien. Wie konnten Mutter und Tochter derart unterschiedlich sein? Kein Wunder, dass es ihm die widerspenstige, sperrige weibliche Variante der Blackwoods angetan hatte. Auch wenn er in mancher Hinsicht ein Weichei sein mochte, brauchte er auf der anderen Seite doch seine Herausforderungen. Und Justine war eine solche. Insgeheim glaubte er inzwischen nicht mehr unbedingt, dass ihr Vater von der Treppe gestoßen wurde. Einige der Nachbarn waren offensichtlich ein wenig überspannt, aber was hatte das schon zu bedeuten. Wäre jeder exzentrische Patient, der seine Praxis jemals betreten hatte, zum Totschläger im Affekt oder zum Mörder geworden, hätte er gleich seine Arbeit beenden und ein Privatgefängnis oder eine psychiatrische Anstalt gründen können. Jeder hatte seine Leichen im Keller. Dies war in seiner langjährigen Arbeit zu einer feststehenden Erkenntnis herangereift. Nun schälte er sich zunächst einmal aus der duftenden Bettwäsche und genoss die Tatsache, in einem solch außergewöhnlichen Haus aufgenommen worden zu sein. Es wurde Zeit, er musste sich auf den Weg in die Praxis machen. Natürlich hatte er seine Arbeit dort noch nicht vollständig aufgeben können. So schnell war dies nicht möglich. Die begonnenen Therapien konnten nicht ohne Weiteres abgebrochen werden. Es musste ein Nachfolger oder eine Nachfolgerin gefunden werden. Am liebsten hätte er einfach ein oder zwei Koffer gepackt und sein altes Leben von einem auf den anderen Tag hinter sich gelassen. Aber eine Mischung aus Pflichtbewusstsein und Bequemlichkeit hinderte ihn daran. Merkwürdig. Erst baute man aus einem diffusen Bedürfnis nach Sicherheit überall Verbindlichkeiten auf, nach einer Weile gerieten die ganzen Sicherheiten zu einem Klotz am Bein und man wollte sie so schnell wie möglich wieder loswerden. Er war solch ein Sicherheitsmensch. Doch hatte er gerade in jüngster Zeit feststellen müssen, was schon sehr viele Menschen erkannt hatten: Es gab nun einmal keine Sicherheit.

Seine Ehe hätte ein sicherer Hafen sein sollen. Was war nun aus ihr geworden? Ein Trümmerfeld. Und mitten darauf seine kleine Tochter. Cosy hoffte inständig, dass sie das familiäre Durcheinander nicht als die Zerstörung ihrer Kindheit erlebte. Und was war aus seinem Bedürfnis nach Sicherheit im Berufsleben geworden? Der dringende Wunsch nach Freiheit. Nach Veränderung. Und die Unfähigkeit, seine Entwicklung aufzuhalten. Nein, es gab keine Sicherheit. Es gab nur Entwicklung. Gerade ihm als Therapeuten hätte dies klar sein sollen, doch wie immer war der Weg von der Theorie zur Praxis weit.

Apropos Praxis: Er würde sich wieder dem Fall Peter Blackwood zuwenden müssen, weshalb er überhaupt in diesem gastfreundlichen Haushalt aufgenommen worden war. Ob er nun an eine Täterschaft glaubte oder nicht, es war seine Pflicht, seinem Versprechen nachzukommen und Justine mit ihrem Anliegen nicht im Stich zu lassen.

Wem aus dem Umfeld der Blackwoods würde Thomas Cosy die Tat nach aktuellem Stand zutrauen? Mister Beecroft, der jederzeit bereit gewesen wäre, seine Gattin mit Grace zu betrügen? George Godschling, dessen aufgedunsener, verhaltensgestörter Sohn Benjamin Justine regelmäßig mit dem Feldstecher beobachtete? Ms. Dust, Peter Blackwoods dienstbeflissener Sekretärin, die schon fast zu auffällig uninteressant zu sein schien? Der geschwätzigen Damla, die jedem der Nachbarn allein aus Sensationsgier das Schlimmste zutrauen würde? Vreni, der einsamen Katzenfrau? Er tappte nach wie vor im Dunkeln und würde das weitere Vorgehen noch einmal mit Justine zusammen beratschlagen müssen. Es musste einen guten Grund dafür geben, dass sie auf der Stelle traten ...

Kapitel 48

Justine nahm vom Blumenladen aus mit Wotan an der langen Leine ihren üblichen Weg über den Friedhof nach Hause. Als sie kurz vor ihrem Haus angelangt waren, zog das willensstarke Frettchen mit solchem Nachdruck in Richtung des gegenüberliegenden Hauses der Godschlings, dass Justine nicht anders konnte, als ihm zu folgen. Wotan hatte anscheinend eine Spur entdeckt, die er für höchst interessant hielt, schnüffelte den Weg ab und landete ausgerechnet vor der halb geöffneten Terrassentür des Jägers! Was hatte Wotan dort zu suchen? Was hatte er derart Aufregendes erschnüffelt? Justine folgte ihrem kleinen Begleiter, obwohl sie dafür das Grundstück der Godschlings betreten musste. Justine war einfach zu neugierig, was er ihr zu zeigen hatte. Sie war im Laufe ihrer Undercoverermittlungen inzwischen viel mutiger und ein wenig dreister geworden, was ihre Methoden betraf. Und so hatte sie auch keine Scheu, Wotan bis in den Garten der Godschlings zu folgen. Es war eine dieser schrecklichen Steinwüsten, die die modernen Reihenhaus-Vorgärten eroberten und in denen kein Leben gedeihen konnte. Es war keine einzige Pflanze zu sehen, die den Tieren hätte Nahrung bieten können. Doch angeblich war den Besitzern gedient, da sie als unkrautfrei und pflegeleicht galten. Ein trostloser Ort. Doch irgendwie passte er zu George Godschling. Sie stellte sich sein Innenleben ähnlich vor wie diesen sogenannten Garten: leblos und versteinert. Justine rief die Namen ihrer Nachbarn, um niemanden zu überrumpeln, doch es rührte sich nichts und niemand. Wotan schien genau zu wissen, wohin er wollte. Er lief quer durch den Steingarten auf das schmucklose, grauweiße Haus zu und machte vor einer kleinen Betontreppe halt, die von außen zum Keller führte. Was hatte er bloß erschnüffelt? Die Kellertür war einen Spaltbreit geöffnet. Wotan schlüpfte, ehe Justine ihn daran hindern konnte, durch diese hindurch ins Innere des Kellerraums. Ihr blieb nichts anderes übrig, als ihm zu folgen. Sie hatte Wotan durch die Lauffreiheit, die ihm die lange Leine erlaubte, nicht im Griff und das renitente Albinofrettchen nutzte den großzügigen Radius, um den Keller des Nachbarn gründlich zu erkunden. Und siehe da: In einer Regalecke unter den Vorräten stand eine Packung mit Rattengift. *Brodifacoum* nannte sich das Mittel. Plötzlich ließ Justine die Leine nicht mehr so locker wie zuvor. Sie zog sie, so schnell sie konnte, zu sich heran, um Wotan am Schnüffeln zu hindern und ihn zu seinem eigenen Schutz auf den Arm zu nehmen. Justine war mehr als besorgt. War er während der Fährtensuche mit dem Gift in Berührung gekommen? Sie entnahm der Verpackung den Kunststoffbehälter mit der giftigen Substanz und fotografierte die Aufschrift. Durfte Jäger Godschling etwas Derartiges überhaupt im Haus haben? Noch während sie sich diese Frage stellte, wurde ihr plötzlich bewusst, dass auch sie sich nicht im Haus des Jägers hätte aufhalten dürfen. Sie war soeben dabei, Hausfriedensbruch zu begehen. Was war in sie gefahren? Jeden Moment konnten George Godschling oder Benjamin sie entdecken. Schon jetzt hatte sie mehr Glück als Verstand gehabt, dass sie noch nicht aufgetaucht waren. Die Aktion war im Grunde unverantwortlich, sie konnte in Teufels Küche geraten. So schnell wie möglich verließ sie den Keller der Nachbarn und rannte, mit Wotan auf dem Arm, nach Hause. Dort angelangt, setzte sie das aufgeregte Frettchen in seinen Käfig und begutachtete, noch außer Atem, das Foto, welches sie von der Rattengift-Dose gemacht hatte. Nicht nur die Auflistung der Inhaltsstoffe interessierte sie, sondern auch die eventuellen Warnhinweise. Und siehe da: Privaten Verbrauchern war es nicht erlaubt, jenes Gift auszulegen, da es im schlimmsten Fall durch fehlerhafte Anwendung zur Vergiftung von sogenannten Nichtzielorganismen oder zu Sekundär-vergiftungen kommen könne, so der Hinweis.

Das Rattengift würde also nicht nur Ratten, sondern auch Hunde, Katzen, Kaninchen, Feldmäuse und andere Säugetiere vergiften können! Justine war außer sich! Sie empfand es als gerecht, dass Menschen, die derartige Giftköder auslegten, im Gefängnis landen konnten. Was sollte sie nur unternehmen? Sollte sie die Polizei über ihren Fund informieren? Sie hatte den Aspekt des Hausfriedensbruchs in ihrer Entrüstung außer acht gelassen. Also würde sie die Angelegenheit wohl besser auf sich beruhen lassen, wenn sie nicht selbst für ihre Gesetzeswidrigkeit bestraft werden wollte. Wotan gab ein dunkles, aufforderndes Quieken von sich und erinnerte Justine schlagartig daran, dass er ja mit im Keller war, in dem sie das Gift entdeckt hatte. Sie eilte sogleich mit ihm zum Tierarzt, um sicherzugehen, dass er die lebensgefährliche Substanz nicht versehentlich zu sich genommen hatte.

Kapitel 49

Der Tierarzt hatte Justine beruhigt, Wotan hatte sich keine Vergiftung zugezogen. Dafür hatte Justine, wahrscheinlich durch die Aufregung, derartige Bauchschmerzen bekommen, dass sie in der Nacht nicht nur einmal das Bad aufsuchen musste.

TomTom musste gerade auf der Toilette gewesen sein. Die Wasserspülung rauschte. Als sie mit der Vermutung, dass er schon längst wieder in seinem Zimmer verschwunden sei, auf den Flur trat, sah sie ihn vorübergehen. In dem für ihn viel zu engen rosa-weiß-karierten Pyjama Peters sah er aus wie ein eingeschnürtes Marshmallow.

Er wich unerwartet in die falsche Richtung aus, was zu einem unsanften Zusammenstoß der beiden führte. Justine spürte seinen Körper, der gegen ihren geprallt war. Er hatte sich weich und nachgiebig angefühlt. Die Berührung hatte ihr ausgesprochen gut gefallen. Zu gut. Sie befürchtete, Gefühle für ihren ehemaligen Therapeuten zu entwickeln, die über ihre Zusammenarbeit hinausgingen und fühlte sich vollkommen überfordert. Die Sache mit dem Rattengift steckte ihr noch in den Knochen. Sie hätte, wäre sie entdeckt worden, vorbestraft sein können. Was war nur in sie gefahren? Und nun auch noch ein weiteres unerwartetes Gefühl, dass sie aufzuwühlen drohte. Abrupt wandte sie sich von TomTom ab, zog eine lange Jacke und Straßenschuhe über und lief aus dem Haus.

Thomas Cosy hatte ein ungutes Gefühl. Etwas stimmte nicht mit ihr. Sie war ohne Wotan und nur provisorisch bekleidet überstürzt aus dem Haus gelaufen. Er zog lediglich seinen Mantel über und folgte ihr so schnell er konnte.

Kapitel 50

Justine irrte ziellos zwischen den Gräbern umher. Da stand plötzlich TomTom direkt vor ihr, im Schlafanzug und seinem Trenchcoat, den er in der Eile übergeworfen hatte, und schaute sie an wie ein treuer Rauhaardackel. Warum zum Teufel lächelte sie? Warum ging sie auf ihn zu, reichte ihm ihre Hand und näherte sich ihm? Warum lief ihr ein Schauer über den Rücken, als sie ihn berührte? Warum war sie auf unangemessene Art und Weise nervös und konnte nicht anders, als in seine wachen, grauen Augen zu schauen, viel länger als nötig? Während all dies mit ihr geschah, dachte sie noch, dass sie ihn im Grunde in keiner Weise attraktiv fand. Sie verharrte dennoch vor ihm, betrachtete seinen leicht geöffneten Mund, dessen harmonisch geschwungene Lippen ihr zum ersten Mal auffielen, und küsste ihn. Er wiederum stand wie versteinert da und wehrte sich nicht. Auch wenn man es ihm nicht gleich anmerkte: In diesem Moment ging ein heimlicher Wunschtraum für ihn in Erfüllung. Er erlebte ein Ewigkeitsmoment, in dem alles möglich war.

Thomas Cosy mochte Justine sehr. Sie war reizvoll. Geheimnisvoll. Ein tiefes Wasser. Jemand, den es zu entdecken galt. Eine Frau auf den zweiten, dritten und vierten Blick. Je länger er sie kannte und je besser er sie kennenlernte, desto begehrenswerter erschien sie ihm.

Hinter dem Soldatengrab erklang plötzlich ein metallisches Geräusch. Tom Cosy wandte sich unvermittelt um und sah gerade noch, wie ein Mann mit einem großen Rucksack in der Hand im Schutz der Dunkelheit das Weite suchte. Der erschrockene Therapeut verlor das Gleichgewicht und rutschte rücklings in das noch offene, ausgehobene Grab, an dessen Rand er gestanden hatte. Justine hatte versucht, seinen Sturz aufzuhalten und nach seiner ausgestreckten Hand gegriffen. Sie glitt vom Rand des Grabes ab, fiel in die Tiefe und landete weich auf dem fassungslos daliegenden Tom. Der grüne Stoff hatte sich von den Seiten gelöst und begrub sie sanft unter sich. Ganz unbequem war es nicht, die Erde war weich, die Nacht lauwarm, das Vlies ein gutes Fundament und ein willkommener Sichtschutz. Justine versuchte zunächst, sich möglichst elegant aus der Lage zu befreien, stützte sich jedoch mangels ausreichender Beleuchtung auf dem Brustkorb Tom Cosys ab. Der konnte einen schmerzerfüllten Aufschrei gerade noch unterdrücken. Justine entschuldigte sich unzählige Male, bis er ihre beklommene Höflichkeit nicht mehr ertrug und sie sanft an sich zog. Sie wehrte sich nicht, spürte die Wärme seines Körpers, lag reglos da, Flucht nach innen, Erstarrung im Außen. Er strich über ihren Nacken, vielleicht zufällig. Seine Berührungen lösten Flutwellen von Gefühlen in ihr aus. Sie wusste nicht, wohin mit ihren Empfindungen, mit ihren Händen, ihren Armen und Beinen, alles war im Weg. Sie spürte ihren Herzschlag an seinem. Er berührte sanft ihr widerspenstiges Haar, das sich mit der feuchten Erde verband. Weitere Teile des saftig grünen Vliesstoffes glitten von den Grabwänden, als würden sie diese elegant entkleiden. Winzige Steinchen rieselten in Justines Ausschnitt. TomToms Hand glitt wie zufällig über ihre Wange. Justine rückte etwas näher an ihn heran. Nervös und zart wie die Flügelschläge unzähliger Schmetterlinge, berührten sie einander.

Eine Weile später stiegen sie sprachlos aus der Versenkung empor. Beide versuchten, ihre Glieder, Gedanken und Gefühle zu sortieren. Keiner wollte das erste Wort haben. Sie liefen schweigend zwischen den Gräbern entlang. Es war eine milde Nacht.

„Heute ist es besonders ruhig hier. Ich höre nicht einmal die Geräusche der Tiere", durchbrach TomTom die Stille.

„Ja, als wäre die Zeit stehen geblieben", ergänzte Justine.

TomTom nahm ihre Hand. „Ein Ewigkeitsmoment."

„Ja schon. Wenn es im Jenseits so ähnlich wäre, könnte man damit leben."

TomTom lachte. „Ein guter Satz. Ehrlich gesagt, ich möchte hier nicht begraben sein. Ich würde einen warmen und gemütlichen Ort vorziehen."

„Ein Kolumbarium zum Beispiel?"

„Was bitte?"

„Ein Kolumbarium. Ein Ort mit reihenweise über- und nebeneinander angebrachten Nischen, in denen nach der Feuerbestattung die Urnen der Verstorbenen ein ruhiges Plätzchen finden. Die Hinterbliebenen können Fotos oder Erinnerungsstücke hinzudekorieren. Es wirkt in seiner einfachsten Ausführung ein wenig wie ein großes Ikearegal mit vielen gleichgroßen Fächern. Wenn man die Möglichkeit haben möchte, seine verstorbenen Liebsten bei jedem Wetter und zu jeder Tages- und Nachtzeit zu besuchen, ist ein Kolumbarium eine tolle Sache."

„Das hört sich gut an. Zumal ich in jedem Fall eine Feuerbestattung wünsche."

„Gut, ich werde es mir merken, TomTom."

„Danke. Ich hoffe, du wirst mir einen deiner schönen Kränze binden und mich begleiten, wenn es so weit ist."

Nun schwiegen beide wieder.

Thomas Cosy hatte Justine sehr gern. Aber weder wie ein Freund noch wie ein Verehrer. Er mochte sie eher wie eine besondere Romanfigur. Oder eine Person aus einem Märchen. Die Protagonistin eines französischen Autorenfilms. Sie war eine Frau, die schon allein durch ihr äußeres Erscheinungsbild Geschichten erzählte. Durch ihre schwarzen Kleider, den seltsamen Schmuck aus Naturmaterialien, den sie trug.

Man musste sie entdecken. Sie war ein verborgener Schatz, den man zu heben hatte. Und es erschreckte und überraschte ihn gleichzeitig, dass er einen immer größer werdenden Drang empfand, diesen Schatz zu bergen.

Kapitel 51

Justine war wie gerädert. Die Nacht war schrecklich gewesen. Nicht die Situation mit TomTom, sondern die Stunden danach. Sie hatte nicht eine Stunde schlafen können. Und das nicht nur, weil ihr durch den Sturz und die verquickte Situation mit Cosy im offenen Grab die Knochen wehtaten. Sie hatte einen wesentlichen Erfahrungsschatz hinzugewonnen, aber auch viel verloren: den Cosy von früher. Nicht nur sie, sondern auch ihre bisherige Beziehung zu ihm war entjungfert worden. Die Unschuld im Umgang miteinander, die Unbefangenheit. So zumindest empfand sie es. Wieso eigentlich konnte die intime körperliche Nähe zu einem Menschen bedeuten, dass etwas anderes Wertvolles, das die Beziehung vorher ausgemacht hatte, dadurch verloren ging? Freundschaft zum Beispiel? Kameradschaft?

Er war der erste Mann, mit dem sie eine solche körperliche Nähe ausgetauscht hatte. Und das in einem offenen Grab. Hoffentlich sollte dies nicht zum bösen Omen werden: War ihre gemeinsame Zukunft zum Tode verurteilt? Den TomTom, der sie durch die Labyrinthe, die Irrungen und Verwirrungen ihres Lebens begleitet hatte, würde es in der früheren Form nie wieder geben können, so viel war klar. Sie hatte ihr externes Navi verloren. Stattdessen hatte sie den Menschen, insbesondere den Mann Thomas mit all seinen Schwächen und Stärken zu Gesicht bekommen. Und das hatte immer seine Haken. Dies war ihr schon allein durch ihre Mum und deren Beziehungsdramen im Laufe ihres jungen Lebens klar geworden. Justine hatte sich immer gefragt, wie ihr Dad es mit der anspruchsvollen, launischen und höchst lustbetonten Grace aushielt. Ihre Mutter konnte nicht anders, als zu flirten. Der Flirt war ihre zweite Natur, sie bemerkte nicht einmal, welche Wirkung sie mit ihrer koketten und schlagfertigen Art erzielte. Für sie war es selbstverständlich, begehrt zu werden. Sogar zwei Frauen aus der Siedlung hatten sich schon einmal in sie verliebt. Olivia, die Frau des Journalisten Walter Brown, und eine Freundin von Damla, die sich mehrmals selbst zum Kaffee eingeladen hatte, um ihr beim dritten Anlauf ihre Liebe zu gestehen. In der distanzierten Beobachterrolle solcher Dramen fühlte Justine sich einerseits wohl, andererseits fehlte ihr die Orientierung, sowohl, was ihren Platz in der Familie als auch ihr Bild betraf, das sie sich von Partnerschaften machte. Sie hatte sich geschworen, niemals selbst in eine vertrackte Beziehungssituation hineinzugeraten. Und nun hatte das Schicksal sie quasi hineingeworfen. Das Originalnavi TomTom hätte vermutlich gesagt: Sie haben ihr Ziel erreicht.

Kapitel 52

Doch ihr ursprüngliches Ziel hatten sie noch lange nicht erreicht. Auch in dieser für sie so aufwühlenden Situation wollte sie unbedingt am Ball bleiben, was ihre Recherchen betraf. Sie setzte sich etwas müde mit TomTom zwecks Lagebesprechung an den Küchentisch und bemerkte, wie vertraut er ihr geworden war. Auch sein Äußeres sah sie mit anderen Augen als zuvor. Vieles an ihm hatte an Anziehungskraft gewonnen.

Kapitel 53

„Was hältst du von der Katzenfrau, TomTom?"

„Meiner Meinung nach wäre sie die typische Kandidatin für eine Affekthandlung. Eine Person, die ihre Triebe und Sehnsüchte in Form von Ersatzhandlungen oder im Geheimen auslebt. Ihre übertriebene Liebe zu Katzen ist meiner Meinung nach Ersatz für ein unterdrücktes Triebleben, aber natürlich heißt das noch lange nicht, dass sie die Tat begangen hat. Mir wäre das zu offensichtlich. Oft ist der Täter oder die Täterin eher jemand Unauffälligeres."

„Also auf keinen Fall Damla."

Beide lachten.

„Nein, wahrscheinlich nicht. Obwohl ich es seltsam finde, wie sie über meinen Dad spricht."

„Sicher kompensiert sie die Tatsache, dass sie sich nicht hundertprozentig als Ausländerin in der Siedlung akzeptiert fühlt, mit übertrieben zur Schau gestellter Sozialkompetenz. Und ihr narzisstischer Anteil sorgt dafür, dass sie sich interessant machen will. Deshalb stellt sie es sicherlich gerne so dar, als wäre jeder Zweite in der Siedlung schon einmal verliebt in sie gewesen."

„Mit anderen Worten: Mit ihrem andauernden Gerede über die Nachbarn will sie sich wichtigtun."

TomTom lachte. „Ja, so kann man es auch ausdrücken. Schwierig zu sagen, was normal ist und was wirklich zu einem begründeten Verdacht führen kann."

„Was ist mit Johannes?"

„Ja, ihn sollten wir auf jeden Fall im Auge behalten, er ist ja erwiesenermaßen zu extremen Handlungen fähig.

Was ist eigentlich mit Ms. Dust, der Sekretärin deines Vaters? Du hattest sie kurz erwähnt, die Frau, die euch regelmäßig unaufgefordert mit ihren Keksen eindeckt. Gibt es sonst noch etwas, das ich über sie wissen sollte?"

„Ich glaube, es macht keinen Sinn, dass du dich näher mit ihr beschäftigst. Ich kenne kaum eine uninteressantere Person als sie."

„Man weiß nie. Hast du sie schon einmal besucht? Ist sie gut mit deinem Vater zurechtgekommen auf der Arbeit?"

„Er hat nicht über sie gesprochen. Sie war einfach da und hat ihre Arbeit offensichtlich zu seiner Zufriedenheit erledigt. Hier in der Siedlung hatten sie, soweit ich weiß, keinen Kontakt."

„Das hört sich tatsächlich nicht besonders spannend an," bestätigte TomTom Justines Eindruck. „Kennst du ihre Hobbys? Hat sie einen Partner?"

„Sie muss eine enorme Kakteensammlung haben. Ich habe sie noch nie besucht, aber es gibt einen Seitenweg, der an ihrem Haus entlangführt. Sie hat bodentiefe Fenster, durch die ich die riesigen Selenicereus grandiflorus bewundern konnte."

„Was bitte konntest du bewundern?"

„Das ist der lateinische Name für diese besondere Kakteenart. Man nennt sie auch `Königin der Nacht`."

TomTom grinste. „Wer weiß, vielleicht ist sie auch eine solche."

„Königin der Nacht? Ms. Dust?" Justine lachte. „Das wäre eine seltsame Vorstellung."

„Man weiß nie. In meiner Praxis habe ich seltsame, schockierende und gänzlich unerwartete Formen des Doppellebens kennengelernt. Im schlimmsten Fall den mehrfachen Familienvater, der kleine Mädchen missbraucht und im vergnüglichsten Rahmen einen Fußballspieler, der in seiner Freizeit heimlich als Drag Queen auf der Bühne steht."

„Das mit der Drag Queen gefällt mir, TomTom. Wer weiß, vielleicht ist Ms. Dust homosexuell. In Begleitung eines Mannes habe ich sie noch nie gesehen. Überhaupt habe ich sie so gut wie noch nie in Begleitung irgendeiner Person gesehen."

„Noch ein potenziell einsamer Mensch in dieser Siedlung. Das scheint hier ein größeres Thema zu sein."

„Nicht nur hier, oder, TomTom?"

„Das ist wohl wahr." Cosy schwieg nachdenklich.

„Was ist mit Mister Beecroft?", überlegte der Therapeut.

„Beecroft? Der erscheint mir ziemlich simpel", mutmaßte Justine. „Der hat doch nur sein Essen und meine Mum im Sinn."

„Da irrt man sich manchmal gewaltig. Vielleicht ist er ein abgründiger Charakter. Auch Psychopathen erkennt man selten, sie sind oft wahre Verwandlungskünstler."

„Okay, ich würde ihm das nun nicht zutrauen. Sicher, er interessiert sich für Mum. Aber deshalb muss er nicht gleich ein Psychopath sein."

„Apropos, was ist mit deiner Mutter?"

„Du wirst sie doch nicht verdächtigen, TomTom."

„Sie ist eine sehr impulsive, emotionale Person. Hätte sie einen Grund haben können? Gab es Auseinandersetzungen zwischen ihr und Peter?"

Justine lachte. „Natürlich. Ich glaube, dass jeder, der eine langjährige Ehe führt, irgendwann mal einen Grund hat, auszurasten."

„Das kann ich bestätigen", erwiderte Cosy lakonisch.

Kapitel 54

Als Justine in die Küche kam, hatte Grace schon wieder Männerbesuch. Ausgerechnet George Godschling saß mit ihr an einem Tisch und wandte sich Justine zu. Die blieb im Türrahmen stehen. Grace blickte auf.

„Sieh mal, wer uns die Ehre erweist. Der liebe Herr Godschling."

„Hallo", brachte Justine wenig begeistert hervor und wollte gleich in ihrem Zimmer verschwinden, um Wotan seine wohlverdiente Mahlzeit zukommen zu lassen. Doch Grace ließ sie nicht so einfach gehen.

„Mister Godschling hat einen Verdacht", wusste sie zu berichten.

„Ach ja?", Justine wandte sich den beiden zu, mit einer Mischung aus Neugierde und ihrer üblichen Zurückhaltung.

„Er glaubt, dass Ms. Dust die Schuldige ist."

Justine war irritiert. Wahrscheinlich wollte er nur von sich und seinem schießwütigen Sohn ablenken, gegen den sie schweren Herzens Anzeige erstattet hatte wegen unerlaubten Waffenbesitzes und nächtlicher Ruhestörung.

„Wie kommen Sie darauf, Mister Godschling?", erkundigte sie sich.

„Ich bin einmal bei ihr gewesen. Nur ganz kurz, um ihr ein Paket zu bringen. Als ich in der offenen Haustür stand, war für einen Moment der Blick auf ihr Wohnzimmer frei. Neben riesenhaften Kakteen meinte ich, Fotos von Peter, ihrem Vater, auf einem kleinen Tisch erkannt zu haben."

„Das meinten Sie, verstehe", wiederholte Justine. Sie bemühte sich, freundlich zu bleiben, glaubte ihm jedoch kein Wort.

„Was ist das hier nur für eine Siedlung? Ein einziges Sodom und Gomorrha. Und ich dachte, wir leben friedlich und unbehelligt nebeneinander her. Wie man sich irren kann ..."

„Allerdings Mum."

Der Jäger Godschling saß sehr verlegen da und äußerte sich wohlweislich nicht. Er begnügte sich damit, Grace anzuschmachten. Diese Augen. Tiefe Seen. Voller unbekannter Gefahren, die darin lauerten. Herr Godschling war weiß Gott kein Romantiker, aber er konnte nicht anders, als ständig über diese Frau nachzudenken und ihr in Gedanken Gedichte zu schreiben, Liebeserklärungen zu machen. Sie war ein seltsames Phänomen. So schön war sie im Grunde nun auch wieder nicht, versuchte er, sich einzureden. Aber sie hatte dieses gewisse Etwas. Sie war unvorhersehbar. Selbstbewusst. Ihre pure Anwesenheit wirkte auf ihn wie eine Energiedusche, die ihn innerlich durchrieselte. Ganz gleichgültig, ob sie guter Laune war oder einen schlechten Tag hatte, sie sprühte und strahlte. Und wenn sie einmal nicht glänzte, war selbst das Trübe voller Energie. Und sie duftete. Nach etwas ganz Eigenem. Wenn er ihren Duft wahrnahm, entstanden unwillkürlich Bilder in ihm: Eine Waldlichtung im Hochsommer nach einem warmen Regenguss. Der feuchte Dampf, der einen süßlichwürzigen Wohlgeruch verbreitete. Oder wild tanzende Menschen unter einem Sternenhimmel in Tunesien. Er war kein fantasiebegabter Mensch und deshalb war das, was sie in dem zurückgezogenen, unsentimentalen Godschling auslöste, geradezu unheimlich.

Kapitel 55

Genauso erging es TomTom mit Justine, besonders nach der ungewöhnlichen Liebesnacht.

„Wie hängt all das, was wir in Erfahrung gebracht haben, mit meinem Dad und seinem Unfall zusammen? Am Anfang dieser Odyssee dachte ich noch, niemand hätte einen Grund, ihm zu schaden. Inzwischen habe ich das Gefühl, dass beinahe jeder in dieser Siedlung mit jedem in Verbindung steht und einen Grund hätte, dem anderen etwas zu verübeln oder anzutun, zumindest im Affekt. Ich habe mir tatsächlich eingebildet, dass meine Nachbarn friedlich in Reih und Glied vor sich hinleben, wie am Fließband geboren werden, um dann Kindergarten, Schule, Ausbildung, Arbeitsleben, Familiengründung, Pensionierung und das Sterben möglichst störungsfrei hinter sich zu bringen. Und plötzlich erscheint mir jeder verdächtig. Oder bin ich jetzt tatsächlich paranoid geworden? Dann müsstest du mich am Ende doch wieder als Patientin aufnehmen."

TomTom saß nachdenklich auf dem wackeligen Lederhocker zwischen Wotans Bälleparadies und Justines zerwühltem Bett, unter dem sich das freche Tierchen tummelte.

„Nein, Justine, du bist alles andere als paranoid. Und falls ich mich irren würde, müsste ich meinen Beruf endgültig an den Nagel hängen. Dann wäre ich genauso paranoid wie du."

„Das heißt, auch du siehst hinter jeder Reihenhausecke potenzielle Tatverdächtige?"

„Ja. Dies hier ist keine friedliche Wohnsiedlung, sondern eine Brutstätte des Irrsinns."

„So schlimm? Dann sollte es mir zu denken geben, dass ich hier aufgewachsen bin, oder?"

„Ich bezweifle, dass es woanders so viel besser ist. Ich denke, es ist nur eine Frage der Geschicklichkeit, wie gut die Menschen ihre Abgründe zu verbergen wissen. Und hier gelang das offensichtlich eine Weile recht gut."

„Oder es war mir entgangen, weil ich mich vollkommen zurückgezogen habe."

„... was sehr klug von dir war, meine Liebe."

Sie mochte es, wenn TomTom sie „meine Liebe" nannte. Und nicht nur das - sie mochte TomTom alles in allem sehr gern. Das war das Höchste der Gefühle, das sie sich gestattete. Eine junge Frau, die es aufgrund von Ängsten und Enttäuschungen nicht wagte, eine wie auch immer geartete Beziehung einzugehen, verliebte sich in ihren - ehemaligen - Therapeuten. Man könnte meinen, es handle sich um die klassische, klischeehafte Projektion einer Patientin. Aber etwas Wahrhaftiges, Echtes war in ihr zu neuem Leben erwacht seit dem abstrusen Zwischenfall im Grab. Sie dachte nicht nur einmal daran, dass TomTom die Nacht nur wenige Meter von ihrem Zimmer entfernt verbrachte und sehnte sich plötzlich nach seiner Nähe.

Lange Zeit hatte sie die männliche Spezies vermieden, wo sie nur konnte. Verletzungsgefahr. Vielleicht war sie ihrer Mum doch ähnlicher, als sie dachte. Nein, das nicht, sie lebte ihre Sehnsüchte nur in ihrer Fantasie, nicht im wirklichen Leben, im Gegensatz zu ihrer Mum, die aus den Vollen schöpfte. Ins kalte Wasser sprang. Sie, Justine, begnügte sich damit, vielleicht mit einem Fuß die Wassertemperatur zu erkunden und ihn schnell wieder zurückzuziehen, falls sie nicht ganz ideal war.

Sie zwang sich, sich wieder TomTom und dem eigentlichen Thema zuzuwenden:

„All dies hier geschieht nur, weil mein Dad den unglückseligen Unfall hatte. Und statt konsequent einer erfolgsversprechenden Fährte zu folgen, entfernen wir uns zunehmend von ihm und verlieren uns in den Schicksalen der anderen. Jeder oder keiner der Nachbarn hätte es tun können, alles ist und bleibt relativ und schwammig.“

„Justine, ich verstehe deine Zweifel. Das Problem an der Sache ist, dass es keine relevante und erst recht keine eindeutige Spur gibt. Aber bevor wir alles infrage stellen, sollten wir jede einzelne Person in Gedanken noch einmal durchleuchten, ihre jeweilige Verbindung zu Peter, die Verdachtsmomente und die Alibis. Vielleicht haben wir etwas Entscheidendes übersehen.“

„Wer wann wo war, haben wir ja größtenteils schon herausgefunden. Meiner kommunikativen Mum und der sensationssüchtigen Damla sei Dank.“

„Ja, da hast du allerdings recht,“ grinste TomTom. „Die beiden sind Gold wert.“

„Allerdings. Früher haben ihre Redereien mich am meisten genervt. Und heute freue ich mich über jede Neuigkeit aus der Siedlung, die sie mir anvertrauen. So kann man sich ändern."

„Würde es nicht zynisch klingen, könnte man sagen, dass der Unfall deines Dads Entwicklungen bei dir angestoßen hat, Justine. Du bist eine großartige Frau."

TomTom blickte Justine tief in die Augen und nahm ihre Hand. Vorsichtig, als wäre sie ein kleines, verletztes Vögelchen, das beschützt werden musste. Er gestand sich inzwischen offen ein, dass er viel, sehr viel für sie empfand. Seitdem sie zusammen im Grab gelegen hatten, hatte sich dieses latente Gefühl der besonderen Zuneigung ruckartig verstärkt, und er wagte es, nur ganz für sich, in seinen ehrlichsten Gedanken, dieses Gefühl Liebe zu nennen. Erschreckend einerseits. Aber es verlieh ihm auch den Mut, seiner Zuneigung direkteren Ausdruck zu verleihen.

Justine zog ihre Hand zurück.

„Gib es zu, TomTom. Beziehungen sind eine traurige Angelegenheit. Du musst es doch wissen. Wie viele Paare haben im Laufe der Jahre in deiner Praxis um Hilfe gebeten? Immer dasselbe Spiel, oder? Es beginnt mit der Verliebtheit, den Liebes- und Treueschwüren bis in alle Ewigkeit. Darauf folgt eine Zeit der Ruhe, ein Gefühl der Sicherheit, den anderen für sich erobert zu haben. Bequemlichkeit, Gewohnheit und mangelnde Wertschätzung des anderen brechen den Zauber des Anfangs. Alte Verhaltensmuster kehren zurück, da Entwicklung Anstrengung bedeutet, die man in der Phase nicht mehr nötig zu haben glaubt. Das langsame, beinahe unmerkliche Liebessterben beginnt, und wenn man sich den Tod der Liebe nach einer langen, chronischen Krankheit des Herzens, endlich eingesteht, ist es zu spät für eine Umkehr und es folgen Schmerz, Trennung, Opfer-Täter-Duelle, Schuld, Zerstörung, Rosenkrieg. Und die Kinder sehen, wie es geht, und führen die lange Kette der Verstrickungen und Lügen fort. Ich glaube, das ist nicht mein Spiel, TomTom."

„Ich habe auch glückliche Beziehungen in meiner Praxis erlebt", versuchte TomTom, sie zu überzeugen und auf die Sonnenseite des Lebens zu holen. „Es gibt zum Glück genügend Paare, deren Liebe groß genug ist für eine glückliche Partnerschaft über lange Zeiträume hinweg. Und kann es eine gute Alternative sein, es erst gar nicht zu riskieren?" Genau das bedeutet doch Leben: Entwicklung, vielleicht ein Scheitern, die Weiterentwicklung. Liebe, Schmerz, Liebe …

„Danke für den Versuch, TomTom. Was glaubst du, warum ich meine Zeit lieber bei den Toten verbringe? Lass mich lieber weiterstricken."

„Ich mache mir Sorgen um dich, Justine."

„Warum gerade jetzt? Wo ich keinen Therapeuten mehr habe, der mir weiterhelfen könnte?"

Justine strickte unbeirrt und nun erst recht weiter. Allerdings merkte TomTom ihr an, dass sie nicht ganz bei der Sache war. Statt zunächst kerzengerader Streifen strickte sie mit unruhiger Hand nun unregelmäßig verlaufende Kurven und ließ Maschen fallen, die ursprünglich nicht als Fallmaschenmuster gedacht waren. Er kannte sich ein wenig aus mit stricken. Er hatte in der Praxis vor Jahren einmal damit begonnen, es dann aber wieder fallengelassen. Niemals hätte er es gewagt, seiner Ex-Frau davon zu erzählen. Noch ein weiblicher Anteil mehr hätte der Punkt sein können, an dem sie ihn vollends als ernst zu nehmenden Mann abgelehnt hätte. Er stellte sich vor, wie es sein würde, gemeinsam mit Justine an einem besonderen Muster zu stricken.

Kapitel 56

Es läutete an der Haustür. Ein riesiges Paket, hinter dem sich ein schmächtiger, erschöpfter Postbote verbarg, nervte Justine. Was mochte sich darin wieder Überflüssiges verbergen?

Hatte Grandma schon wieder etwas bestellt? Oder war es die neueste Superfood-Zusammenstellung ihrer Mum?

Sie überließ es Emily zunächst einmal, das Riesenteil selbst zu öffnen, da sie ihr nicht alles von vornherein aus der Hand nehmen wollte. Es tat ihr dennoch weh, zu sehen, wie Grandmas Hände zitterten. Für sie war Emily immer noch die starke Frau aus ihrer Kindheit, die den gesamten Reiterhof und eine Kneipe mitsamt ihren rüpelhaften Besuchern im Griff hatte. Und nun hatte sie schon Probleme damit, ein simples Paket zu öffnen. Justine half dann doch ein wenig nach. Zum Vorschein kam ein Katzenspielzeug-Set, bestehend aus 32 Einzelteilen!! Da würde Wotan sich freuen.

Seitdem nicht nur Grandma schwächelte, sondern auch Dad, musste Justine sich jeden Tag von Neuem um Balance bemühen. Ein Besuch im Krankenhaus würde ihr guttun. Schon allein, um sich davon zu überzeugen, ob sein Zustand sich nicht verschlechtert hatte.

Kapitel 57

„Hallo Dad." Peter lag mit geschlossenen Augen auf dem Rücken, friedlich und gleichmäßig atmend. Justine meinte, eine leichte Bewegung seiner rechten Augenbraue wahrzunehmen. So reagierte er in letzter Zeit meistens, wenn er sich ihrer Anwesenheit bewusst wurde. Justine hatte inzwischen einige Reaktionen bemerkt, die sich wiederholten. Seitdem Wotan bei ihr lebte und ihr Dad im Koma lag, hatte sie ein noch untrüglicheres Gespür für die feinsten körperlichen Regungen entwickelt. Sein kleiner Finger zuckte, wenn sie sich auf den Stuhl neben dem Bett setzte. Immer genau in dem Moment, wenn sie sich niederließ und die etwas wacklige Rückenlehne ein knarzendes Geräusch von sich gab. Sobald sie sprach, bewegten sich seine Pupillen unter den geschlossenen Augenlidern, als hätte er einen lebhaften Traum. Inzwischen waren ihr seine Reaktionen so vertraut, als würde sie ein Gespräch mit ihm führen. Es war, als füge sie seinen Regungen die passenden Worte hinzu. So selbstverständlich, dass sie meinte, seine Stimme zu hören, wenn er sich rührte. Ob sie wirklich wahrnahm, was er zu sagen gehabt hätte, wusste sie natürlich nicht. Sie wusste nicht einmal, ob er sich überhaupt mit einer bestimmten Absicht oder durch ein konkretes Gefühl, das ihn überkam, regte. Aber diese Fragen stellten sich ihr nur sehr selten. Ebenso selten, wie sie sich die Frage stellte, was eine Person, die im üblichen Sinne bei Bewusstsein war, wohl wirklich im Innersten denken und empfinden mochte, während sie ein Gespräch mit Justine führte. Und was bedeutete es schon, im üblichen Sinne *bei Bewusstsein* zu sein?

Kapitel 58

Justine saß gemeinsam mit Grandma Emily später als sonst im Krankenzimmer ihres Vaters, als Ms. Dust, Peters Sekretärin, auftauchte.

Sie hatte sich im Rahmen ihrer Möglichkeiten schick gemacht, ihre dicke Brille abgelegt und anscheinend gegen Kontaktlinsen eingetauscht. Ihre sonst straßenköterblonden Haare mit den grauen Strähnen hatte sie frisch getönt, in Locken gelegt und zudem eine recht ansehnliche Bluse ausgewählt. Die Frau mit den staubtrockenen Keksen sah plötzlich gar nicht mehr so trocken aus, im Gegenteil, sie glich eher einer etwas überladenen Kirschtorte als ihrem faden Sandgebäck.

Die Sekretärin hielt einen kleinen Topf mit einer ihrer Kakteen in der Hand. Derart vorsichtig, dass man meinen konnte, es handle sich um ein Nest mit einem gerade geschlüpften Küken. Wie schlafwandelnd schritt sie auf das Bett des Komapatienten zu. Ihr Blick wanderte zwischen Peter und dem Kaktus hin und her. Die kleine Pflanze war ein Ableger ihrer Lieblingskaktee.

Die Kakteensammlung der Eleonore Dust war imposant. Ausschließlich Selenicereus grandiflorus, die Königin der Nacht. Leider war diese faszinierende

Pflanzenfamilie, der sie sich zugehörig fühlte wie eine nahe Verwandte, in manchen Ländern vom Aussterben bedroht, wie so vieles, dessen Besonderheit erst auf den zweiten Blick sichtbar wurde. Eleonore freute sich das ganze Jahr auf die nächtlichen Stunden, in denen sich diese unscheinbaren, ja, von manch einem gar als hässlich empfundenen Pflanzen, in einer Pracht zeigten, die man ihnen niemals zugetraut hätte. Sie suchten nicht das Rampenlicht. Ihre wahre Schönheit entfalteten sie in der Dunkelheit, scheu und doch stolz und würdevoll, ganz im Stillen und von den meisten unbeobachtet. Tagsüber blieben sie unauffällig. Sie prahlten nicht mit ihren geheimen Vorzügen. Doch zur Blütezeit, im Frühling und Sommer, boten sie denen, die geduldig und wachsam waren, ihre ganze verschwenderische Pracht. Sie verbreiteten ihren betörenden Vanilleduft und ihren königlichen Reichtum, der sich, nur für kurze Zeit, in Form von riesigen, gelbweißen Blüten offenbarte. Danach verwandelten sich ihre grüngrauen Körper wieder in jene schlangenartigen Gewächse, denen niemand eine solche Herrlichkeit zugetraut hätte. Eleonore Dust wusste, wie es war, unterschätzt zu werden. Sie war das menschliche Gegenstück des Selenicereus Grandi-florus. Auch ihre Gedankenblüten entfalteten sich nachts und öffneten sich in ihren geheimsten Träumen zu prachtvollen Gewächsen. Nachts, in ihren dunkelsten und hellsten Stunden. Sie alle trugen einen einzigen Namen: Peter. Bei Tageslicht, spätestens mit dem Öffnen der Türe zum Büro, verblühten ihre Fantasien und fielen in sich zusammen zu vertrockneten Resten eines großartigen Traums. Mit seinem ersten Blick, dem ersten einsilbigen Wort, das Peter zu Beginn eines jeden Arbeitstages an sie gerichtet hatte, hatte sich ihr graumäusiger, schlangenartiger Körper, der kaum Rundungen aufwies, unter seiner Kälte und Ignoranz gewunden. Seit Jahren. Jeden Morgen von Neuem. Und dennoch hatte sie nicht anders gekonnt, als immer und immer wieder von ihm zu träumen und in den Nächten aufzublühen, ganz für sich allein. Es gab kaum eine Minute, in der Ms. Dust nicht an Peter dachte. An seinen schön geschwungenen Mund, seine grünen Augen und die hohe Stirn. Seine Stimme, die sie schneidend und kalt in ihre Einzelteile zu zerlegen vermochte, aber auch warm zu ummanteln wusste, und wenn es nur am Abend mit den beiden Worten „Auf Wiedersehen" war. Wiedersehen. Der Gedanke, ihn am nächsten Tag wiederzusehen, erfüllte sie jedes Mal erneut mit Zuversicht und mit der Hoffnung, ihn vielleicht doch noch, wie durch ein Wunder, für sich zu gewinnen. Er würde es nicht bereuen. Ihm und nur ihm würde sie sich in all ihrer Pracht offenbaren. Aber er ahnte nicht im Geringsten, was sie ihm zu bieten hatte. Er war blind für sie gewesen.

Doch seitdem er im Wachkoma lag, hatte sich alles verändert. Manchmal, wenn sie ihn besuchte, sah er sie, wenn er nicht gerade schlief, mit weit geöffneten Augen zum ersten Mal wirklich an. Jedenfalls meinte sie zu fühlen, dass es so war.

Eleonore hielt ihm ihren neuen Kaktus hin wie eine Gläubige, die ihrem Götzenbild eine Opfergabe darbringt. Jetzt schien er zu lächeln. Er lächelte sie, Eleonore, an. Er hatte sich verändert. Früher hatte er verächtlich auf sie und ihre Kakteensammlung im Büro herabgeschaut. Nun nicht mehr. Bei ihren häufigen Besuchen in der Klinik konnte sie seine Hand halten, ohne befürchten zu müssen, dass er sie zurückzog und ihm Geschenke machen, die er nicht ablehnte. Wieso hatte es so weit kommen müssen ... Sie hatte nie etwas anderes gewollt als ein wenig Respekt und Aufmerksamkeit. Und vielleicht Liebe.

Plötzlich sprang Wotan, der bis zu diesem Augenblick in seiner Röhrentasche ausgeharrt hatte, wie von der Tarantel gestochen auf die Fensterbank. Schlitternd stieß er gegen einen der fünf Kakteentöpfe, die wie Dominosteine gegeneinander und dann krachend zu Boden fielen. Wotan erschrak dermaßen über das, was er ausgelöst hatte, dass er in einem großen Satz das Weite suchte, auf der Schulter der Sekretärin aufkam und geradewegs in ihre geöffnete Handtasche rutschte. Ms. Dust schrie auf und war derart bestürzt, dass ihr der Kaktus aus den Händen fiel. Das umtriebige Frettchen landete direkt auf dem entblößten Unterarm des Patienten und hätte um ein Haar einen der Schläuche, der ihn mit Nahrung versorgte, perforiert. Peter gab einen erstickten Laut von sich. Grandma Emily, die das Treiben der Sekretärin bisher schweigend beobachtet hatte, erschrak zu Tode. Der Laut, den Peter ausgestoßen hatte, brachte sie völlig aus der Fassung. Außer sich sprang sie auf, umarmte weinend den wehrlosen Peter und rief: „Es tut mir so leid! Ich bin an allem schuld. Ich habe meinen eigenen Sohn ins Verderben gestürzt. Ms. Dust kann das bezeugen!"

„Was willst du damit sagen, Grandma?"

War ihre Selbstbezichtigung ernst zu nehmen oder war dieser plötzliche Ausbruch ihrer Verwirrung und der fortschreitenden Demenz geschuldet? Die Situation hatte sie offenbar stark mitgenommen.

Ein Rascheln drang aus Eleonores Tasche. Wotans Köpfchen schaute vorwitzig aus der Öffnung hervor in die aufgescheuchte Runde. Der Grund war eine große Kekspackung, die er in der Tasche entdeckt und innerhalb kürzester Zeit geleert hatte.

Justine erinnerte sich an den Teller mit Gebäck, der bei einem ihrer letzten Besuche auf dem Beistelltisch ihres Dads gestanden hatte. Ihr Blick glitt von der Handtasche zur Fensterbank und auf die am Boden liegenden Trümmer der fünf Kakteentöpfe.

Eleonore Dust war ganz blass geworden. Justine blickte der bis dahin für sie vollkommen uninteressanten Sekretärin zum ersten Mal in die Augen. Sie schien ganz aufgelöst, was sich nicht nur in ihrem Gesichtsausdruck widerspiegelte, auch ihre Frisur hielt der bewegenden Situation nicht mehr stand. Einzelne Strähnen fielen ungeordnet aus der Umklammerung der Haarspange und offensichtlich bereiteten ihr auch ihre Kontaktlinsen Schwierigkeiten. Ihre Augen waren gerötet wie die des Albinofrettchens, allerdings nicht so niedlich anzusehen wie die Knopfaugen Wotans.

Ihre Handtasche war inzwischen auf dem Boden gelandet, wo Wotan sie ausräumte, um nur ja keinen Krumen der leckeren Kekse zu übersehen.

„Wovon spricht meine Grandma, Ms. Dust? Was haben Sie zu ihren Andeutungen zu sagen?"

„Ich hatte die Arme schonen wollen und deshalb niemandem davon erzählt."

Der Sekretärin schien es sichtlich schwerzufallen, darüber zu sprechen. „Ich hatte Ihren Dad nach der Arbeit noch ein Stückchen begleitet. Wir hatten etwas Dringliches zu besprechen und wollten keine weiteren Überstunden auf uns nehmen. Da bot es sich an, die Sachlage auf dem Heimweg zu klären. Ich stand mit ihm auf der Steintreppe, die zur Siedlung führt. Wir waren sehr konzentriert auf unser Gesprächsthema, da tauchte ihre Grandma plötzlich aus dem Gebüsch auf, im Nachthemd und auf Pantoffeln. Peter - Mister Blackwood - und ich, wir erschraken uns zu Tode. Ihr Dad verlor das Gleichgewicht, als er sich Mrs. Blackwood Senior zuwandte, und stürzte rücklings von der Treppe. Es ging so schnell, dass ich ihn nicht mehr halten konnte.“

Justine lauschte den Erklärungen der Sekretärin misstrauisch. „Ich kann nicht glauben, dass Dad sich vor dem Anblick Grandmas zu Tode erschrecken würde, egal in welcher Situation. Nun ja, lassen wir das mal dahingestellt sein: Und was geschah danach? Dann sind Sie einfach weggelaufen und haben ihn dort liegenlassen?“ Justine war ganz außer sich.

„Natürlich nicht, was denken Sie von mir. Ich habe sofort einen Krankenwagen gerufen und bin geblieben, bis ich ihn kommen sah. Kurz bevor er sein Ziel erreicht hatte, habe ich mich zugegebenermaßen entfernt. Ihre Grandma hatte ich aus den Augen verloren. Auch sie schien in der Zwischenzeit fortgelaufen zu sein, ich weiß es nicht. Und da ich nicht in Versuchung geraten wollte, Ihre Grandma zu beschuldigen, habe ich mich ganz aus der Situation herausgezogen, nachdem ich wusste, dass ihr Dad versorgt war, und habe niemandem von dem schrecklichen Ereignis erzählt. Aber nun ist es doch herausgekommen. Es tut mir so leid."

Grandma Emily, die neben dem Bett ihres Sohnes zusammengesunken war, weinte und weinte. Sie konnte gar nicht aufhören. Plötzlich sah Justine, dass auch ihrem Dad Tränen über die Wangen liefen. Auch er war in der Lage, zu weinen.

Was für ein Desaster! Der Zustand ihres Dads, des Zimmers, der Sekretärin und ihrer Grandma.

Man konnte nur hoffen, dass in dieser emotionalen Ausnahmesituation nicht wieder eine Delegation von Ärzten und Auszubildenden den Raum betreten würde, wie schon einige Tage zuvor. Was sie vorfänden, ginge über das Maß der bisherigen Zustände in Dads Krankenzimmer weit hinaus. Man könnte den Eindruck gewinnen, es hätte einen Überfall von zwei durchgedrehten Frauen und einem Frettchen auf einen wehrlosen Bettlägerigen gegeben.

Justine schien die Einzige zu sein, die Ruhe bewahrte. Sie weinte so gut wie nie. Außer wenn sie Trauerreden schrieb. Beim Anblick ihres weinenden Dads geriet sie wieder in ihre melancholisch-grüblerischen Gedankenschleifen. Sie stand nun kurz vor ihrem dreißigsten Geburtstag, hatte sich noch nie auf eine ernsthafte Beziehung eingelassen, und die einzigen Menschen, die sie etwas näher als nötig an sich heranließ, waren ihre Eltern und ihre Grandma. Einer dieser Menschen lag nun im Koma und weinte, der andere war alt, dement und weinte ebenfalls. Und ihre Mum versuchte, all das, was geschah, zu verdrängen.

Justine war für Sekunden von ihren Gedanken weggetragen worden. Als ihr Bewusstsein wieder im Krankenzimmer ankam, sah sie, wie Ms. Dust versuchte, ihren kleinen Kaktus aus Dads Bett zu entfernen, was ihr nicht gelang: Sie konnte den Untertopf nicht packen und griff in stechende Dornen.

Die wollige Kaktusknospe war durch den Sturz vom Kakteenkörper abgefallen. Eleonore hielt die verlorene Knospe in ihrer Hand. In ein, zwei Monaten, spätestens aber im August, wäre sie aufgeblüht. Die Sekretärin steckte sie in ihre Handtasche. Sie würde Teil ihres Altars werden und sie immer an diesen Augenblick erinnern, in dem sie endgültig alle Hoffnung verlor, jemals wieder so wie früher mit ihrem Peter im Büro zu sitzen. Sobald er aufwachte, wäre der schöne Schein entlarvt. Peter würde sie auf die altbekannte, gleichgültige Weise ansehen. Nüchtern. Ohne Zauber. Nun würde er sie aller Wahrscheinlichkeit nach gar mit Abscheu betrachten. Sie schaute zum Krankenbett hinüber, zu Peter und Emily. Wotan, das hyperaktive weiße Ungetüm, sprang über Tisch und Bett, als sei das ganze Krankenzimmer eine einzige herrliche Spielwiese. Der Bauch Peters schien besonders interessant für ihn zu sein. Die gewölbte Rundung erwies sich als nachgiebige Sprungfläche, von der aus er einen großen Satz Richtung Infusionsständer machte, an dem er sich behände festklammerte, um elegant wie ein junger Zirkusakrobat an ihm hinabzurutschen. Von dort aus verschwand er unter dem Bett.

Grandma Emily saß immer noch kraftlos vornübergebeugt am Bettrand ihres Sohnes und hielt seine

Hand, überzeugt davon, die alleinige Schuld an seinem Desaster zu tragen.

Plötzlich spürte sie, wie seine Hand die ihre fest, beinahe schmerzhaft, umschloss. Auch die Zweite suchte nach Halt, als würde Pater sich im freien Fall befinden und nach einem Rettungsanker suchen. Mit der Kraft eines Menschen in Todesangst versuchte er, Emily an sich heranzuziehen.

Die Arme war außer sich. „Justine! Justine, er bewegt sich! Peter bewegt sich!"

Justine konnte es kaum fassen. Sie befreite ihre Grandma so sanft wie möglich aus der Umklammerung ihres Sohnes, griff selbst nach Dads Hand, um ihm Halt zu geben und drückte

mit der anderen den Rufknopf.

Mit einer Mischung aus tiefer Rührung, aufgeregter Erwartung und Sorge beobachtete sie seine Veränderung. Er starrte nicht mehr ins Leere, er blickte nicht ziellos umher, nein, er fixierte erst Emily, dann Justine und auch Ms. Dust. Er verfolgte Bewegungen, jedenfalls bildete Justine sich dies ein. Ob das Trampolinspringen Wotans auf dem Bauch des Bewusstlosen diese Wandlung herbeigeführt hatte? Vielleicht eine unwillkürliche Veränderung seines Atemrhythmus´, die eine Kettenreaktion hervorgerufen hatte. Jedenfalls erschien es ihr wie ein Wunder.

Grandma Emily registrierte, dass Wotan es sich zwischen ihren Füßen gemütlich gemacht hatte. Sie fühlte sein weiches Fell an ihren Knöcheln, was sie ein wenig beruhigte.

Ms. Dust kniete auf dem grauen Linoleumboden, um die Überreste ihrer kleinen Kakteen und der beschädigten Töpfe fortzuräumen. Sie öffnete ihre Kunstledertasche, holte zwei Stofftaschentücher hervor und wickelte vorsichtig drei der noch einigermaßen erhaltenen Kakteen hinein. Liebevoll, als handele es sich um empfindsame Haustiere. „Peter bewegt sich!". Der Aufschrei der alten Dame hallte in ihr nach. Sie wollte nicht dabei sein, wenn er erwachte. Sie würde sich noch einige wenige Tage gönnen, in denen sie zu Hause den alten Zeiten nachtrauerte. Sie würde den großen Teil ihrer Traumwelt verlieren, die sich ausschließlich um ihn gedreht hatte. Sie war sehr müde.

Kapitel 59

Justine hatte die Hand ihres Dads ergriffen, um ihm Halt zu geben. In diesem Moment hörte sie, wie die Tür des Krankenzimmers zuschlug und bemerkte, dass Ms. Dust ohne ein Wort des Abschieds den Raum verlassen hatte. Dad sah Justine gezielt an. Oder bildete sie sich das ein? Sie meinte, ein Lächeln aus seinem Gesicht herauslesen zu können. Aber was hatte sie in den wenigen Wochen schon alles geglaubt, erkennen zu können? Ruhelos erhob sie sich und lief durch den kleinen Raum. Wie würde es sein, wenn er tatsächlich wieder erwachte? Konnten sie und ihr Dad ein wenig von der Intimität des Schweigens, des stillen Beisammenseins hinüberretten in ihr Wachleben? Justine wusste, warum sie das menschliche Getümmel mied. So viele Masken überall. Verkleidungen. Hinter Attitüden. Rollen. Statussymbolen. Hinter den ganzen Egos, die ihre Spuren hinterlassen wollten auf der Erde, bevor sie das Zeitliche segneten. Sie übersahen, dass auf diese Weise nichts von ihnen bleiben würde, weil sie nichts von sich preisgegeben hatten. Vielleicht würden Fotos bleiben, Ausweise, Urkunden, Pokale, ein paar Kleidungsstücke, eine Erbschaft für die begierige Nachkommenschaft. Aber nichts Ureigenes.

Dad sprach nicht, doch er schien wieder da zu sein, wieder in dieser Welt anzukommen. Justine hätte froh sein müssen, doch die Freude wollte sich nicht einstellen. Vielleicht, weil sie sich an die Besuche in diesem kleinen Krankenzimmer gewöhnt hatte und er so zuverlässig für sie da gewesen war. Weil sie ihn besser kennengelernt hatte. Durch die Stille, das Einvernehmen, das in ihrem gemeinsamen Schweigen lag. Oder das, was jenseits der Worte existierte, hinter den täglichen Pflichten, Erledigungen, hinter der Routine des Alltags. Sie hatte sein Gesicht ansehen können, ohne dass er sich hätte entscheiden können, etwas zu verbergen, sich zu verstellen. Sie hatte die Zeit gehabt, dieses Gesicht zu studieren. Dabei wurde ihr bewusst, wie selten sie sich im Familienalltag wirklich angeschaut hatten. Angeblich taten dies vor allem Menschen, die frisch verliebt waren. Wie würde es nun mit Dad weitergehen? Sie schrieb TomTom eine kurze Nachricht, in der sie ihn dringend bat, zur Klinik zu kommen.

Kapitel 60

Eleonore verabschiedete sich mit jedem Schritt, den sie sich vom Krankenhaus entfernte, mehr von ihrem erträumten Bild als Peters Lebensgefährtin.

Auf vielen Umwegen durch ganz Gravebury Village zu Hause angelangt, setzte sie sich erschöpft in den sumpfgrünen, abgewetzten Ledersessel, den sie von ihrem Dad geerbt hatte, und betrachtete den glutroten Sonnenuntergang. In ihrem Inneren sah es aus wie in einem leeren Zimmer. Als die riesige Sonne auf die Schnittstelle zwischen Himmel und Erde traf, dachte Eleonore für einen Moment, sie würde die Welt in Brand setzen.

Die Stacheln der im Krankenzimmer zu Boden gefallenen Kakteen steckten noch in ihren Händen. Aber sie fühlte keinen Schmerz. Es gab nur Leere, die sich abwechselte mit einem diffusen, stechenden Kribbeln in ihrem Inneren. Es war, als hätten sich die Dornen ihrer Kakteen in ihre Blutbahnen verirrt. Als würden sie auf dem Weg durch ihren Körper schmerzlos verwunden, Risse und Schnitte verursachen, bis Eleonore an all den kleinen Einschnitten und Verletzungen zugrunde gehen würde. Eine ununterbrochene Anspannung, ein bohrender Schmerz, der nun einer todesähnlichen Betäubung gewichen war, hatte, seitdem sie ihre große, unerfüllte Liebe zu Peter entdeckte, ihr Leben durchdrungen. Es hatte nur einige wenige, sehr kurze Momente gegeben, in denen sich ihr Nervenkostüm beruhigt hatte: wenn sie neben Peter im Büro oder an seinem Bett im Krankenhaus gesessen und ihn betrachtet hatte, und wenn die Blüten ihrer *Königinnen der Nacht* sich entfalteten. Beides war nun Vergangenheit.

Inzwischen war die Sonne untergegangen und in ihrem Zimmer herrschte Dunkelheit. Eleonore zündete die Kerzen vor den Fotos an, die sie auf seinem Computer gefunden und heimlich kopiert hatte. Seine Augen blickten sie von den Bildern aus direkt an. Sie fragte sich nicht, wen er wohl so liebend anlächelte und wer das Foto gemacht haben könnte. Sie genoss den Blick, der in ihrer kleinen Welt auf sie gerichtet war. Einige Fotos zeigten ihn im Wald, andere am Strand oder in einem Café. Eleonore bildete sich ein, all dies mit ihm gemeinsam erlebt zu haben, je länger sie die Bilder betrachtete. Im flackernden Licht des Kerzenscheins bewegten sich die Wellen auf dem Meer, seine Gesichtszüge veränderten sich und das Muskelspiel seines nackten Oberkörpers trat plastisch hervor. Sie tauchte ein in die Szenerie der Bilder und war nach einer Weile Teil davon, erlebte das Leben ihres Liebsten hautnah mit. Sein Leben war zu ihrem geworden. Sogar ein Weihnachtsbild hatte sie gefunden. Er saß vor einem wunderbar geschmückten Tannenbaum. Die Personen, die neben ihm gesessen hatten, hatte sie herausgeschnitten und stattdessen ein passendes Bild von sich selbst so geschickt hinzugefügt, dass die Collage beinahe echt aussah: Sie, in trauter Zweisamkeit mit ihm, unter dem Baum voller roter und goldener Kugeln. Seitdem sie dieses Bild gefunden hatte, dekorierte sie ihren eigenen Weihnachtsbaum in jedem Jahr so ähnlich wie seinen. Sie hatte versucht, herauszufinden, welche Kugeln den Baum schmückten, und hatte tatsächlich in der Vergrößerung das Herstellerlabel entdeckt. Einmal hatte sie ihm eine solche Kugel zu Weihnachten geschenkt. Doch zu ihrer Enttäuschung hatte er sich keineswegs gefreut. Er hatte sie gebeten, ihm keine Weihnachtsgeschenke dieser Art mehr zu machen und besser an eine soziale Einrichtung zu spenden, die könne das Geld, das sie unnützerweise an ihn verschwende, besser brauchen. Seitdem spendete sie tatsächlich an eine soziale Einrichtung und schenkte sich selbst die Weihnachtskugeln.

Ein Porträt von ihm, das sie besonders gern mochte, hatte sie mit einem kleinen Strahler angeleuchtet. Sein auf sie gerichteter Blick bekam durch das Licht- und Schattenspiel von Kerzen und Lampe etwas Dreidimensionales. Sein Gesichtsausdruck schien sich im gedanklichen Zwiegespräch mit ihr permanent zu verändern. Peter. Eine letzte Nacht mit ihm. Danach würde sie sich für immer von ihm verabschieden.

Das wusste sie in diesem Moment so sicher wie das Amen in der Kirche, wenn sie auch schon lange nicht mehr an dieses „So sei es" von ganz oben glaubte.

Ein grollendes Donnermurmeln riss sie aus ihren Gedanken. Es klang, als sei der Himmel aufgewühlt, geladen vor Wut. Wenige Sekunden später folgte ein

Blitzlichtgewitter am Horizont, ein Wetterleuchten, das Gefahr ankündigte. Ein Wutanfall des Himmels bahnte sich an. Eleonore betrachtete die Knospen ihrer Königinnen der Nacht. Prall und voller Erwartung. Voller Hingabe hatten sie sich auf ihren großen Augenblick vorbereitet. Über einen langen, sehr langen Zeitraum hinweg. Um selbst dann, in ihrer ganzen aufgeblühten Pracht, im Dunkeln zu bleiben. Plötzlich konnte Eleonore ihre Gedanken nicht mehr ertragen. Nicht nur ihre Gedanken, auch ihre Gefühle brachen über sie ein wie ein Unwetter. Draußen prasselte der Regen lautstark an ihre Fensterscheibe, als wolle er eingelassen werden. Der Himmel leuchtete taghell auf, um dann wieder in gärender Dunkelheit zu grollen und Kraft für den nächsten Ausbruch zu sammeln. Ihre Königinnen der Nacht wirkten mit einem Mal bedrohlich auf Eleonore, wie Kreaturen, die einen Fluch über sie gelegt und dafür gesorgt hatten, dass auch sie selbst im Dunkeln blieb und nicht gesehen wurde.

Das Licht der flackernden Kerzen auf Peters Altar ließ sein Gesicht noch lebendiger als zuvor erscheinen.

Sein Mund bewegte sich, als wolle er zu ihr sprechen. Seine grünbraunen Augen, die sie hypnotisiert hatten, wenn er sie ansah, glühten und funkelten im Licht- und Schattenspiel wie die eines Raubtiers kurz vor dem Angriff. Als wolle er sich rächen. Dabei hatte sie niemals etwas Böses im Schilde geführt.

Sie löschte die Kerzen, drehte Peters Fotos zur Wand und pflückte die wunderbaren Knospen, die kurz vor dem Erblühen waren, von den stacheligen Kakteenkörpern. Ganz grob, ohne Mitleid und Sentimentalität. Jedes einzelne Herausrupfen schmerzte, als hätte sie sich einen eigenen Finger von der Hand gerissen. Aber es musste sein.

Kapitel 61

In diesem Augenblick erwachte Peter aus seinem Koma. Justine hatte die Reste der Erde und die Scherben der bunten Blumentöpfe vom Boden aufgesammelt. Plötzlich hörte sie einen Seufzer wie aus einer fernen Welt. Ihr Dad! Er schien zu glühen. Schweißperlen rannen ihm von der Stirn. Er atmete unregelmäßiger als zuvor. Panik erfasste ihn. Er hatte Grandma losgelassen und ruderte mit den Armen, als sei er kurz vor dem Ertrinken. Wotan tauchte wie von der Tarantel gestochen unter der Bettdecke auf und suchte erschrocken das Weite, um nicht versehentlich erschlagen zu werden.

In diesem Moment öffnete sich die Tür des Krankenzimmers. Es war noch keiner der Ärzte, sondern TomTom, den Justines Anruf erreicht hatte.

Sie legte den Zeigefinger auf ihre Lippen, bedeutete ihm, mit Blick auf Peter, leise einzutreten, und winkte ihn zu sich heran. Wie Götzen aufgereiht standen Grandma, TomTom und Justine am Fuß des Bettes und starrten den langsam zu sich kommenden Peter wie hypnotisiert an.

Es war nach der ersten Panik ein Erwachen in kleinen Schritten. Peters Blicke irrten nicht mehr umher. Sein

Ausdruck war wieder von dieser Welt. Justine näherte sich behutsam seinem Bett. Sie bemerkte, dass seine Blicke ihr auf Schritt und Tritt folgten. In diesem Moment betrat ein Arzt das Zimmer. Er bestätigte, dass Peter tatsächlich im Begriff war, langsam zu Bewusstsein zu kommen.

Kapitel 62

Nachdem Justine, Wotan, Grandma und TomTom sich auf den Heimweg begeben hatten und es Justine gelungen war, Grandma in deren Zimmer zu lotsen, bat sie TomTom, noch ein wenig zu bleiben. Sie erzählte ihm von Grandmas vagem Schuldbekenntnis und Eleonores eigenartigem Verhalten. Aber nicht einmal TomTom hatte eine schlüssige Erklärung. Sie hatten nichts in der Hand, was tatsächlich auf ein Verschulden der beiden hingewiesen hätte. Das Geschilderte blieb rätselhaft.

Kapitel 63

Eleonore konnte nicht schlafen. Immer wieder hatte sie die Szene vor Augen, wie sie Peter auf der Treppe zum Friedhof ihre Liebe gestanden hatte. Wie er sie angestarrt hatte. Seine Kälte und Gleichgültigkeit waren wie ein Schlag ins Gesicht gewesen. Wie sie geweint und sich abgewandt hatte und wie er von Kündigung gesprochen hatte.

Wie er in ihren Nebel der Trauer und Verzweiflung vorgedrungen war und beides mit seinen Worten noch unerträglicher gemacht hatte. Es war Notwehr gewesen. Was genau geschehen war, wusste sie nicht mehr. Der Schmerz hatte ihre Sinne betäubt. Sie musste ihn von sich gestoßen haben. Wieso sollte er sonst von der Treppe gestürzt sein? Er war ein großer, starker, gesunder Mann, ganz Herr seiner Sinne. War sie weggerannt, an jenem Abend? Sie hatte wie unter Drogen gestanden.

Sie schaute aus ihrem Schlafzimmerfenster in den finsteren, sternenlosen Himmel.

Die Nacht danach, damals - es schien ihr ewig her zu sein - war heller gewesen. Ein silbrig schimmernder Mond war ihr in Erinnerung geblieben. Plötzlich erinnerte sie sich an den Bruchteil einer Sekunde:

Bevor Peter aus ihrem Blickfeld verschwunden war, für immer, wie sie dachte, hatte sie sich umgedreht und ihn noch einmal gesehen. Er, der durch ihren Stoß so unsanft hart gefallen war, hatte sich mühsam erhoben, stand aufrecht auf einer der Stufen der Steintreppe und blickte in ihre Richtung. Sah ihr nach. Sah ihr nach? War sie weggelaufen? Überstürzt? Und bestürzt über ihre vermeintliche Tat?

Wenn sie ihn noch einen Moment lang aufrecht dastehend gesehen hatte, war sie anscheinend nicht schuld an seinem Zustand.

In Momenten, in denen ihre unerwiderte, unerkannte Liebe in Hass umgeschlagen war, hatte sie mehr als einmal daran gedacht, ihn loswerden zu wollen, für immer. Womöglich hatte sie es schon einmal ausgesprochen. Wem gegenüber, wusste sie nicht mehr. Sie hätte ihre Kekse vergiften können, ohne dass es jemals bemerkt worden wäre. Aber sie hatte es nicht getan. Sie hatte ihn nicht getötet. Plötzlich empfand sie einen tiefen Frieden.

Peter war erwacht, das wusste sie. Er würde weiterleben, wieder der attraktive, sinnliche Mann sein, der er vor dem Unglück gewesen war. Sie liebte ihn, mehr als ihr eigenes Leben, mehr als sich selbst. Doch sie würde nicht mehr für ihn arbeiten können, nach allem, was er nun von ihr und ihrer besessenen Leidenschaft für ihn wusste, so viel war klar. Aber ihre Erinnerungen würden ihr bleiben. Und sie würde sich mit all ihrer Leidenschaft und Liebe der Heilung ihrer Königinnen der Nacht widmen, die sie vernichtet hatte. Sie würde sie wieder zur Blüte bringen und erleben, wie

sie sich einmal im Jahr öffneten, ihre ganze Pracht und
ihren einzigartigen Duft entfalteten.

Kapitel 64

Auch Justine war noch hellwach. TomTom war sicher nebenan im Gästezimmer bereits eingeschlafen. Sehr weit waren sie mit ihrer gemeinsamen Recherchearbeit nicht gekommen. Viele Abgründe, viele Verdachtsmomente, sogar handfeste Straftaten hatten sie beobachtet und aufgedeckt. Doch nichts davon schien bislang nachweislich in Zusammenhang mit Peters Sturz zu stehen. Was würde aus TomTom und ihr werden, wenn die Ermittlungen keinen Sinn mehr machen würden?

„Aufstehen, Krone richten, weitergehen", hätte ihre Mutter in einer solchen Situation zu sich selbst gesagt und munter den nächsten Tag begrüßt. Justine war aus anderem Holz geschnitzt. Morscher, weniger widerstandsfähig, angreifbarer. Die einen wuchsen an dem, woran andere zerbrachen.

Kapitel 65

Dad machte erstaunlich schnelle Fortschritte.

Innerhalb kürzester Zeit erholte er sich so gut, dass er bereits einzelne Worte sprechen konnte. Langsamer, bedächtiger als vor seinem Sturz. Als müsse er sich der Benennungen erinnern, seine Stimme neu entdecken und justieren, aber immerhin konnte er sich überhaupt verständlich machen.

Die Ärzte meinten, es sei in seinem speziellen Fall wahrscheinlich noch ein gewisses Maß an minimalem Bewusstsein vorhanden gewesen, während er im Koma lag. Sonst wäre er nicht in der Lage gewesen, sich in diesem Tempo zu regenerieren. Die zurückbleibenden Schäden würden also vermutlich sehr gering sein.

Der erste vollständige Satz, den er sprach, ließ Justine allerdings für eine Sekunde an der Stabilität seines wiedererlangten Bewusstseins zweifeln. Sie hatte ihren Kopf zärtlich auf seine Bettdecke gelegt, um ihm ganz nah zu sein, wenn er aufwachte, da hauchte er plötzlich in ihr Ohr: „Sie sind ja verrückt!".

Sie?! Justine selbst war offenbar nicht gemeint. Dad würde noch eine Weile brauchen, um wieder ganz bei sich zu sein.

„Schön, dass du wieder bei uns bist, Dad", sagte sie, statt sich weiter zu wundern. Sie würde sich gedulden müssen, bis er etwas Aussagekräftiges über seinen Unfall würde äußern können.

Kapitel 66

Als Peter einige Zeit später die Klinik, noch im Rollstuhl sitzend, verlassen durfte, erwartete Emily ihn bereits ungeduldig an der Haustür und fiel ihm weinend in die Arme. Sie machte seit ihrer Begegnung mit der Sekretärin im Krankenhaus einen noch verwirrteren Eindruck als sonst und behauptete nach wie vor, ihren eigenen Sohn beinahe ermordet zu haben. Die Sekretärin habe sie gesehen.

„Es tut mir so leid, so unendlich leid", rief sie, „ich werde mir das niemals verzeihen können. Frag Ms. Dust, sie weiß, was ich getan habe! Sie weiß es!", erwiderte Emily verzweifelt.

„Du hast gar nichts getan, Grandma, du warst bei William am Grab und hast wahrscheinlich wieder einmal versucht, deinen Mann auferstehen zu lassen."

„Ja, und da habe ich meinen eigenen Sohn zu Tode erschreckt. Ich weiß, Liebes! Ich bin krank, ich weiß, dass ich Dinge vergesse, ich weiß, dass ich eine verwirrte Alte bin. Ihr müsst mir nichts vormachen, nur um mich zu schonen. Ich habe ihn zu Tode erschreckt, meinen Sohn. Das werde ich mir nie verzeihen. Ich bin nicht so dumm, wie ihr denkt, nur weil ich manchmal ein bisschen vergesslich bin. Das habe ich nicht vergessen. Das nicht. Das werde ich mir nie, nie verzeihen. Ich habe ihn zu Tode erschreckt!"

Grandma Emily schien aus ihrer Gedankenspirale nicht herauszufinden, im Gegenteil, sie verstrickte sich immer weiter darin. Justine unterbrach sie: „Nein, das hast du nicht. Als würdest du ihm einen solchen Schrecken einjagen können! Du bist schließlich seine Mum. Er kennt dich, sein Leben lang. Bei dir rechnet er doch mit allem."

„Mit allem", bestätigte Peter mit schwerer, etwas unbeholfener Zunge.

Er lachte. Noch ein wenig schwach, aber er lachte. Das freute Emily ungemein. Doch sie beharrte darauf, dass sie krank, vielleicht sogar verrückt sei.

„Niemand ist hier krank", versuchte Peter Emily zu beruhigen. Er war beglückt, zu entdecken, dass er langsam seine Sprache wiederfand und ihm die Worte zwar noch stockend, aber schon müheloser über die Lippen kamen. „Und wenn jemand verrückt ist, dann die besessene Ms. Dust", fügte er nachdenklich hinzu.

„Dad, wie war es denn nun wirklich? Was ist auf der Treppe geschehen?

„Ich weiß nur noch, dass Ms. Dust mir gefolgt ist", antwortete Peter, während er versuchte, sich die Ereignisse jenes Abends in Erinnerung zu rufen. Irgendwann stand deine Grandma neben mir. Beide waren aufgelöst. Warst du auch da, Justitia? Entschuldige, Justine?"

„Du hast mich Justitia genannt, Dad." Justine lächelte. „Weißt du noch, die Justitia in Old Bailey."

„Ja." Peter wirkte sehr nachdenklich. „Die Justitia. Du und die Gerechtigkeit"

Justine sah die fünf Meter hohe Bronze-Statue der Justitia vor sich, mit dem Schwert in der einen und der Waagschale in der anderen Hand.

Es gehörte Härte zur Gerechtigkeit. Anderen, aber auch sich selbst gegenüber.

Kapitel 67

Eleonore Dust hatte bereits seit zwei Nächten kein Auge mehr zugetan. Was war an jenem entscheidenden Abend genau geschehen? Sie wusste es nicht mit letzter Sicherheit. Aus irgendeinem Grund hatte sie nur bruchstückhafte Erinnerungen an das, was auf die größte Kränkung ihres Lebens gefolgt war. An sein ungläubiges Lachen, als sie ihm auf den Stufen der Natursteintreppe endlich ihre Liebe gestanden hatte. An die drei Sätze, die sie nie vergessen würde, die sich in ihre Seele eingebrannt hatten wie Feuermale auf der Haut.

„Das ist doch nicht ihr Ernst, Ms. Dust?! Ich komme mir vor wie in einem schlechten Film! Wenn auch nur ein Prozent von dem, was Sie da von sich gegeben haben, wahr ist, kündige ich Ihnen zum nächstmöglichen Zeitpunkt, und wenn Sie mich weiter stalken, wird daraus eine fristlose Kündigung."

War sie wirklich Hals über Kopf davongelaufen? Hatte sie tatsächlich noch den Krankenwagen gerufen? Oder etwa nicht?

Sie schaute durch ihr Schlafzimmerfenster in den finsteren, sternlosen Himmel und dachte nach. Wenn sie gesehen hatte, wie Peter aufgestanden war, bevor sie sich davongemacht hatte, würde sie ihn wohl kaum um ein Haar getötet haben können. Doch was genau war geschehen?

Kapitel 68

Justine konnte in dieser Nacht wieder einmal nicht einschlafen. Sie saß am Fenster und schaute in die sternenlose Nacht. War es tatsächlich möglich, dass Ms. Dust ihren Dad hatte töten wollen?

Wenn ja, was würde Justine in einem solchen Fall unternehmen müssen?

Sie zur Rede stellen? Die Polizei benachrichtigen? Sie anzeigen? Vielleicht würde sie auf Bewährung freigelassen oder für Jahre hinter Gittern müssen.

Sie erschrak. Etwas hatte an ihrer Bettdecke gezerrt. Wotan. Erleichtert sah sie, wie er sich aus der schweren Decke befreite, sie abschüttelte, sein Köpfchen hob und sie, Justine, fordernd ansah. Er verhielt sich anders als sonst. Zurückhaltender. Und etwas machte Justine stutzig: Er hielt sein zierliches Köpfchen nicht leicht geneigt, er sah sie nicht mit seinen kindlich bettelnden großen Knopfaugen an. Er hockte, nein, thronte, ganz aufrecht, wie richtend, vor Justine, hatte seine Augen fest zu Schlitzen verengt und starr auf sie gerichtet. Ihr geliebtes Frettchen zeigte Zähne. Sie war mehr als erstaunt über sein ungewöhnliches Verhalten, es war ihr beinahe unheimlich. Was wollte Wotan damit ausdrücken? Justine hatte in letzter Zeit viel gelernt über die Körpersprache der Frettchen und der Komapatienten, aber es gab immer wieder Momente der Ratlosigkeit, sowohl im Zusammensein mit Wotan als auch mit ihrem Vater.

Wieso war er derart unruhig gewesen bei manchen ihrer Besuche? Hatte er tatsächlich alles mitbekommen in der Zeit seines Komas, was in seinem Krankenzimmer gesprochen wurde und vorgefallen war? Was für ein Albtraum musste es dann gewesen sein, alles zu hören, zu sehen, zu empfinden und sich nicht äußern zu können, ein reger, präsenter, wacher Geist, gefangen in einem stillgelegten Körper. Nicht einmal vollkommen stillgelegt. Er hatte geweint. Gelacht. Als hätte er einen besonders bewegenden Traum durchlebt. Offensichtlich hatte er Empfindungen gehabt. Gerade an jenem Tag, als Justine gemeinsam mit seiner Sekretärin, Granny Emily und Wotan in seinem Raum gewesen war, hätte sie nur zu gern gewusst, was er zu sagen gehabt hätte. Er war aufgewühlt gewesen. So viel stand fest.

Ratlos wandte sie ihren Blick zu ihrem Schlafzimmerfenster und fast hilfesuchend in den düsteren Himmel. Es waren kaum Sterne zu sehen. Ein scharf konturierter, klarer Sichelmond schnitt eine zarte Wolke entzwei. Hatte an jenem Abend, als sie wieder einmal, damals noch ohne Wotan, zwischen den Gräbern umhergeirrt war der Vollmond geschienen? Als sie am oberen Ende der Treppe zum Friedhof unerwartet drei dunkle Erscheinungen sah? Als sie näherkam, hatte sie ihren Dad erkannt, Grandma Emily und Ms. Dust. Was hatte die Sekretärin dort zu suchen gehabt? Sie hatte lebhaft auf ihren Boss eingeredet. Ihr Dad hatte laut aufgelacht. Grandma, die neben den beiden gestanden hatte, war außer sich gewesen und wie betrunken zwischen den beiden und dem Gebüsch am Rand der Treppe hin und her gelaufen. Was hatte sich dort abgespielt? Hatte ihr Dad mit seiner Sekretärin geflirtet?

Hatte Grandma die beiden in einer sehr privaten Situation erwischt und war deshalb so aufgeregt gewesen? Worüber hatte sich ihr Dad derart amüsiert? Justine hatte die blasse Person noch nie als besonders witzig oder gar geistreich empfunden. Was war los gewesen mit ihrem Vater? Wieder einmal hatte er sich einem anderen Menschen zugewandt, nicht ihr, seiner eigenen Tochter. Justine erinnerte sich plötzlich, dass in dieser Situation eine vollkommen irrationale Wut in ihr hochgestiegen war, ein empörter, fast verbitterter Zorn auf ihren Vater, aber auch auf ihre leichtlebige Mum. Was für Eltern waren die beiden nur? Was für ein Paar. Sie schienen mit Gott und der Welt zu flirten und nahmen dabei Kummer, Herzeleid, Verwirrungen und Verstrickungen derer in Kauf, die ihrem Charme erlagen. Niemals hätte sie so sein wollen wie ihre Eltern. Sie war immer froh gewesen, anders zu sein. Die unheilvollen Beziehungsgeschichten, die nur Leid über die Menschen brachten, wollte sie unter allen Umständen von vornherein vermeiden und zufrieden sein mit ihrer Welt der Blumen, der Tiere und der Verstorbenen. Tote können nicht töten. Plötzlich war sie aus ihren Gedanken gerissen worden und hatte gehört, wie Ms. Dust laut geworden war. Justine war näher herangekommen. Einzelne Gesprächsfetzen waren auf einem leichten, kühlen Wind an sie herangetragen worden: „...nach all den Jahren ... letzte Hoffnung ... wie kannst du ... Liebster ..."

„Liebster"? Was hatte all das zu bedeuten? Hatte Vater ihre Mum tatsächlich mit dieser farblosen Person betrogen? Vielleicht sogar jahrelang? Der profane Klassiker *Sekretärin und ihr Chef*? Die Sekretärin war jedenfalls vollkommen außer sich gewesen. Sie hatte geweint. Auch Grandma hatte sich und ihre Gefühle offensichtlich nicht mehr im Griff gehabt.

Justines Erinnerungen gerieten in einen schwindelerregenden Wirbel. Ihr Vater hatte gelacht. Nicht amüsiert. Hämisch. Er hatte Ms. Dust ausgelacht. Justine kannte dieses Lachen, sie hatte es selbst schon einmal erlebt. Damals auf dem Schulhof. Als der erste Kuss ihres Lebens sich als gemeiner Scherz erwiesen hatte. Das Lachen Brians hatte genauso geklungen wie das von Dad.

Plötzlich hatte sie die Situation glasklar vor Augen: Ms. Dust hatte Vater heftig von sich gestoßen. Er war gestürzt. Die Sekretärin hatte sich weinend von ihm abgewandt. Justine hatte gesehen, dass er sich wieder aufgerichtet hatte. In diesem Augenblick war sie die Treppe hinaufgerannt und hatte ihrem Dad alles an den Kopf geworfen, was sich über lange Zeit hinweg in ihr aufgestaut hatte: Ihre Minderwertigkeitsgefühle, die Einsamkeit, das Gefühl, nicht gesehen worden zu sein von ihren Eltern, wie sehr sie die Zuwendung und das Interesse ihrer Eltern vermisst hatte, die mehr mit sich selbst als mit ihrer seltsamen, düsteren, eigenbrötlerischen Tochter beschäftigt waren. Wie sehr sie darunter gelitten hatte, dass die beiden oft ohne sich dessen überhaupt bewusst zu sein, mit den

Gefühlen ihrer Mitmenschen spielten und rücksichtslos ihre eigenen Interessen auslebten, ohne sich zu fragen, was dies für andere bedeuteten konnte. Dass Peter ihr nie ein wirklicher Dad gewesen sei.

Er war bestürzt, wollte sich rechtfertigen, aber sie hatte ihn nicht zu Wort kommen lassen und wollte fortrennen, nur weg von ihm. Er aber hatte ihren Arm ergriffen. Als sie sich losreißen wollte und sich mit einem heftigen Ruck zu ihm wandte, hatte sie ihn versehentlich derart unglücklich getroffen, dass er taumelte und erneut von der Treppe stürzte. Er musste unglücklich mit dem Kopf vornüber, auf einer Spitze oder steinernen Kante, aufgekommen sein. Jedenfalls hatte er reglos dagelegen. Sie war wie von Sinnen fortgelaufen. Ihr Empfinden für Zeit hatte sich ebenso aufgelöst wie ihre Erinnerung an das, was soeben geschehen war. Es war einfach zu ungeheuerlich, als dass sie es hätte ertragen können. Sie wusste nicht, wie lange sie über den Friedhof geirrt war. Zu irgendeinem Zeitpunkt hatte sie die Sirenen eines Kranken- oder Polizeiwagens wahrgenommen und sich kurz darauf in ihrem Geschäft wiedergefunden. Vermutlich hatte sie mechanisch die Tür aufgeschlossen und dann die letzte Kundin eingelassen.

Aufgewühlt von ihren inneren, noch ungeordneten Bildern, löste sie ihren Blick von der scharfen Sichel des Mondes, über die sich eine sanfte Schleierwolke schob. Sie bemerkte erstaunt, dass sie noch immer aufrecht auf ihrem Bett saß. Etwas raschelte. Justine sah direkt in die weit geöffneten Augen Wotans. Das Frettchen neigte seinen Kopf, schenkte ihr einen sanftmütigen

Blick und – sie konnte es kaum glauben, vielleicht war es reiner Zufall – zwinkerte ihr zu!

Aufgewühlt sprang Justine auf, strich sachte über Wotans Köpfchen und rannte aus ihrem Zimmer, die Treppe hinunter, aus dem Haus und am nächtlich verlassenen Spielplatz der Siedlung vorüber in Richtung Friedhof. Sie übersprang die Unglücksstufen, auf denen ihr Vater durch ihre Schuld gestürzt war und wo sie selbst in einen Abgrund des Verdrängens und Vergessens geraten war. Sie streifte in rasendem Tempo Orte und Erinnerungen an die Geschehnisse der letzten Zeit, als wollte sie ihnen noch einmal begegnen, sie ganz ohne Verdrängen annehmen, fühlen, während sie über den düsteren, in jener Nacht gespenstisch-ruhigen Friedhof lief: Am Grab ihres Großvaters William vorbei, an dem Grandma ihre Wiedererweck-ungsrituale vollführte.

An der Ruhestätte von Johannes' Verflossener vorüber, die nun ihres Schmuckes beraubt weiter ruhen durfte. Beinahe wäre Justine auf ihrem Streifzug in die offene Gruft gefallen, in der sie mit TomTom ihren ersten intimen körperlichen Zusammenprall hatte. TomTom! Sie machte auf dem Absatz kehrt und lief zurück Richtung Siedlung. Als sie die ersten Häuser erblickte, konnte sie spüren, wie sie auf der Suche nach der Wahrheit über Dads Sturz all den skurrilen Menschen in ihrer Siedlung nähergekommen war und dabei letztendlich sich selbst gefunden hatte.

Zurück zu Hause lief sie wieder die Treppe hinauf und klopfte an die Tür des Gästezimmers, in dem TomTom schlief.

Langsam, beinahe lautlos öffnete sich die Tür. Justine erblickte TomTom, der verschlafen und erstaunt im Türrahmen stand. Justine dachte an Wotan, an seinen Blick, ihre Erkenntnis und fühlte, wie eine nie gekannte Ruhe in ihr aufstieg. „Ich war es“, hörte sie sich mit klarer Stimme sagen, „ich war es selbst“.

„Ich werde für dich da sein, Justine“, erwiderte Tom-Tom mit einer Selbstsicherheit, die er so noch nicht von sich kannte. „Wann immer du mich brauchst.“

Von irgendwoher her erklang ein Laut, der an ein gackerndes Lachen erinnerte. Wotan?

Ende